KB062323

로크미디어가
유혹하는
재미있는 세상

싱크

싱크 14

2016년 10월 28일 초판 1쇄 인쇄
2016년 11월 2일 초판 1쇄 발행

지은이 현민
발행인 이종주

기획 팀 이기헌 송윤성 왕소현
책임 편집 이세종

발행처 (주)로크미디어
출판등록 2003년 3월 24일
주소 서울시 마포구 성암로 330 DMC첨단산업센터 3층 314호
Tel (02)3273-5135 **Fax** (02)3273-5134
홈페이지 rokmedia.com **E-mail** rokmedia@empas.com

ⓒ 현민, 2015

값 8,000원

ISBN 979-11-5999-808-9 (14권)
ISBN 979-11-255-8684-5 04810 (세트)

싱크

14

† 현민 게임 판타지 장편소설 †

ROK
MEDIA
로크미디어

CONTENTS

시간의 장벽

캉캉!

붉게 달궈진 금속을 때리는 망치 소리가 요란했다.

청색, 회색, 연갈색의 서로 다른 세 종류의 금속은 망치가 두드릴 때마다 조금씩 늘어났고, 세 금속이 하나가 된 접촉면은 물결치는 대리석 무늬처럼 아름답게 변해 갔다.

여러 금속을 합쳐서 강도와 경도를 동시에 잡는 '융금법'이었다.

팔짱을 낀 자세로 파디안의 망치질을 뜯어보는 천야장의 얼굴에는 못마땅한 기색이 서려 있었다.

'융금법의 핵심은…… 단면의 상태를 얼마나 균일하게 유지하느냐 바로 거기에 있는데, 이 녀석은 같은 힘으로 망치

를 내리칠 뿐이야. 금속의 결에 따라서 충격을 조절해야 한
다고 내가 귀에 못이 박히도록 얘기했건만.'

그동안 파디안이라고 이름을 붙인 분신에게 야공술의 기
초부터 차근차근 가르쳐 왔다.

한 번 설명해서 이해 못 하면 두 번, 세 번 가르쳐 납득을
시켰다. 한 번 보고 따라 하지 못하면 끈질기게 공을 들여 조
금씩 끌고 왔다.

초반에는 그런대로 성과가 있었다.

문제는 중반 이후였다.

원석의 외형을 보고 금속의 질을 정확히 판별할 줄 알아야
하는데, 조금만 종류가 달라져도 파디안은 헤매기 시작했다.

용용된 금속 액체의 빛깔과 상태를 보고 어떤 종류의 성질
석을 투입해야 할지 결정하는 부분에서는 헤맸고, 때로는 아
예 결정을 내리지 못했다.

머릿속에 집어넣은 지식을 자유자재로 응용하는 과정이
바로 분신의 한계였던 것이다.

"휴우."

터져 나오는 한숨.

"……죄송합니다."

파디안이 고개를 숙였다.

"아니다. 네 잘못은 아니야."

언제나 공손하고 순종적인 파디안의 어깨를 가볍게 두드

린 천야장은 몸을 돌렸다.

그때, 땅이 흔들렸다.

놀란 천야장이 파디안을 쳐다보는 순간, 분신이 딛고 서 있던 지면이 둘로 갈라졌다. 모루는 그 틈으로 미끄러지듯 떨어졌고, 파디안 역시 중심을 잃고 나뒹굴었다.

벽에 걸어 놓았던 칼, 도끼, 방패 등도 모조리 그 틈으로 쓸려 내려갔다.

앞으로 몸을 날린 천야장의 손끝이 파디안의 손목을 겨우 낚아챘다.

"괜찮냐?"

"……네, 어르신."

겨우 대답한 파디안은 아래를 내려다봤다. 지진으로 생겨난 검은 구멍은 바닥이 없는 것처럼 새까만 심연이었다.

천야장의 팔이 근육으로 부풀어 오르자, 파디안은 쉽게 올라올 수 있었다. 천야장은 서둘러 파디안과 함께 작업장 밖으로 나갔다.

통나무와 돌로 대충 세운 작업장은 오래 버티지 못했다. 땅을 뒤흔드는 강렬한 진동에 기둥이 부러졌고, 쌓아 올린 돌은 와르르 무너져 내렸다. 화로의 불이 나무로 옮겨붙었는지 작업장 전체가 불길에 휩싸였다.

제법 견고한 지반 위에 작업장을 만들었다고 생각했지만, 이 빌어먹을 만계의 화산과 지진은 의견이 다른 모양이었다.

번번이 작업장을 부수고, 그동안의 피와 땀이 서린 작품을 게걸스럽게 집어삼켰다.

천야장은 한숨을 억눌렀다.

분신들이 급히 달려왔다. 천현, 검현 그리고 부현이었다. 쾌현은 오래전에 죽었다.

"챙겨라. 다른 곳으로 간다."

간단한 지시에 분신들은 움직이기 시작했다. 능숙해질 만큼 이동이 잦았던 것이다.

천야장은 사방을 쳐다봤다.

'김현 그 녀석은 대체 어디 있을까? 살아는 있을까? 하긴, 나도 멀쩡한데 그 녀석이 나보다 먼저 갈 리는 없지. 이번에는 동쪽으로 가 볼까나.'

터벅터벅 걷던 천야장이 습관적으로 주위를 확인했다. 베헤모스를 찾은 것이다. 하지만 그토록 충성스럽게 따라다니던 베헤모스는 하루아침에 사라졌다.

베헤모스가 주인을 찾아갔길 바라며 천야장은 걷기 시작했다.

비디타스는 베헤모스의 목덜미를 어루만졌다.

"그동안 수고했다."

드래곤을 쳐다보는 베헤모스의 짧은 꼬리가 좌우로 흔들렸다.

비디타스는 베헤모스의 등을 손바닥으로 가볍게 때렸다.

"가거라."

잠시 드래곤을 쳐다봤던 숲의 왕은 곧 사냥터의 중심부로 사라졌다. 드래곤의 명령을 완벽하게 수행한 후, 자신의 자리로 돌아간 것이다.

왕이 귀환했으니 룩소르 사냥터는 평온을 되찾을 것이다. 분수 모르고 날뛰던 몬스터들은 자신의 능력에 걸맞는 자리에 적응하거나, 베헤모스에게 물려 죽을 테니까.

물론 완전한 평온은 불가능하다.

이방인들 때문에.

이슬 맺힌 풀밭을 걷던 비디타스는 파티를 이뤄 사냥터의 중심지까지 들어온 이방인들을 발견했다. 백 명이 넘는 무리였다.

"저기 좀 봐!"

이방인 하나가 손가락으로 비디타스를 가리키며 외쳤다.

"……엘프잖아."

"아니, 여기는 룩소르 사냥터야. 엘프는 들어오지 않아."

"그러면? 설마?"

"맞아."

이방인들은 너무나 빨리, 쉽게 비디타스를 룩소르 숲의 몬스터라고 단정했다. 그리고 행동을 취했다.

결과는 전멸이었다. 비디타스가 길드 하나를 없애는 데 걸린 시간은 5분에 불과했다.

마지막으로 남은 이방인은 겁에 질린 채 물러섰다. 접속을 끊고 싶었지만, 전투가 시작됐기 때문에 죽기 전에는 나갈 수 없었다.

다가서는 비디타스의 눈이 가늘어졌다.

'이방인은 한 줌의 연기 같은 놈들이야. 그 녀석만 예외야. 어쩌면 그런 녀석이 더 있을지도 모르겠지만.'

그 이방인을 불로 태워 죽인 비디타스는 텔레포트를 펼쳤다. 그 후폭풍으로 솟구친 풀잎들이 천천히 내려앉았다.

지하 깊은 곳에 나타난 비디타스는 찌푸린 표정으로 붉은 바다를 내려다보았다.

'드래곤으로 선택된 이후 이런 건 처음 보는군. 끝도 없이 펼쳐진 붉은 바다라니……. 자칫 잘못하면 엘루마뿐 아니라 룬트란 왕국 전체가 날아가 버릴 수도 있겠어. 그런 일이 벌어지면 회합에서 고개를 들지 못하겠지. 드래곤 로드는 날 잡아먹어 버릴지도 모르고.'

비디타스는 아래로 뛰어내렸다.

넘실대는 붉은 바다의 표면 위쪽 3미터 지점에 멈춘 비디타스.

 무시무시한 열기에 사슴 가죽 구두의 바닥에 불이 붙었다. 비디타스가 냉기의 마법을 펼치지 않았다면 불길은 바지를 타고 위로 올라와 몸을 삼켰을 것이다.

 푸르스름한 기운이 비디타스를 감쌌다. 용암이 뿜어내는 열기는 비누 거품 같은 차가운 방어막 바깥에서 호시탐탐 기회를 노렸다.

 "시작해 볼까."

 비디타스가 두 팔을 앞으로 뻗었다.

 손바닥에서 뿜어져 나간 새하얀 빛이 붉은 바다 위를 달리며 흔적을 남겼다. 바다의 끝에 이른 그 빛은 둘로 나뉘었고, 각각 바다와 암석 지대의 경계로 움직이며 허공에 자국을 아로새겼다.

 빛은 거침없이 공간을 가로질렀다.

 잠시 후, 하얀 빛으로 이루어진 거대한 마법진이 모습을 드러냈다. 그 마법진 아래는 들끓는 광기의 바다였다.

 비디타스는 마법진의 중앙으로 이동했다.

 "휴우."

 심호흡으로 마음을 가다듬었다. 오랜만에 9서클 마법을 펼치기 때문에 긴장하지 않을 수 없었다.

 비디타스가 눈을 감자 마력이 마법진 젤루오코스로 빠져

나갔다. 점점 더 많은 마력이 흡수되자, 마법진이 은색으로 빛나기 시작했다.

항상 용솟음치던 마력이 바닥났다. 다행히 최강의 빙계 마법 중 하나인 겔루오코스는 가까스로 완성되었다.

"자, 얼려 버려!"

겔루오코스가 발동되었다.

어마어마한 양의 냉기가 마법진에서 아래로 뻗어 나와 붉은 바다를 뒤덮었다. 표면뿐 아니라 그 아래까지 파고들어, 붉게 달아오른 액체는 순식간에 잿빛으로 변하며 딱딱하게 굳었다.

비디타스는 출렁이다가 그 형태 그대로 얼어 버린 바다 표면 위에 떨어졌다. 꼴사납게 넘어지진 않았다. 하지만 가슴을 움켜쥐고 숨을 거칠게 몰아쉴 정도로 힘이 들었다.

성공이었다.

'그 녀석이 어떤 선택을 하든, 엘루마에 대지진은 없어. 여길 몽땅 얼려 버렸으니까. 휴우, 진짜 힘들다. 람코 지하보다 백배는 더 힘들어.'

김현에겐 대가를 치르라고, 책임을 지라고 했지만 드래곤으로서 비디타스는 이방인 따위에게 신성한 의무를 넘길 생각은 추호도 없었다. 녀석의 운명이 드래곤이라고 해도, 이곳 룬트란은 비디타스 자신의 구역이었다.

그때, 바닥이 흔들렸다.

비디타스의 아름다운 눈썹 끝이 위로 올라갔다. 너무나 미약해서 진동인지 아닌지 구분하기 힘들었다.

두 번째 진동은 놓치지 않았다.

"……설마?"

세 번째 진동으로 딱딱하게 굳은 표면이 갈라졌고, 그 사이로 붉은 액체가 솟구쳤다. 위로 수십 미터나 뿜어져 나온 붉은 파도는 비디타스를 덮쳤다.

더 격렬해진 붉은 바다.

새빨간 드래곤이 그 바다를 뚫고 위로 날아올랐다.

엘프의 몸을 취한 비디타스가 아니라 드래곤 헤라의 본체였다. 공중에서 날개를 퍼덕이며 아래를 내려다본 헤라의 눈빛이 번득였다.

'겔루오코스로도 막을 수 없다니. 내 예상보다 훨씬 강하다는 뜻인데. 음, 어쩌면 그 녀석이 원인이 아닐지도 모르겠다. 혹시 만계 지하에 설치된 시간의 장벽에 문제가 생겼다면? 크립테아 놈들 때문이라면? 음, 확인할 필요가 있겠어.'

빛이 본체를 감쌌다.

섬광이 터지며 드래곤은 사라졌다.

네 명이 어두컴컴한 동굴을 달리고 있었다. 동굴 벽은 푸르스름하게 빛났다. 희당태, 먹으면 환각에 시달리는 이끼가 뿜어내는 빛이었다.

빠르게 달리던 유라크가 물었다. 그녀의 얼굴에는 거미 모양의 문신이 선명하게 새겨져 있었다.

"시간의 장벽 전까지 따라잡을 수 있을까요?"

"뭐? 있을까요? 무조건 잡아야지!"

옆에서 질주하던 건장한 사내, 자르가 말했다.

자르의 얼굴에도 문신이 있었는데, 복잡한 형태는 날개 달린 곤충과 매우 유사했다.

하지만 유라크는 척살대를 이끄는 켄티르를 쳐다보고 있었다. 켄티르의 문신은 수십 개의 다리가 달린 지네 형상이었다.

앞서 달리던 켄티르가 고개를 돌려 유라크와 자르, 말수 적은 세쿠를 쳐다봤다.

"속도를 두 배로 올린다."

"……."

유라크, 자르는 아무 말도 못 했다. 만스크의 탈옥을 뒤늦게 알았기 때문에 지금까지 최고 속도로 움직이고 있었다. 휴식을 취해도 부족할 판에 더 빨리 달린다니.

그때, 켄티르의 오른손이 방심한 유라크의 가슴에 박혔다.

깜짝 놀란 유라크의 얼굴에서 피부가 뜯겨 나가며 까맣고 윤기 흐르는 8개의 눈이 드러났다. 도톰한 입술을 뚫고 날카

싱크

로운 이빨이 튀어나왔다.

몸도 마찬가지였다. 입고 있던 옷이 찢어지자 8개의 다리가 뻗어 나와 움직이기 시작했다.

매혹적인 유라크가 순식간에 한 마리 커다란 거미로 변한 것이다.

몸속으로 파고든 켄티르의 손톱에서 독이 흘러나와 몸 전체로 퍼지자 변신 중이었던 유라크는 비명도 지르지 못하고 죽었다.

무심한 눈으로 유라크를 내려다보던 켄티르는 죽은 부하의 이마에 손을 올렸다. 검은 빛이 흘러나와 켄티르에게로 흡수되자 유라크의 피부가 마르기 시작했다.

"자네들 차례다."

"네, 대주."

자르는 조금 전까지만 해도 살아 있던 동료의 몸에서 힘을 흡수했다. 거리낌은 전혀 없었다. 약하면 잡히고, 잡히면 먹힌다. 약육강식은 크립테아를 지배하는 단 하나의 원칙이며 법이었다.

다음은 세쿠였다. 그 역시 '흡수'에 익숙했다. 그의 얼굴에 새겨진 바퀴벌레 문신이 흐릿하게 빛났다.

말라 버린 유라크는…… 껍데기만 남았다.

"가자."

켄티르가 말했다.

세 사람은 두 배의 속도로 달리기 시작했다.

"헉헉, 헉헉."

거친 호흡 소리가 만스크의 귀로 파고들었다. 바로 자신의 숨소리였다.

빛 한 줄기 없는 지하 동굴을 사흘째 한 번도 쉬지 않고 이동했다. 이제 한계에 다다랐지만, 포기하면 수백 년이나 쌓아 올린 노력이 한꺼번에 무너지고 말 터였다.

'그럴 순 없지.'

가파른 언덕으로 올라가던 만스크의 가죽 가방에서 둥근 물체가 튀어나와 아래로 굴러 내려갔다. 뚜껑이 닫혀 있는 청동 그릇이었다.

"안 돼!"

소리를 지른 만스크는 기겁하며 몸을 던졌다.

다행히, 옅은 녹색의 그릇이 시꺼먼 절벽 아래로 떨어지기 직전 손을 뻗어 잡을 수 있었다.

"휴우."

흘러나온 안도의 한숨.

낡고 오래된 이 그릇은…… 목숨보다 소중했다. 아니, 이 그릇이 곧 목숨이었다. 죽음을 초월하여 불사의 존재에 이르렀지만 이 그릇이 파괴되는 순간, 삶 자체가 소멸되고 말 것이다.

그때, 멀리서 메아리 같은 목소리가 들렸다.

"만스……크, 도……망……쳐도 소용……없……다."

만스크는 몸을 부르르 떨었다.

'척살대야. 놈들이 따라붙을 거라고 예상했지만, 이렇게나 빨리 쫓아오다니. 이러다간 시간의 장벽을 통과하기도 전에 잡히겠구나.'

여러 경우를 따져 본 만스크는 가방에서 피리 율적을 꺼냈다. 겉은 수수하나 그 가치가 상상을 초월하는 이 피리 때문에 감옥에 갇혔고, 탈옥했으며, 척살대에 쫓기게 되었다.

순간 짜증이 났다. 얼굴이 구겨지자 박쥐 모양의 문신도 함께 일그러졌다.

이제 와서 후회해 봐야 소용없다.

만스크는 피리를 입에 댄 채 4서클 마법 '콤메르'를 펼쳤다.

죽음의 마력이 실린 음률이 사방으로 퍼져 나가자, 성질 사나운 몬스터가 모여들기 시작했다. 그중에는 죽은 몬스터도 섞여 있었다.

커다란 뱀 세르헨, 거미 라크네, 지네 콜로엠 등 비교적 약한 놈들뿐이지만, 척살대의 발목을 잡고 시간을 벌어 주기만 하면 된다.

몬스터에게 명령을 내린 만스크는 다시 위로 올라가기 시작했다.

⚜

동굴이 갑자기 넓어졌다.

숨을 헐떡거리며 동굴에서 나온 만스크는 입을 다물 수 없었다.

거대한 도시가 언덕 아래로 펼쳐져 있고, 마치 반투명한 커튼이 드리운 것처럼 빛나는 장벽이 도시의 절반을 뒤덮고 있었다. 그 거대한 커튼은 바로 시간의 장벽이었다.

"……베크렘."

입술 사이로 새어 나온 도시의 이름.

만스크는 저 도시를 잘 알았다.

한때는 셀 수도 없는 사람들이 살아가는 도시였다. 파괴는 순식간에 일어났고, 도시는 버려졌다. 살아남기 위해 사람들은 도시를 떠나 더 깊은 지하로 이동했다.

도시로 내려온 만스크는 흙먼지로 뒤덮인 거리와 골목, 건물을 보며 천천히 걸었다. 그 자신도 억누를 수 없는 뜨거운 분노가 가슴을 태웠다.

조그만 백골이 눈에 띄었다. 미처 피난을 떠나지 못한 아이였다.

어깨에 손을 대는 순간 팔이 무너져 내리며 먼지로 흩어지

는 백골에, 만스크는 오로라처럼 너울거리는 시간의 장벽을
노려보며 울분을 터트렸다.

"찢어 죽일 놈들!"

저 시간의 장벽을 만든 존재들을 향한 분노.

그때, 섬뜩한 직감이 몸을 휘감았다.

본능적으로 고개를 돌린 만스크는 이제 막 동굴 밖으로 나
온 사람들을 발견했다. 특별한 눈 오쿠네에 마력을 주입하자
망원경으로 본 것처럼 멀리 떨어진 사람들이 순식간에 확대
되었다. 특히 얼굴에 지네 문신이 있는 남자가 눈에 띄었다.

'척살대야! 저놈은…… 대주 켄티르고. 켄티르를 보내다
니! 서왕 타릴은 진짜로 날 없애 버릴 생각이구나.'

만스크는 눈이 휘둥그레졌다.

허겁지겁 시간의 장벽을 향해 달려가는 만스크의 발에, 백
골만 남은 아이는 완전히 무너지고 말았다.

"베크렘에는 처음 와 봅니다."

자르가 말했다.

지하 세계 크립테아에서 태어나는 모든 사람들은 위대한
도시 베크렘에 대해 배운다. 그러나 극소수만 직접 그 도시
를 눈으로 볼 수 있다.

켄티르가 새까만 손가락으로 기울어진 건물을 가리켰다. 바로 그 옆으로 만스크가 달아나고 있었다.

"아! 저기 있습니다!"

자르였다.

"가자."

켄티르가 앞장을 섰고, 자르와 세쿠가 뒤따랐다. 그들은 바람처럼 도시로 들어섰다.

만스크는 돌부리에 걸려 앞으로 나뒹굴었다. 데굴데굴 구른 그가 벽에 부딪치자, 돌을 쌓아서 올린 담장이 힘없이 무너졌다. 얼른 뒤로 피하지 않았다면 척살대에 잡히기도 전에 돌무더기에 깔려 죽었을 것이다.

뒤를 본 만스크의 얼굴이 하얗게 질렸다. 척살대는 어마어마한 속도로 쫓아오고 있었다.

'말도 안 돼. 탈옥 사실이 알려진 건 적어도 사흘 후일 텐데, 아무리 척살대가 강해도…… 이렇게 빨리 나를 쫓아올 수는 없는데. 아! 척살대는 원래 넷이야. 한데, 셋뿐이야. 그렇다면…… 날 잡기 위해 한 녀석을 흡수한 거야. 늙은 리치 하나를 잡기 위해서…….'

척살대의 행동에서 서왕 타릴의 의지가 느껴졌다.

싱크

가만히 있으면 잡힌다. 그리고 죽는다.

불사의 존재, 죽어도 되살아나는 리치에게 죽음 자체는 큰 문제가 되지 않는다. 하지만 생명의 그릇까지 빼앗긴다면 완전히 소멸되거나, 그 가증스럽고 교활한 타릴의 노예가 되고 말 것이다.

율적을 꺼낸 만스크가 즉시 입을 대고 공기를 불어 넣었다. 애절하면서도 왠지 모르게 마음을 끄는 음률이 퍼져 나가자, 지하 도시의 천장에 있던 검은 물체가 뚝 떨어져 만스크를 향해 날아왔다.

바로 날개 길이만 3미터에 달하는 거대한 박쥐였다.

그리고 근처 건물 내부에서 쉬고 있던, 비교적 몸집이 작은 박쥐도 날아왔다.

두 마리 박쥐를 자세히 살핀 만스크는 마음을 정했다. 도박이지만 성공한다면 이 위기에서 벗어나, 타릴의 콧대를 꺾어 놓을 수 있을 것이다.

"휴우, 해 보자."

율적의 피리 소리가 변했다.

"저기 좀 보십시오!"

자르가 소리쳤다.

대주 켄티르는 이제 막 하늘로 날아오른 거대한 박쥐를 알아보았다. 그 박쥐의 발에는 만스크가 매달려 있었다.

척살대의 추격을 알아차린 놈이 마법으로 박쥐를 조종하여 시간의 장벽 너머로 도망치려는 것이다.

"변신을 허락한다."

"네, 대주."

자르의 등에서 피부가 갈라지며 그 사이로 잠자리 날개 같은 것이 튀어나왔다. 입도 앞으로 돌출되었는데, 그 형태가 꼭 모기 같았다.

공중으로 날아오른 자르는 맹렬한 속도로 만스크를 뒤쫓았다.

세쿠는 등딱지가 까만 곤충으로 변했는데, 한 번의 도약으로 20미터쯤은 쉽게 이동할 수 있었다.

켄티르 자신은 지네로 변했다. 뱀처럼 은밀하게 움직일 뿐아니라 멀리까지 쏠 수 있는 침이 위력적인 지네는 꿈틀거리며 질주를 시작했다.

"……이런."

날아오는 모기를 발견한 만스크는 율적을 불어 박쥐를 조종했다.

시간의 장벽을 향해 날아가던 박쥐가 방향을 바꾸어 모기로 변신한 자르를 공격했다. 발톱으로 만스크를 잡고 있기에 박쥐가 취할 수 있는 공격은 몸통 부딪치기뿐이었다.

모기는 충돌 직전에 옆으로 피해 버렸다.

"느려 터졌어."

자르는 박쥐의 등으로 올라가 길고 예리한 주둥이로 등을 푹 찔렀다. 그리고 마음껏 피를 빨았다.

시큼한 맛이지만 개의치 않았다. 나중에 신선하고 뜨거운 피를 마음껏 마실 수 있을 것이다.

박쥐가 고통에 버둥거리자 만스크는 하마터면 피리를 놓칠 뻔했다.

만스크를 단번에 죽이려고 돌진하던 자르는 박쥐의 날개에 얻어맞아 아래로 추락했다. 박쥐의 생존 본능이 만스크를 구한 것이다.

다가오는 시간의 장벽을 보며 안심하던 만스크는 뒤늦게 아래쪽에서 다가오는 벌레를 발견했다.

퍽!

바퀴벌레 같은 녀석이 정확히 박쥐의 왼쪽 날개를 꿰뚫었다. 그 녀석 역시 척살대원이었다.

균형을 잃은 박쥐와 함께 추락하던 만스크는 낡은 건물의 옥상으로 몸을 날렸다. 박쥐는 아래쪽 말라 버린 수로에 처박혔고, 곧 마지막 떨림이 천천히 멈췄다.

만스크는 시간의 장벽을 쳐다봤다. 아주 가까운 곳에 빛의 커튼이 너울거리고 있었다.

커다란 지네가 외벽을 타고 옥상으로 올라왔다. 끔찍한 이 목구비가 왠지 모르게 켄티르를 닮아 있었다.

대가리 부분만 인간의 얼굴로 변했다.

"도망칠 수 있다고 생각하셨습니까?"

"……자네가 동료를 흡수하지 않았다면 가능했겠지."

"후후, 과연 의원님이시네요."

"타릴이 왜 날 감옥에 가뒀는지 자네는 아는가?"

"감히!"

지네의 몸통이 만스크를 날려 버렸다. 난간으로 날아간 만스크는 하마터면 건물 아래로 떨어질 뻔했다.

비틀거리며 일어난 만스크는 서왕 타릴을 향한 켄티르의 광적인 충성심을 비웃었다.

"자네도 뭔가 아는군."

"저는 주군의 명령을 받아 전직 원로원 의원인 당신을 척살합니다."

켄티르는 만스크가 입을 열 여유조차 주지 않고 움직였다.

뱀처럼 기다란 켄티르의 지네 몸이 만스크를 휘감았고, 힘을 준 순간 허약한 마법사의 몸은 둘로 분리되었다.

"아아악!"

만스크는 허리 아래가 떨어져 나간 자신의 몸을 내려다보았다. 이미 몇 번이나 죽음을 겪었음에도 이 고통에는 도저히 익숙해지지 않는다.

"안녕히 가십시오."

지네에서 인간으로 돌아온 켄티르가 만스크의 머리를 발로 밟아서 터트렸다. 그는 만스크가 떨어뜨린 가죽 가방을 뒤졌다. 그러나 청동 그릇은 어디에도 없었다.

휘파람으로 부하를 호출하는 켄티르.

곧 옥상으로 자르와 세쿠가 올라왔다. 둘 다 변신을 푼 상태였다.

"혈명을 찾아라. 분명히 여기 어딘가에 있을 것이다."

"네, 대주."

두 사람이 흩어지자, 켄티르도 그릇을 찾기 위해 움직였다.

척살대가 그토록 원하는 혈명, 즉 피의 그릇은 시간의 장벽 안쪽에 떨어져 있었다.

혈명 옆에는 이미 썩은 박쥐 한 마리가 있었는데, 바로 만스크가 불러낸 두 마리 박쥐 중 몸집이 작은 녀석의 흔적이었다. 만스크가 스스로 미끼가 되어 척살대의 이목을 집중시키는 동안, 그 조그만 박쥐는 혈명을 쥐고 시간의 장벽을 통과한 것이다.

녹색에 가깝던 청동 그릇은 서서히 붉게 변했다. 그릇이 흘리는 달콤한 기운에 이끌려 다가온 벌레, 뱀, 두더지 따위의 생명력이 그릇에 채워질수록 색깔은 점차 진홍색으로 바뀌어 갔다.

마침내 피처럼 붉은 그릇의 뚜껑이 저절로 열렸다.

거기서 흘러나온 새빨간 액체가 바닥으로 흘렀고, 거기서 만스크가 무덤을 뚫고 나오듯 위로 올라왔다.

만스크는 붉은 빛이 사라지고 원래의 녹색으로 돌아간 청동 그릇을 챙겼다. 그리고 주위를 살폈다. 서서히 기억이 돌아왔다.

'타릴은 날 죽이려고 척살대를 보냈지. 후후, 난 보기 좋게 놈들을 따돌렸어. 어?'

시간의 장벽 너머를 쳐다본 만스크는 깜짝 놀랐다.

고대 도시 베크렘을 뒤지는 놈들은…… 바로 척살대였다. 켄티르의 얼굴은 절대 잊을 수가 없었다.

'어떻게 된 거지? 아무리 리치라고 해도 부활에는 적어도 반년이라는 시간이 필요한데. 아, 맞아! 여긴 시간 흐름이 다르다는 걸 깜빡했군. 척살대 놈들이 혈명을 찾느라 고생하는 동안, 이곳에서는 반년이 훌쩍 지나가 버린 거야.'

만스크는 장벽 너머로 건너가 척살대주 켄티르에게 말을 걸고픈 충동을 겨우 억눌렀다. 약간의 즐거움을 원하다가 삶이 끝날 수도 있다.

싱크

피리 율적도 포기했다.

몸을 돌린 그는 위로, 지상으로 올라갔다.

햇빛은 예리한 바늘처럼 피부를 찔러 댔다.

밤이 되기를 기다린 만스크는 별이 쏟아지는 밤하늘 아래
로 걸어 나왔다. 지하 세계와 달리 탁 트인 공간 자체가 주는
느낌은…… 압도적이었다. 워낙 오랫동안 좁고 답답한 곳에
있었기에 조금은 두렵기도 했다.

좀비 한 마리가 다가왔다.

만스크는 아주 간단히 좀비의 정신을 사로잡았다. 그 좀비
는 만스크의 첫 번째 부하가 되었다.

그 순간, 부활한 마법사는 자신이 해야 할 일을 깨달았다.

군대!

이곳이라면 몬스터를 마법으로 장악하여 군대로 만들 수
있을 것이다. 시간은 충분하다. 그러니 강력한 몬스터 군대
로 지하 세계 크립테아를 무너뜨릴 수 있을 것이다.

"일단은 이 세계부터. 그다음엔 저 위로 올라갈 수 있겠지."

만스크는 미친 듯이 웃었다.

웃음 속성

김현은 어둠 속에 서 있었다.

손바닥 위에 놓인 구슬 하나.

티메후르의 표면에는 목성처럼 소용돌이가 기묘하게 휘돌고 있었다.

한바탕 악몽을 꾼 기분이지만, 꿈이 아님을 아주 잘 알고 있었다. 다리에 힘이 풀려 주저앉을 뻔했다. 답답한 가슴 때문에 숨조차 제대로 쉬어지지 않았다.

'언제 터질지 모르는 폭탄을 몸에 지닌 것도 모자라, 이제는 엘루마에 대지진이 일어날 거라니……. 나 때문이 아니야! 비디타스 때문이야! 내게 운명의 구슬을 흡수시키지만 않았더라도!'

김현은 입을 벌렸다. 비명이라도 지르기 위해서였다.

목소리는 나오지 않았다.

그저 뚝뚝 끊기는 신음만 흘러나올 뿐이었다.

질질 발을 끄는 소리, 딱딱한 발톱이 단단한 바닥을 탁탁 치는 소리가 조금씩 다가왔다. 골든 슬라임을 비롯해 던전에 출몰하는 몬스터가 김현을 향해 접근하고 있었다.

울고 싶은데 뺨을 친 격.

이를 악문 김현은 놈들을 향해 달려들었다.

"헉헉…… 헉헉…… 헉헉헉……."

거칠게 숨을 몰아쉬던 김현은 주위를 힐끔 쳐다봤다.

크고 작은 몬스터가 쌓여 있는 작은 언덕은 시꺼먼 연기를 내며 타고 있었다. 플레임소드가 뿜어낸 화염에 산산조각이 난 사체는 연기와 열을 뿜어내며 타들어 가는 중이었다.

-레벨이 올랐습니다.

-지혜가 1 올랐습니다.

-힘이 2 올랐습니다.

-근성이 3 올랐습니다.

레벨, 속성과 관련된 반투명한 메시지 창 수십 개가 쌓여 있었다.

김현은 짜증이 났다. 저 메시지는…… 이곳이 여전히 페플 가상현실이며, 아직도 게임 중이라는 증거였다.

레벨? 속성?

'나는…… 지금 캐릭터가 아니야. 난 노바디가 아니라 김현이라구. 그동안은 아무리 던전을 헤집고 다니며 몬스터를 죽여도 저런 창 하나 뜨지 않더니, 갑자기 왜? 페플 시스템도 망가져서 이랬다저랬다 하는 건가. 빌어먹을 페플!'

김현은 플레임소드로 그 메시지 창을 잘라 버렸다. 서서히 사라지는 창들.

"아아아악!"

발작적으로 고함을 지르는 김현.

배와 가슴 쪽 피부 안쪽에서 거품 같은 것이 울퉁불퉁 튀어나왔다. 그 현상은 팔다리로 퍼져 나갔다. 김현은 무슨 일이 벌어질지 알고 있었지만 굳이 막지 않았다.

쾅!

콰쾅!

체내에 쌓인 열기가 한꺼번에 폭발했다.

눈을 뜬 김현은 위를 쳐다봤다.

어둠 너머로 윤곽선이 보였다.

기억은 또렷했다. 잊고 싶어 할수록 머릿속 깊이 아주 분명히 각인되는 모양이었다.

일어난 김현은 몸을 살폈다. 입고 있던 가죽옷은 모조리 불타 버렸지만, 몸은 매끈했고…… 상처 하나 없이 건강했다. 그 폭발도 몸을 산산조각 내진 못한 것이다.

내공은 도도한 강물처럼 체내를 흐르고 있었다.

내공의 일부를 몸 밖으로 뿜어내며 오행의 묘리로 성질을 바꾸자, 시뻘건 불덩이가 공중으로 솟아올랐다.

주위의 어둠이 물러서며 계단식 지형이 드러났다. 운명의 구슬이 또 한 번 땅을 녹여 이 거대한 구덩이를 만들어 낸 것이다.

현섬으로 구덩이 밖으로 올라간 김현은 부러진 플레임소드를 발견했다. 몸은 멀쩡한데 저 마법검은…… 반으로 뚝 꺾여 있었다. 다행히 근처에 부러진 조각이 떨어져 있었다.

한숨을 내쉰 김현은 천야장을 만나면 수리를 부탁할 생각으로 둘로 나뉜 플레임소드를 인벤토리에 넣고, 안쪽에서 가죽옷을 꺼냈다. 이런 상황을 대비하여 미리 몇 벌씩 넣어 두었던 것이다.

분노는 흔적만 남아 있었다.

한참이나 생각에 잠겼다. 감정에 휘둘리면 할 수 있는 부분도 놓치고 말 터였다.

주위를 둘러본 김현은 내공의 양을 늘려 불덩이의 크기를

싱크

키웠다. 화르르 타오른 불꽃이 어둠을 밀어내고 사물의 윤곽을 드러내자, 던전 내부가 환히 보였다.

추광대는 보이지 않았다.

'하긴, 여기서 계속 기다릴 리는 없지. 긴 시간이 지났을 테니까. 아마도 저 위 도시 어딘가에 있을 거야.'

현섬으로 단번에 지상으로 올라가려던 김현은 마음을 바꾸었다. 티메후르에 오행의 기운을 불어 넣자 섬광이 그의 몸을 에워싸며 번쩍 터졌다.

레기루트 산맥으로 올라온 김현은 현섬을 연거푸 다섯 번 펼쳐서 룩소르 사냥터 입구에 도착했다.

입구를 통과하자 어둠이 내려앉은 초원 지대가 보였다. 파티를 이룬 유저들이 초원 지대 곳곳에서 몬스터를 사냥하는 중이었다.

김현은 결각보를 펼쳐 달리기 시작했다. 웃자란 풀이 좌우로 갈라지며 누워 버렸다.

"저것 좀 봐!"

"게이머인가?"

"새로운 몬스터일지도 몰라."

질주하는 김현을 멀리서 얼핏 본 유저들이 한 말이었다.

순식간에 초원을 가로지른 김현은 삼나무 숲으로 들어섰다. 결각보로, 때로는 현섬으로 이동하자 숲의 끝이 보였다.

목적지는 차원의 문이 생성되었던 뱀파이어 타크란의 아지트였다.

바닥에 그려진 대형 마법진 앞에 선 김현.

'수백 년은 지난 것 같은데…… 여기는 그대로야. 텅 빈 것만 빼고.'

몸에서 힘이 쑥 빠졌다. 그렇게 고생했고, 그렇게 혼자 헤맸으며, 그렇게 힘들었는데…… 그 모든 게 헛수고였다는 사실 때문이었다.

마법진의 형태를 확인한 김현은 입구로 가서 오행 중 '토'의 기운을 끌어 올렸다. 흙과 자갈이 빠르게 쌓여 입구를 막기 시작했다.

'이 정도면 누구도 저 안으로 들어가지 못하겠지. 저 마법진, 언제 필요할지 몰라. 그때까진 훼손되어선 곤란해.'

마법진의 보존은 김현이 이곳으로 온 이유 중 하나였다.

또 다른 목적을 위해서, 김현은 빛의 도시 엘루마를 향해 이동하기 시작했다.

파르소겐은 건물 옥상에 서서 북동쪽을 바라보았다. 어둠 너머 어딘가에 레기루트 산맥이 아침 햇살을 기다리며 웅크리고 있을 터였다. 대현자는 모레얀의 주술진을 통해 본 장면을 잊을 수가 없었다.

'실종되어 연락이 뚝 끊겼던 하르도젠이 왜 거기 있을까? 분명히 세계수 페노메노스도 거기 있었다. 혹시, 대지진과 그 녀석이 관련이라도 있을까?'

등골이 오싹해졌다.

만약 그런 일이 벌어진다면, 대현자로서…… 그리고 형으로서 동생을 찾아내어 죽여야 할지도 모른다.

어둠을 뚫고 마차가 달려왔다.

대현자 파르소젠은 망량의 바다를 향해 다가오는 마차의 수를 세었다. 모두 세 대였다.

'음, 한 대가 빠졌군.'

무맹, 마협, 용병련 그리고 총상회에서 사람이 오기로 했다. 어떤 조직이 대현자의 급한 부름을 무시했을까?

파르소젠은 회합의 장소로 내려갔다.

동그란 돌 탁자를 둘러싼 사람들.

파르소젠은 그들의 얼굴을 하나씩 훑어보았다.

왼쪽에는 마협에서도 손꼽히는 젊은 마법사 하비렌이 다

리를 꼬고 앉아 있었다. 빛의 마탑 투스텔라 소속인 하비렌은 하르도젠의 수제자였다.

'저 녀석도 뭔가를 알고 있을까?'

하비렌에게 머문 대현자의 눈길은 꽤나 예리했다.

중앙에 앉아 있는 사람은 바탄이었다. 바로 태천문의 소문주이자 무맹의 일원이었다.

오른쪽에는 하무르 용병대를 이끄는 레구르트가 서서 팔짱을 낀 자세로 파르소겐을 쳐다보고 있었다. 그는 용병련에 소속된 용병대장이었다.

"이 밤중에 갑자기 부른 이유가 뭡니까?"

따지듯 묻는 레구르트.

"그 전에, 왜 총상회에서는 사람이 오지 않았을까요?"

하비렌이었다.

파르소겐은 질문에 대답할 생각이 눈곱만큼도 없었다. 질문은 상대에게서 정보를 이끌어 내려는 시도다. 여유롭다면, 한담을 나눌 만큼 시간이 충분하다면 받아 줄 수도 있다.

'지금은 아니야.'

대현자의 눈짓에 체리가 엘루마 지도를 가져와 돌 탁자 위에 펼쳐 놓았다.

지도에는 중앙에 자리 잡은 테페오 광장과 그 광장을 에워싸듯 들어서 있는 시청과 마탑의 엘루마 지부들, 흩어져 있는 무문 관련 건물 그리고 용병대와 상회까지 빠짐없이 기록

되어 있었다.

하비렌, 바탄 그리고 레구르트는 지도를 들여다봤지만, 왜 대현자가 불렀는지 그 이유는 여전히 알지 못했다.

파르소겐은 단검을 꺼내어 지도를 위아래로 잘랐다.

그리고 수평으로도 잘랐다.

네 조각으로 나뉜 양가죽 재질의 지도 중 북동쪽 부분을 집어 든 파르소겐은 레구르트 앞으로 가서 내밀었다.

엉겁결에 지도를 받은 레구르트.

"대현자님, 이게 뭡니까?"

"곧 설명해 주지."

파르소겐은 하비렌에게는 서북쪽을, 바탄에게는 동남쪽을 맡겼다. 그런 다음에야 두 걸음 뒤로 물러서 세 사람을 쳐다본 후, 입을 열었다.

"단도직입적으로 말하겠네. 대지진이 엘루마를 강타할 걸세. 남은 시간은 하루, 길어야 이틀뿐이네."

침묵이 흘렀다.

수북한 구레나룻을 손으로 어루만지던 레구르트가 어색하게 웃었다.

"대현자님, 농이 심하십니다."

"내가 이 시간에 자네들을 불러서 농을 던질 만큼 실없는 사람으로 보이나?"

파르소겐이 입고 있던 예복 리토랄레가 부풀어 올랐고, 목소리에는 누구도 거역할 수 없는 권위가 서려 있어, 사람들은 자신도 모르게 움츠러들었다.

"······진짜군요."

"이 지도는 무엇입니까?"

하비렌도 더 이상 장난스럽게 웃지 않았다. 수십만 명이 모여 사는 엘루마에 대지진이 일어난다면······ 빛의 도시는 죽음의 땅이 되고 말 것이다.

"자네가 속한 조직, 그러니까 마협이 맡아야 하는 지역이네. 마협의 능력으로 거기 사는 엘루마 시민들을 안전한 곳으로 대피시키는 거지."

"아."

고개를 끄덕이는 하비렌.

"총상회는 왜 오지 않았습니까?"

무맹의 바탄이 물었다.

"이미 알고 있겠지."

파르소겐은 쓴웃음을 지었다.

토규석을 순순히 건넨 금현파파는 그 대가로 손자를 통해 대지진 관련 정보를 알아냈다. 그러니 지금쯤 정확한 분석을 바탕으로 총상회는 움직이고 있을 터였다. 굳이 대현자를 찾아올 필요가 없었던 것이다.

"이렇게 알려 주셔서 감사드립니다."

레구르트가 고개를 숙였다.

다른 두 사람도 비슷한 반응이었다.

그들은 서둘러 망량 거주지를 떠났다.

멀어지는 마차를 바라보는 파르소겐 옆으로 체리가 다가 왔다.

"저 사람들이, 마협과 무맹 그리고 용병련이 정말 사람들을 도울까요?"

부정적인 뉘앙스가 느껴지는 말투였다.

"그런 일이 벌어진다면 난 진심으로 내일 아침에 서쪽에서 해가 뜰 거라고 생각할 거다."

"그러면 왜 그들을 부르셨어요?"

"현자로서 해야 하는 일이었으니까."

체리는 가만히 늙은 현자를 바라보았다. 낡은 예복을 입은 파르소겐은 지쳐 있었으나 눈빛만은 맑고 깊었다.

파르소겐이 말했다.

"백작께서는 뭐라고 하셨나?"

"가문의 전력을 총동원해서 엘루마 시민을 돕겠다고 말씀 하셨습니다."

체리는 가슴이 벅찼다. 가문의 존폐가 걸린 상황에서 이런 결정을 내린 뮤카멘 백작가의 가주가 바로 자신의 아버지였다!

"듣던 중 반가운 소리군. 허나, 문제는 시장이야."

파르소겐은 한숨을 내쉬었다.

스노빈은 응접실 벽에 걸린 초상화를 눈싸움이라도 하듯 노려보고 있었다.

'저렇게 멍청하게 생긴 놈이 시장 자리에 올라서 떵떵거리고 살았으니 도시가 이 모양이지.'

현자 집단 호지센의 회주로서 스노빈은 방문하는 도시를 자세히 살펴 왔다. 수도 마르세르, 바위 도시 람코, 신의 도시 칸부스, 죽음의 도시 문두크 등 다양한 도시를 경험했는데, 엘루마만큼 엉망진창인 시청은 보지 못했다.

마르세르의 경우 시청 대신 왕궁이 그 기능을 하기 때문에 제외한다고 해도…… 죽음의 도시보다 못하다는 건, 꽤나 큰 충격이었다.

물론 엘루마의 생활수준은 문두크나 람코보다는 월등히 나았다. 그 이유는 시청이 역할을 잘해서가 아니라, 엘루마에 마탑과 무문 그리고 용병대와 총상회의 지부가 몰려 있기 때문이었다.

좀 더 자세히 보기 위해 소파에서 일어나 벽으로 간 스노빈은 초상화의 눈이 이상하다는 사실을 깨달았다.

'훔쳐보고 있었군.'

스노빈은 모른 척하며 손가락을 뻗어 눈을 찔렀다.

벽 뒤쪽에서 비명이 들렸다.

싱크

웃음을 터트린 스노빈은 벽을 주먹으로 쾅쾅 때렸다.

그때, 문이 열리며 바젠 후작이 응접실로 들어섰다. 현재 그는 시장 대리로서 도시를 다스리고 있었다.

후작을 본 스노빈이 눈살을 찌푸렸다.

'잠옷이라…… 나를, 아니 호지센을 무시하는군. 후후, 내가 이방인에 불과한 노바디를 돕는 게 싫은 모양이야. 좀스러운 늙은이.'

"하하, 이게 누구신가? 자네인 줄 알았다면 내 바로 왔을 텐데. 아무래도 무능한 집사를 잘라야겠어. 이쪽으로 앉게."

스노빈은 '자네'라는 호칭이 거슬렸다. 국왕이라도 호지센의 회주를 무시하지 않는다.

'지금 사소한 예의를 따질 순 없지.'

"대지진이 오고 있습니다."

"……지진?"

후작의 눈빛이 거칠게 흔들렸다.

"대비를 하지 않으면 지진으로 엘루마는 어마어마한 피해를 보게 될 겁니다. 빠르면 하루, 늦어도 이틀 안에 대지진이 엘루마를 강타할 테니, 시청이 나서서 사람들을 대피시켜야 합니다."

잠시 침묵이 흘렀다.

스노빈은 술수를 써서 시장을 내쫓고 스스로 시장 대리 자리에 올라앉은 후작을 바라보았다.

'그래도 머리가 장식품은 아니군. 사태의 심각성을 바로 알아차렸으니.'

그때, 후작은 발작적으로…… 미친 듯이 웃기 시작했다.

이맛살을 찌푸린 스노빈이 시장 대리를 쳐다봤다.

"크하하하, 너무 빤히 속 보이는 수작이군."

"수작이라니요?"

"같은 방법은 통하지 않네. 지혜로운 현자라면 무슨 말인지 알 것 같은데."

그 뜻을 스노빈은 즉시 이해했다. 그냥 일어서고 싶었다. 이 늙은 귀족 따위 어떻게 되든 상관없었다.

문제는 사람들이었다.

아무것도 모른 채 살다가 대지진에 파묻히고 말 사람들.

"그 어떤 수작도, 음모도 없습니다."

"나는 망량을 이용하여 시장 아브롬을 이 도시에서 쫓아냈네. 그 교활한 놈도 망량에 대한 공포만큼은 이겨 내지 못하더군. 자네가 어떻게 알아냈는지 모르지만 난 어릴 때 지진을 직접 겪었고, 그 때문에 지진을 아주 무서워한다네. 허나, 이 도시를 버리고 달아날 만큼은 아니야. 대현자님께 전하게. 유치한 음모는 통하지 않는다고."

그때, 소파 앞에 놓인 고풍스러운 테이블이 흔들렸다.

"보십시오! 지진이 일어났습니다!"

눈이 커진 스노빈이 외쳤다.

"그럴까?"

스노빈은 지진이 벌써 일어났다고 생각해 몸을 일으켰는데, 알고 보니 후작의 손과 발이 테이블을 흔들어 대고 있었다.

"그럼, 대지진이 온 후에 이야기를 하지."

늘어지게 하품을 한 후작은 응접실 밖으로 나갔다.

얼굴이 벌겋게 달아오른 스노빈은 아무 말도 못 하고 시장 대리를 노려보았다.

눈을 끔벅거리며 육포를 질겅질겅 씹던 보초병 파보는 남문으로 달려오는 사람을 발견했다.

"아직도 이 시간에 도시로 들어오려는 멍청한 이방인이 다 있네."

창을 든 동료 세다르가 다가왔다.

"또 고래고래 소리를 지르겠지. 성문을 내려 달라고. 마음 같아서는 저런 새끼의 가슴에 화살을 팍 꽂아 주고 싶은데, 그랬다가는 난리가 나겠지."

두 사람은 서로를 보며 즐거운 상상을 했다. 죽어도 금세 부활하는 저 이방인들을 상대로 마음껏 화살을 쏠 수 있다면 얼마나 좋을까.

그런 생각을 하는데, 이방인이 성문 앞에 이르렀다.

"야! 꺼져! 문은 절대 안 열어 줘!"

파보가 소리쳤다. 세다르는 옆에서 깔깔 웃어 댔다.

속도를 줄이지 않고 달려오던 이방인은 성벽을 타고 위로 올라왔다.

파보도 세다르도, 아무 말도 못 했다.

성벽 꼭대기에 이른 이방인이 두 사람 옆에 섰다.

뒤로 물러선 보초병들.

"급해서."

빙긋 웃으며 말한 이방인은 성벽 반대쪽 어둠 너머로 사라졌다.

김현은 마레 앞에 섰다.

일렁이는 검은 바다 너머로 자유롭게 헤엄치는 망량들이 어렴풋이 보였다. 자신이 자리를 비운 동안 망량의 바다는 계속 확장된 듯, 주변의 풍경이 달라져 있었다.

김현이 들어서자 망량들이 공격적으로 반응했다.

'아, 맞아. 이 녀석들은 나를 몰라. 노바디는 잘 알아도.'

시간 낭비를 없애려고 오행으로 막을 둘렀다. 화, 수, 목, 금, 토의 기운으로 다섯 겹의 막을 몸 주위로 쳐 놓자 망량들도 달려들었다가 튕겨 나갔다.

마레를 통과한 김현은 파르소겐을 향해 이동했다.

"바젠 후작은…… 머저립니다."

허공에 뜬 망량이 말했다. 몸통은 물론 팔다리도 없는, 오
로지 동그란 대머리 얼굴만 있는 퀸키의 입에서는 분노와 실
망이 그득한 스노빈의 목소리가 흘러나왔다.

"수고했다. 돌아오너라."

파르소겐은 퀸키를 보며 말했다. 퀸키는 멀리 있는 현자끼
리 대화를 쉽게 나눌 수 있도록 도와주는 망량이었다.

"네, 스승님."

망량 퀸키를 예복 리토랄레로 돌려보낸 파르소겐은 날아
오는 비둘기 떼를 발견했다.

손을 위로 들자, 수십 마리 중 하나가 크게 선회하더니 대
현자의 손바닥 위에 내려앉았다. 녀석의 머리를 손가락으로
부드럽게 긁어 준 파르소겐은 다른 손으로 비둘기 발에 묶인
쪽지를 풀었다.

종이는 암호로 가득했다.

'보통 사람은 중간에 낚아채 봐야 소용이 없지. 나처럼 다
양한 종류의 암호 방식에 익숙한 사람을 제외한다면.'

중요한 소식을 룬트란 왕국 전역으로 빠르고 정확하게 알

리기 위해 비교적 해독이 쉬운 암호가 사용되었다. 그 덕에
파르소겐은 보통 글을 읽듯 쪽지를 읽어 낼 수 있었다.

총상회 명령 제419호

이틀 안에 대지진이 엘루마 지역을 덮친다는 믿을 만한 정보
가 입수되었습니다. 총상회 람코 지부는 그 재앙으로 인해 받
을 타격을 예측하고 최대한 빨리 금현대상회로 회신해 주십시
오. 대지진으로 엘루마 지역이 초토화될 경우, 복구 작업에 필
요한 물품의 목록과 구매 가능한 경로와 가격을 확인하여 최대
한의 자금으로 관련 상품을 모아 두십시오. 이 명령과 관련하
여 람코 지부가 얼마나 정보를 잘 활용했는지는 추후에 면밀히
따질 계획입니다.

총상회 책사 마델레인

대현자는 눈살을 찌푸렸다.

총상회는 정보를 '이익'의 관점에서 활용하고 있었다. 대
지진을 돈 벌 기회로 판단한 것이다. 이러니 엘루마 사람들
의 목숨을 구하는 일에는 조금도 관여하지 않았던 것이다.

금현대상회 역시 총상회에 속해 있으니 입장은 다르지 않
을 터였다. 저 수십 마리의 비둘기들은 왕국 전역으로 날아
가 명령을 전달할 테고, 잇속에 밝은 상인들은 오로지 돈을
벌기 위해 치열하게 움직일 것이다.

파르소겐은 한숨을 내쉬었다. 소위 가진 자들이 재앙 앞에서 오로지 자신만 챙기다니.

사실, 총상회만의 문제는 아니었다.

지도 조각까지 나눠 주었지만 마협, 무맹 그리고 용병련 역시 보통 사람들에겐 관심이 없었다. 그들 역시 어떻게 자신의 조직이 이번 재앙에서 입을 타격을 줄일 것인가, 어떻게 해야 유리할까 생각하며 움직이는 중이었다.

다시 한숨을 내쉬는 순간, 한 사람이 눈앞에 나타났다.

눈이 휘둥그레진 파르소겐의 뺨이 떨렸다.

"자, 자네?"

"오랜만입니다."

"……돌아온 건가?"

"음, 엄밀히 말하면 잠시 모시러 왔습니다."

"모시러?"

"실례하겠습니다."

김현이 다가와 대현자의 어깨에 손을 올린 순간, 허연 빛이 두 사람을 에워쌌다.

속이 뒤집힌 파르소겐은 허리를 접고 속에 든 것 모두를 게워 내느라 얼굴이 하얗게 질리고 말았다.

불꽃을 허공에 띄운 김현은 대현자의 등을 두드려 주었다.

미안한 마음은 느껴지지 않았다. 시간을 아끼려면 그 옥상보다 여기 만계가 낫다고 판단했고, 파르소겐 역시 이 선택이 옳다고 생각할 것이다.

"……여기가 만계인가?"

"네."

대현자를 똑바로 쳐다본 김현의 눈이 가볍게 흔들렸다.

기억 속 대현자가 아니었다. 어딘지 모르게 흐릿한 인상이었고, 항상 지혜로 빛나던 눈도…… 조금은 흐리멍덩했다.

'마네킹이 움직이면서 말하는 느낌이야. 오랜만에 봐서 그럴까?'

"자넨 이제, 마음대로 만계를 오갈 수 있게 된 건가?"

"그런 셈이죠."

김현은 티메후르를 꺼내어 보여 줬다. 이 구슬을 건넨 사람이 비디타스라는 말은 생략했다.

"그렇다면 시간을 아끼기 위해 날 여기로 데려온 게로군."

"역시 대현자님이십니다."

김현은 부드럽게 웃으며 파르소겐을 쳐다봤다.

'대현자님은 달라지지 않았어. 달라진 건 나야. 만계에서의 시간 때문이겠지. 그 시간까지 포함하면 난 이 사람보다 나이가 훨씬 많아. 분신을 통해 경험한 시간까지 합치면 족히 수백 살은 될 거니까. 어쩌면 그 때문에 인상 자체가 바뀐

싱크

것인지도 모르겠다.'

이 생각을 파르소겐이 알면 어떤 표정을 지을까 생각한 김
현의 웃음이 더욱 짙어졌다.

"자, 이야기해 보게."

겨우 속이 진정된 파르소겐이 말했다.

김현은 어둠 너머를 바라보고 있었다.

골든 슬라임은 물론 그보다 강한 놈들이 이쪽을 호시탐탐
노리는 중이었다. 김현이 은연중 드러내는 기세를 본능적으
로 느끼고 잠시 주위를 맴돌 뿐이었다.

"자세한 이야기는 저 위로 올라가서 하시죠."

"……꼭 그래야 할까?"

대현자답지 않게 불안으로 흔들리는 눈빛.

"그리 힘들지 않을 겁니다."

김현은 파르소겐의 손목을 잡고 현섬을 펼쳤다.

"우웩! 웨엑!"

허연 액체마저 쏟아 내는 파르소겐이 고개만 살짝 돌려 김
현을 노려보았다. 마치 '힘들지 않다'고 말한 김현을 비난하
는 듯한 시선이었다.

김현은 이번에도 별로 미안하지 않았다.

저 늙은 현자는 드래곤이 자신에게 운명의 구슬을 흡수시키고 여기 만계로 보내는 동안 가만히 있었다.

물론 파르소겐이 그 상황에서 할 수 있는 일은 없었음을 김현도 잘 알고 있었다.

그저, 분신을 통해서 얻은 경험까지 합치면 수백 년에 달하는 시간 동안 자신이 죽도록 고생하고 있을 때 파르소겐은 저 위에서 편히 지냈다는 사실 때문에 조금 약이 오를 뿐이다.

'유치해, 이런 생각. 진짜 편안했는지 아닌지는 모르잖아. 그래도 뭐…….'

"머리만 쓰지 말고 평소에 몸도 좀 쓰세요."

"자네, 냉정해졌어."

몸을 추스른 대현자는 아스팔트 깔린 도로를 어루만졌다. 어디에서도, 심지어 중명 제국에서도 이런 길을 본 적은 없다. 게다가 저렇게나 완벽한 대칭을 보여 주는 건물이 숲처럼 모여 있다니!

"여기도 만계겠지?"

"네."

"이런 곳이 있을 줄이야."

"만계에 대해 자세한 이야기를 할 수도 있지만, 시간이 없습니다. 아니, 이곳에서의 시간은 충분하지만 제 마음이 급하네요. 이것부터 말씀드리죠. 엘루마는…… 위험합니다."

"알고 있네."

김현을 바라보는 대현자의 눈빛은 맑고 깊었다.

"알고 있다니요?"

김현은 깜짝 놀랐다.

"하루, 어쩌면 이틀 안에 대지진이 엘루마를 파괴할 거라는 사실 말이야."

깜짝 놀란 김현은 드래곤을 떠올렸다. 비디타스가 대현자를 찾아가 그 재앙에 대해 알려 줬는지도 모른다.

"비디타스인가요?"

"아닐세."

파르소겐은 리토랄레에 깃들어 있던 망량 모레얀이 스스로 깨어나 재앙을 예측한 과정을 설명했다. 동생 하르도겐을 봤다는 이야기는 뺐다.

"그러면 엘루마는 피난이 시작됐겠네요."

"음, 문제가 좀 있네."

대현자는 총상회, 무맹, 마협, 용병련 그리고 시청에 이 사실을 알렸지만, 그들이 엘루마 시민의 안전을 위해 움직이진 않는다고 말했다.

김현은 조금도 놀라지 않았다. 바로 그런 방식으로 세상이 돌아간다는 사실이 자연스럽게 이해되는 느낌이었다.

그 순간, 재미있는 아이디어가 생각났다.

"자네는 어떻게 된 건가?"

파르소겐이 물었다.

한숨부터 내쉬는 김현. 어떻게 설명을 해야 할지 잠시 막막했던 것이다.

"비디타스 님은 자네의 몸속에 드래곤의 피가 흐른다고 하시더군."

"……맞습니다."

"그렇다면, 자네는 드래곤인가?"

질문을 던지는 파르소겐의 입술은 바짝 말라 있었다.

"아닙니다."

단호한 대답.

"어떻게 그럴 수 있는지 모르겠군."

"드래곤은 태어나는 게 아니라 선택된 후 만들어지기 때문입니다. 아마도 드래곤의 피가 흐르는 사람은 저 혼자만이 아닐 겁니다."

"…….'

갑자기, 파르소겐의 눈이 흐릿해졌다. 항상 넘쳤던 총기가 갑자기 증발해 버린 것만 같았다.

김현은 좀 더 자세히 설명했다.

결과는 마찬가지였다.

아무리 풀어서 이야기를 해도 파르소겐은 드래곤의 탄생과 관련된 비밀은 전혀 알아듣지 못했다. 아니, 김현이 그런 설명을 했다는 사실 자체를 깡그리 잊었다. 더 길게 알려 줄수록 흐리멍덩함은 더 짙어졌다.

김현은 짚이는 바가 있었다. 예전에도 이와 비슷한 일을 접한 적이 있었다.

　'세계의 의지야. 그게 파르소겐의 기억마저 지우고 있어. 그게 아니라면 이 상황은…… 설명이 안 돼.'

　눈앞에 대현자가 있는데도 갑자기 혼자가 된 기분이었다. 적어도 그 문제만큼은 누구의 도움도 받지 못한다는 사실 때문이었다.

　고개를 갸웃거린 파르소겐이 입을 열었다.

　"여전히 드래곤의 혈통과 자네가 어떤 관계가 있는지 모르겠군. 그 이야기는 나중에 하지. 급한 일은 아니니까. 그보다, 재앙…… 막을 방법이 있을까?"

　대현자의 눈에 간절함이 묻어났다. 만약 재앙 자체를 막지 못한다면 수십만 명이 거주하는 빛의 도시 엘루마는 대지진으로 멸망하고 말 터였다.

　"막을 수 있습니다."

　"어떻게?"

　"……드래곤이 막을 겁니다."

　"비디타스 님이 말씀하셨나?"

　"네."

　김현은 자세한 이야기를 해 봐야 파르소겐이 이해할 리 없다고 생각했다.

　"하하하, 다행이군. 진짜 다행이야. 힘 있는 놈들은 날 거짓말쟁이라고 몰아붙이겠어. 지금도 피난을 위해서 준비하고 있을 테니까."

"이 기회를 이용해야지요."

"기회? 이용?"

"최대한 은밀하게 땅이든 건물이든 사들이십시오. 놈들은 아마도 빨리 처분하기 위해 싼값에 내놓을 겁니다."

"아하, 놈들의 뒤통수를 치자는 거로군. 좋은 생각이야."

파르소겐은 총상회, 무맹, 마협 그리고 용병련 놈들의 억울해하는 표정을 떠올리며 사악하게 웃었다.

"만약을 대비하여 피난 계획도 실행하십시오. 드래곤이 움직인다고 해도 대지진을 완벽하게 막아 낼 수 있을지는 확신할 수 없으니까요."

"알았네."

대현자는 힘이 들어간 턱으로 고개를 끄덕였다.

"엘루마로 모셔다 드리겠습니다."

김현이 손을 내밀었다.

망설이는 파르소겐.

"……겁이 나는군."

"익숙해지실 겁니다. 그리고, 단련 좀 하세요."

"알았네."

대현자는 김현의 손을 맞잡았다.

터지는 섬광.

두 사람은 사라졌다.

파르소겐은 숨을 헐떡거렸다. 속을 다 비워서인지 구토는
하지 않았다.

"……확실히 아까보단 낫군. 자넨 어떻게 할 건가?"

"저는 할 일이 있어서 만계로 내려가겠습니다. 곧 올라올
테니 염려하실 필요는 없습니다."

"알겠네."

김현은 대현자를 향해 고개를 숙인 후, 만계로 이동했다.

구름 흐르는 파란 하늘.

그 아래 호텔 옥상에서, 트로얀은 풍뢰검을 앞으로 뻗었
다. 공기를 압축하며 뚫어 버린 검 때문에 '훅' 바람 소리가
들렸다.

광현칠검보 제2초 기취이퇴였다.

'좀 더 빠르고 정확해야 돼. 사부님은 이것보다 세 배는 빨
랐으니까.'

굵은 땀방울이 흘러내렸다. 해 뜨기 전에 일어나 건물 옥

상에서 검을 휘두르는 건 트로얀의 오랜 습관이었다.

통조림에 든 과일과 직접 구운 고기를 쟁반에 담아 올라온 세르프가 트로얀 앞에 섰다.

"식사하세요, 대주님."

"거기 둬."

제3초 망회득실을 펼치면서 대답하는 트로얀.

"또 안 드실 거죠?"

"나중에."

"그분, 안 오실지도 몰라요."

제1초 한정소언을 펼치려던 트로얀은 검을 거두며 돌아섰다.

세르프는 쟁반을 탁자에 내려놓았다.

"벌써 3년이 지났어요. 어쩌면 죽었을지도 몰……."

세르프는 입을 다물었다. 목에 예리한 검이 닿았던 것이다. 검에서는 서늘한 바람이 흘러나오고 있었다.

"아무리 너라고 해도 해선 안 될 말이 있다."

"……죄송해요."

"테룽은?"

검을 거둔 트로얀.

"레반과 함께 사냥 나갔어요."

"레반은 좀 어때?"

요즘 들어 레반은 짜증이 늘었다. 트로얀은 대원들의 행동을 유심히 살펴 왔다. 만계의 악영향으로 미쳐 버린다면 그 자신이 처리를 해야 할지도 모른다.

'내가 정신을 잃으면 어떻게 될까? 그 전에 사부님께서 오셔야 하는데.'

만계를 벗어나기 위한 노력도 해 봤다.

티메후르를 찾기 위해 지하 던전 깊은 곳으로 내려갔지만, 거기 출몰하는 몬스터는 추광대가 감당하기 힘들 만큼 강했다. 테릉은 팔을 잃을 뻔했고 트로얀 자신도 한동안 거동이 어려울 만큼 다쳤다.

티메후르를 얻기는커녕 살아서 돌아온 게 기적이었다.

그게 바로 석 달 전 일이었다.

"레반은 원래 성격이 이상하잖아요."

퉁명스럽게 말한 세르프는 아래로 가 버렸다.

트로얀은 세르프의 뒷모습에서 눈을 뗄 수 없었다. 부드러운 엘프는 어느새 자취를 감췄다. 드세고 거친 엘프만 남아 있을 뿐이었다.

바뀐 것일까?

앞으로 얼마나 제정신으로 지낼 수 있을까?

갑자기 힘이 빠져나갔다.

트로얀은 누워서 하늘을 올려다봤다. 구름 그림자가 호텔을 덮은 덕에 편하게 파란 하늘을 볼 수 있었다.

검을 잡은 이후, 요즘처럼 수련이 귀찮아진 적이 없었다.

검을 휘두르지만 깊이 빠져들지 못하고 억지로 시간만 때우는 느낌이었다.

"나도 변한 건가."

트로얀은 눈을 감았다.

테룽은 동쪽에서 도시로 밀려오는 먹구름을 보며 눈살을 찌푸렸다.

"비 오겠다."

"그러게 내가 오늘은 사냥하기에 안 좋은 날이라고 했잖아. 바보 같은 난쟁이 때문에 나만 고생하게 생겼네."

툴툴거리는 레반.

도끼 고스틍을 움켜쥔 채 앞서 텅 빈 도로로 걸어가던 테룽이 뒤를 힐끔 쳐다봤다. '난쟁이'라는 표현을 드워프 코앞에서 하다니.

"……넌 더워서 싫다고 했었다."

"더우니까 비도 오는 거야, 이 멍청아."

도끼 쥔 손에 힘이 들어간 테룽.

그 모습을 본 레반이 좀 더 적극적으로 이죽거렸다.

"죽이려고? 후후, 죽여 봐. 단번에 죽여야 할 거야. 아니면 내가 널 죽여 버릴 테니까. 아! 죽인 다음에는 언데드로 일으켜 노예처럼 부려 먹어야겠다."

레반을 노려보던 테룽이 고개를 돌렸다.

트로얀에게서 이곳 만계의 부작용에 대해 자세히 들었다. 마음에 문제가 생긴다는 설명인데, 레반을 보면 그게 어떤 증상인지 알 것 같았다.

"넌 먼저 돌아가라."

"아, 몬스터에게 잡아먹히라고? 예, 알겠습니다. 난쟁이님께서 원한다면 그래야죠. 저 같은 약골이 어떻게 할 수 있겠습니까요."

레반은 도로에서 벗어나 좁은 골목으로 접어들었다. 뒤도 돌아보지 않은 채, 그는 휘파람까지 불었다.

'좀비는 소리를 듣고 몰려드는데.'

한숨을 내쉰 테룽은 골목으로 달렸다.

저 앞에 레반이 가만히 서 있었다.

무언가 이상했다.

테룽이 다가섰더니, 레반 너머 골목이 온통 좀비로 가득 차 있었다. 줄잡아 백 마리를 훌쩍 넘을 듯한 무리였다. 놈들은 왔다 갔다 할 뿐이었다. 다행히 바람은 좀비 쪽에서 테룽과 레반을 향해 불어오고 있었다.

좀비 떼를 보며 몸을 부르르 떤 레반이 양손으로 마력을 모으기 시작했다.

그때, 테룽이 레반의 손을 잡았다.

"너무 많아."

테룽을 본 레반의 눈에서 공포가 사라지고 무모한 용기가 솟아났다.

"내가 알아서 해. 난쟁이 새끼는 꺼져."

레반은 양손으로 블랙 애로우를 발사했다. 날아간 검은 화살에 좀비가 서너 마리씩 꿰뚫렸다.

비명을 지르며 죽는 좀비들. 하지만 대부분의 좀비는 레반과 테룽을 발견하고 다가오기 시작했다.

테룽은 레반의 팔뚝을 잡고 달렸다. 하지만 곧 멈출 수밖에 없었다. 골목 반대쪽 입구도 좀비들로 막혔던 것이다.

도끼를 든 테룽은 입구를 노려봤다. 혼자라면 어떻게든 빠져나갈 수 있겠지만, 정신이 오락가락하는 레반까지 보호하기는 매우 어려운 상황이었다.

"놔, 이 난쟁이 새끼…… 윽."

레반의 명치에 테룽의 주먹이 박혀 있었다.

기절한 레반을 어깨에 올린 테룽은 점점 빨라지는 좀비 무리를 확인한 다음, 골목에 면한 문을 발로 차서 열고 안으로 뛰었다.

도로 쪽도 좀비가 에워싸고 있었다.

테룽은 레반을 들쳐 업은 채 건물 옥상으로 올라갔다. 계단을 딛고 오르자 금세 숨이 찼다. 옛날에는 전혀 하지 않았던 생각이 머리를 스쳤다.

싱크

'내가 왜 이 인간을 위해 이 고생을 해야 하지? 그냥 버리고 갈까. 뭐, 나쁜 생각은 아니야. 이 녀석은 날 난쟁이 새끼라고 불렀으니까.'

레반을 잡은 손이 느슨해졌다.

레반은 스르륵 아래로 미끄러졌다.

계단 아래로 나뒹굴기 직전, 테룽은 레반의 팔을 겨우 잡을 수 있었다.

축 늘어진 레반을 보니 자신이 무슨 짓을 할 뻔했는지 깨닫고 가슴이 섬뜩해졌다. 레반이 입으로 미친 짓을 했다면, 자신은 몸으로…… 같은 행동을 할 뻔했다.

테룽은 레반을 업은 채 옥상에 도착했다.

찰싹찰싹.

레반의 뺨을 때리는 테룽.

레반은 멍한 눈으로 테룽을 올려다보았다.

그때, 테룽의 도끼 고스통이 레반의 눈을 향해 떨어졌다. 휘둥그레진 레반의 눈동자. 고스통은 살짝 각도를 틀어 귓불을 살짝 베며 옥상의 바닥을 찍었다.

레반의 얼굴이 일그러졌다.

"야! 뭐 하는 짓이야? 근데, 여긴 어디냐?"

"……정신이 드냐?"

"어디냐니까!"

테룽은 레반을 옥상 난간으로 데려갔다. 아래를 내려다본 레반은 할 말을 잃었다. 일일이 세기도 힘든 좀비 떼가 건물 사방에 모여 있었다.

"텔레포트."

테룽이 말했다.

"……알았어."

레반이 고개를 끄덕이자 테룽은 도끼를 들고 옥상으로 연결된 계단으로 내려갔다.

발소리와 악취가 먼저 도착했다.

이어서 몰려드는 좀비들.

테룽은 좀비를 향해 도끼를 휘둘렀다. 살점이 튀고, 뼈가 꺾였으며, 팔다리가 날아갔다.

원래 계획은 좀비가 위로 올라오지 못하도록 막는 것이었다. 레반이 텔레포트 마법진을 완성할 때까지 시간만 벌 생각이었는데, 테룽은 조금씩 쌓이는 분노에 사로잡혀 한 계단씩 아래로 내려갔다.

눈에 띄는 좀비를 모조리 때려죽이고 싶었다. 건물로 들어온 좀비뿐 아니라, 이 도시에 존재하는 좀비 전부를 없애고 싶었다. 그리고 지금 힘이라면 그게 가능할 것만 같았다.

'난 무적의 드워프니까. 나약한 엘프나 인간 따위, 꺼지라고 해.'

어느새 좀비의 피와 살을 뒤집어쓴 테룽은 도끼를 휘둘러 눈앞의 좀비를 죽이는 일에만 집중했다.

검은 분필 시누타를 꺼내어 텔레포트 마법진을 그리던 레반은 조금 전 무슨 일이 벌어졌는지 기억해 냈다. 마음이 혼란으로 흔들리자, 옥상 바닥에 마법진을 그리던 시누타가 힘을 잃고 쓰러졌다.

"……젠장."

레반은 자신의 뺨을 후려쳤다. 그런 다음, 다시 시누타에 마음을 쏟았다. 분필은 마법진의 나머지 부분을 그리기 시작했다.

마력을 주입하려고 텔레포트 마법진 중앙으로 가서 선 레반은 할 말을 잃었다.

거대한 얼굴이 옥상 너머에 있었다. 건물만큼이나 거대한 직립형 몬스터.

바로 요툰이었다.

이미 들어 올렸던 요툰의 손바닥이 마치 파리채처럼 레반을 덮쳤다.

엉겁결에 옆으로 몸을 날린 레반.

퍽.

그 충격에 옥상 일부가 무너졌는데, 그 때문에 텔레포트 마법진의 절반이 사라졌다.

다시 위로 올라가는 손바닥.

레반은 몸을 일으켰지만 달아날 곳은 없었다. 좀비를 막고 있는 테룽에게 가는 건, 절대 해서는 안 될 행동이었다.

레반은 요툰을 향해 블랙 애로우를 쏘았다. 두꺼운 피부 안으로 파고들긴 했지만 블랙 애로우는 심장을 터트릴 만큼 강력한 공격 마법은 아니었다.

이를 악문 레반은 스크라멘을 펼쳤다.

검은 구름이 요툰을 향해 날아갔지만 전체를 덮을 만큼 크지는 않았다.

스크라멘은 일종의 저주 마법으로 이동속도를 감소시킬 뿐 아니라 생명력을 지속적으로 갉아먹는데, 요툰 같은 대형 몬스터가 죽으려면 꽤 시간이 걸릴 터였다.

다시 내려오는 요툰의 손바닥.

레반은 반대쪽으로 몸을 날렸다.

쾅!

옥상의 절반이 무너졌다. 레반이 있던 바닥이 갈라지며 둘로 쪼개졌다. 콘크리트 바닥 한쪽이 치솟는 바람에 미끄러진 레반은 끝으로 돌출된 쇠막대를 겨우 붙잡고 허공에 대롱대롱 매달렸다.

그런 레반을 바라보는 요툰.

레반은 하마터면 '살려 줘!'라고 외칠 뻔했다. 테룽이라면 그 말에 달려올 테고, 자신보다 먼저 저 몬스터의 먹거리가 되고 말 터였다.

"테룽, 도망쳐! 혼자라면 달아날 수 있잖아! 도망쳐!"

레반은 목이 쉬도록 소리쳤다.

요툰의 손이 다가왔다.

눈을 감은 레반.

'추락해서 죽는 게 저 녀석에게 먹히는 것보다는 낫겠지. 근데, 여기서 떨어져도 죽지 않는다면? 다리가 부러진 상태로 먹힌다면?'

생각 많은 마법사 레반은 도저히 손을 놓을 수가 없었다.

그런데 무언가 이상했다. 요툰의 거친 손아귀가 자신을 움켜쥐고도 남을 시간인데.

천천히 눈을 뜬 레반은 요툰의 정수리에 꽂힌 검 하나를 발견했다. 얼음처럼 새하얀 검이었다. 요툰은 눈을 크게 뜬 채 얼어붙은 듯했다.

그때, 뒤에서 소리가 들렸다.

"올라와."

"……아악!"

놀란 나머지 레반이 아래로 추락하는데, 손이 불쑥 내려와 그의 팔을 잡았다.

레반은 자신을 잡은 사람이 누군지 알아봤다. 눈물이 핑 돌았다. 대주 트로얀이 그토록 기다리던 사람이 드디어 돌아온 것이다.

김현은 레반을 끌어 올린 다음, 테룽이 있는 계단으로 내려갔다.

계단은 복잡했다. 벽을 타고 아래로 내려가 좀비들 사이로 파고든 그는 주먹을 내지르고 발을 뻗었다. 맞은 놈들은 순식간에 뻗어 버렸다.

"젤란드 님!"

흥분한 목소리.

테룽을 향해 올라간 김현은 벽에서 뜯어낸 철근을 휘둘렀다. 좀비가 물러서자 그는 빙긋 웃으며 현섬을 펼쳤다.

레반 옆에 나타난 김현은 양팔을 뻗어 인간과 드워프의 어깨에 손을 올리고 이동술을 사용했다.

그들이 사라지자 독 오른 좀비들이 옥상으로 몰려왔다.

잠시 후, 선 채로 죽은 요툰의 정수리에 나타난 김현은 소드오브아이스를 뽑았다.

옥상을 가득 채운 좀비들이 김현을 보며 소리를 질러 댔고, 일부는 난간 너머로 몸을 날렸다가 아래로 추락했다.

쾅!

김현이 발로 거인의 정수리를 세게 밟았다.

타각의 충격은 이미 죽은 거인의 뇌를 부수고 두개골을 흔들었을 뿐 아니라 단단한 척추의 이음새를 파괴했다.

균형을 잃은 거인이 서서히 무너지며 앞으로 쓰러지기 직전, 김현은 사라졌다. 거인의 무게를 지탱하지 못한 건물이 와르르 무너지자 옥상에 있던 좀비들은 폐허에 묻혔다.

똑똑.

아침 식사를 알리려고 문을 두드리는 트로얀은 잔뜩 긴장한 상태였다.

다시 한 번 두드렸지만 안에서는 아무런 반응이 없었다.

혹시나 싶어 손잡이를 돌렸는데, 잠겨 있지 않았다.

문을 열고 안으로 들어선 트로얀은 텅 빈 침대를 발견했다. 잔 흔적조차 없었다.

'설마, 또 떠나신 건가?'

실망이 절망으로 이어지려는 순간, 창가에 세워져 있는 검이 보였다.

냉기를 뿜어내는 마법검, 어제 테룽과 레반을 구했던 바로 그 검이었다!

트로얀은 잠시 자리를 비운 사부님의 배려에 깊이 감사했다. 제자가 걱정할까 봐 저 귀중한 마법검을 두고 간 것이다.

조심스럽게 밖으로 나온 트로얀은 대원들이 기다리는 식당으로 향했다.

김현은 산꼭대기에 서서 불타 버린 화산 지대를 내려다보았다.

여전히 암회색 연기가 솟아나는 봉우리가 일곱 개나 있었고, 바람이 불어 새까만 재가 검은 파도처럼 들판을 휩쓸고 있었다. 시야에 들어오는 모든 땅이 폐허였다.

'여긴 그래도 사람이 살지는 않아.'

김현은 사람들로 북적이는 테페오 광장을 떠올렸다.

아이를 데리고 산책 나온 엄마들.

데이트를 즐기는 연인들.

광장을 가로질러 원하는 곳으로 이동하는 사람들.

일부는 죽어도 되살아나는 게이머겠지만, 다수는 도시에서 살아가는 NPC일 것이다.

김현에게 NPC는 죽어도 상관없는 존재가 아니었다. 처음부터 자신과 다를 바 없는 사람이었으며, 어떤 이유로도 희생되어서는 안 되는 존재였다.

만약 대지진이 엘루마를 덮친다면?

그 무수한 사람들이 죽어 버린다면?

하루 만에 수십만 명이 완벽하게 대피할 수는 없을 것이다.

그 순간, 두렵고 끔찍한 장면들이 머릿속을 가득 채웠다.

화염으로 불타는 도시.

땅에 파묻힌 건물들.

잘린 시체가 흩어져 있는 거리.

엄마를 애달피 부르는 폐허 속 아이의 공허한 울음.

김현은 일그러지는 얼굴근육을 느낄 수 있었다. 가슴 안쪽이 누군가 쥐어짜는 듯 아팠다.

한번 휩쓸리면, 마음이 떠내려가 버리면 어떤 일이 벌어지는지 그는 잘 알았다.

자신을 깎아내리게 될 테고, 과거의 잘못된 선택을 곱씹으며 스스로 비난하게 될 것이다. 아예 세상에 태어나지 말았어야 한다고 자책하게 될 것이다.

그때, 아주 생생하게 엄마의 목소리가 들렸다.

"우리, 웃자."

깜짝 놀란 김현은 화산 지대가 내려다보이는 높은 산꼭대기가 아니라, 그토록 돌아가고 싶었던 아파트의 방문 앞에 서 있는 자신을 발견했다.

현섬으로 이동한 건 아니었다.

책장의 배치, 붉은 소파, 창밖의 풍경을 본 김현은 눈이 커졌다. 입도 벌어졌다.

'여긴…… 옛날 집이야. 지금 집은 깡패들과 싸운 후에 이사한 아파튼데. 대체 어떻게 된 거지?'

문 너머로 엄마의 목소리가 들렸다.

"웃을 수 있어서가 아니라, 웃어야 힘을 낼 수 있으니까. 엄마도 힘을 낼 테니까, 너도 그래야 돼. 밥 잘 먹어. 엄만 일하고 올게."

엄마는 현관을 통해 밖으로 나갔고, 집 안은 침묵으로 빠져들었다.

오래된 벽지도, 낡은 소파도, 손때 묻은 책이 잔뜩 꽂힌 책장도 서서히 사라졌다.

그 대신 연기가 피어오르는 산봉우리와 새까맣게 타 버린 평원이 눈에 들어왔다.

'과거였어. 너무나 선명해서 마치 내가 거기 간 것만 같은 기억……'

문득 자카리안의 말이 떠올랐다.

ㅡ이상하다고 생각하지 말게나. 자네의 지각 능력이 몰라 볼 정도로 강해졌기 때문이니까. 과거를 끌어당겨 지금 다시 경험할 수 있다는 건 대단히 큰 축복이라네.

항아리를 이용하여 오행, 음양, 태극을 익히던 당시에 자카리안이 했던 말이었다.

김현은 엄마의 목소리를 들을 수 있어서 너무 좋았다.

그게 과거의 기억이라는 사실에…… 너무 안타까웠다. 한 번 더 들었으면 좋겠다고 생각했지만, 원한다고 마음대로 되는 일은 아니었다.

"웃자. 그래야 힘이 나니까."

김현은 활짝 미소를 지었다. 아니, 근육을 억지로 움직여 웃는 표정을 만들어 냈다.

한참을 두려움과 싸우느라 땀이 뺨을 타고 입가로 주르르 흘러내렸다. 오랫동안 쓰지 않던 근육을 억지로 사용하려니 경련으로 뺨이 부르르 떨리기도 했다.

신기한 일이 벌어졌다.

머릿속은 여전히 참혹한 상상으로 가득한데, 마음 한구석에서 진짜 기분이 좋아지기 시작한 것이다.

처음 페플에 접속했을 때 거닐었던 라마간의 골목이 생각났다.

황금빛 햇살이 부드럽게 어루만지는 중세풍 골목.

비록 소매치기를 당했지만, 4년이나 방에 갇혔다가 페플로 나와서 누렸던 자유의 맛은…… 기적처럼 짜릿했었다.

야생마처럼 제멋대로 날뛰던 상상력에 고삐가 채워졌다.

이제 김현은 멋지게 대지진을 막아 낸 자신을 생생하게 그릴 수 있었다.

"웃을 수 있어서 웃는 게 아니야. 웃어야 하기 때문에 웃는 거지."

김현은 불쑥 튀어나온 말이 아주 마음에 들었다. 좌우명으로 삼아도 될 만큼 좋았다.

그때, 김현은 메시지 창을 볼 수 있었다.

웃음 속성

'웃음' 속성이 생성되었습니다. 웃음은 아무리 비관적인 상황에서도 일어날 수 있는 힘을 줍니다. 웃음 속성이 증가할수록 세상을 밝게 볼 수 있으며, 세상도 밝은 면을 더 많이 드러내 줍니다. 어떤 순간에도 웃음을 잃지 않으면 주위에 있는 사람들까지도 밝게 만들어 줍니다.

–웃음 속성이 10 증가했습니다.

–직감 속성이 5 증가했습니다.

–근성 속성이 5 증가했습니다.

메시지 내용 때문에 웃음이 터졌다.

'아, 맞아. 예전에 직감 속성도 있었어. 그리고 근성 속성도 있었고.'

김현은 비디타스 때문에 뎁스 파이브의 세계로 내려온 이후 처음으로 캐릭터 창을 열었다.

캐릭터 이름 : 김현(노바디)	
직업 : 전사	
호칭 : 용사	
레벨 : 229	
힘 : 298	**지혜** : 211
명성 : 1,389	**직감** : 87
근성 : 601	**내공** : 8갑자
웃음 : 10	

레벨이 200을 넘겼다니! 김현은 깜짝 놀랐다. 옛날에는 하도 많이 죽어서 100에도 한참 못 미쳤는데.

속성은 캐릭터의 선택과 그에 따른 행동에 따라 자동적으로 올라간다는 사실을 알고 있었다.

'근성 속성이 601이야. 참고 또 참아서 저런 수치가 나온 건가?'

김현은 좀 더 얼굴근육에 신경을 썼다. 웃음이 나오지 않으면 만들어 낼 생각이었다.

"하하하하."

일부러 웃는 소리까지 내자 더 효과가 좋았다.

남은 시간은 페플 기준으로 하루, 어쩌면 이틀.

다행히 시간은 충분했다. 페플에서 하루라면 이곳 뎁스 파이브의 세계에서는 거의 100년이 남았다는 뜻이다.

'서두르면 안 돼. 찬찬히 생각해야 돌파구를 찾아낼 수 있을 테니까.'

드래곤은 오직 하나의 방법으로만 그 재앙을 막아 낼 수 있다고 말했다. 자카리안도 비디타스도, 김현이 이름과 기억을 모조리 포기하고 드래곤이 되어야만 엘루마를 대지진으로부터 구할 수 있다고 말한 것이다.

김현은 생각이 달랐다.

세상에 답이 하나인 문제는 없다.

티메후르를 꺼낸 김현은 손가락 사이로 구슬이 오가도록 만지작거렸다.

"추광대는 어쩌지?"

티메후르가 손에 들어왔으니 당장 올려 보낼 수도 있다.

이곳 만계에서 3년 넘게 고생한 추광대는 쌍수를 들고 환영할 것이다.

마음 같아서는 추광대를 위로 보낸 후에 대지진 막는 일에 집중하고 싶었다. 100년은 아주 긴 시간이지만, 목표를 고려한다면 아주 짧을지도 모른다. 사소한 일에 시간을 낭비하고 싶지 않았다.

한편으로는 추광대를 곁에 두고 싶었다.

추광대는 대화가 가능한 상대다.

혈문에 소속되어 있기에 '문주'라는 가슴 뛰는 목표를 떠올리게 만드는 사람들.

추광대가 옆에 있으면, 당장 급한 일…… 즉 대지진을 막는 것 너머에 진짜 목표가 있음을 절대 잊지 않게 해 줄 것만 같았다.

'그래야 재앙의 규모에 짓눌리지 않을 거야.'

직접 드래곤이 되는 것 외에 방법이 없다는 결론에 이르러 절망할 때에도 웃음처럼 새롭게 힘을 낼 수 있도록 영감을 얻게 될 것만 같았다.

생각을 정리한 김현은 공간 이동술을 펼쳤다.

현섭을 연거푸 펼쳐 능선을 지나 초원 지대에 이른 김현은 저 멀리 모여 있는 물소 떼를 발견했다.

좌우로 뻗어 나가며 위로 굽은 뿔.

김현은 잠시 옛날 생각에 잠겼다.

'진후가 뎁스 파이브 세계에 있을 때 활에 관심이 많았어. 그때 각궁을 만들어 보라고 물소 뿔을 줬는데.'

김현이 결각보로 다가가자 물소 무리는 경계심을 드러내며 한곳으로 모여들었다.

힘이 센 수놈들이 무리의 바깥쪽에 서서 숨을 토해 내며 김현을 노려보았다. 그중 유독 덩치가 큰 놈이 앞으로 나와 발로 땅바닥을 긁어 댔다. 더 다가오면 공격하겠다는 뜻이었다.

"하하, 이놈아. 오늘은 너로 결정했다!"

앞으로 걸어간 김현은 발을 굴렀다.

쾅!

타각의 충격파가 정면으로 뻗어 나가 우두머리 격인 수놈의 다리를 타고 몸통으로 올라갔다.

기우뚱하던 녀석이 넘어졌다.

놀란 물소 떼는 등을 보이며 달아났다. 흙먼지가 안개처럼 피어올랐다.

김현은 재빨리 다가가 고통스러워하는 녀석의 목을 부러뜨렸다. 생기는 빠르게 사라졌다.

잠자코 물소를 내려다보던 김현은 길게 숨을 내쉬었다.

이곳 뎁스 파이브의 세계에 오랫동안 머물면서 사냥은 호흡처럼 자연스러운 일이 되고 말았다. 가죽을 벗기고, 내장을 빼내고, 뼈에서 고기를 발라내는 일 역시 언제든 할 수 있고, 해야 하는 작업에 불과했다.

현실에서는?

대부분은 마트나 정육점에서 포장된 고기를 사다가 요리해서 먹을 뿐, 실제로 돼지나 소를 죽이진 않는다. 그럴 필요가 없기 때문이다.

'태어나서 자란 서울보다…… 여기 뎁스 파이브의 세계에서 훨씬 더 오랜 시간을 보냈으니 그럴 만도 해. 어떻게 보면 여기가 내 고향일 수도 있겠다.'

축 늘어진 물소를 어깨 위에 올린 김현은 또 한 번 웃음을 터트리며 공간 이동술로 사라졌다.

도끼를 옆에 두고 옥상 물탱크 그늘에 앉아 쉬고 있던 테룽은 공간을 가르듯 나타난 거대한 형체를 보고 깜짝 놀랐다.

김현은 테룽을 향해 물소를 던졌다.

몸을 일으킨 테룽은 겨우 물소를 받아 냈지만 그 무게에 오른쪽 무릎이 바닥에 닿고 말았다.

"하체가 약하네."

"……이 짐승이 무거운 겁니다."

"아니, 하체 단련이 부족한 거야. 아무튼 맛있는 고기니까 손질 좀 부탁해. 아주 맛있게 말이야. 피는 먼저 빼는 게 좋아. 고기에 스며들면 안 좋으니까. 그건 너도 잘 알겠지만."

빙긋 웃으며 그렇게 말한 김현은 사라졌다.

테룽은 고개를 갸우뚱했다.

완전히 사람이 달라진 느낌이었다. 어두운 인상의 소유자는 아니었지만 그렇다고 저렇게 명랑한 사람도 아니었는데.

오랫동안 통조림으로 배를 채워 왔던 테룽은 도끼를 가져와 해체를 시작했다. 두툼한 고기구이를 생각하니 벌써부터 입에 침이 고였다.

흰색의 접시에 놓인 물소 스테이크는 아주 먹음직스러웠다. 곁들인 파인애플 향도 기가 막혔다.

포크로 두툼한 고기를 푹 찌른 채 나이프로 썰자 붉은 살코기에서 육즙이 주르르 흘러나왔다. 한 조각을 입에 넣고 오물거리니…… 그 풍미가 기가 막혔다.

"최고야, 최고."

김현은 테룽을 보며 엄지를 세웠다.

뎁스 파이브의 세계에 내려온 후 이처럼 맛있는 고기는 처음이었다. 드워프식 고기구이 특유의 묵직하면서도 단단한 맛이 인상적이었다.

김현을 바라보던 트로얀, 테룽, 세르프 그리고 레반도 일제히 저녁을 먹기 시작했다.

"정말 신기합니다. 겔란드 님이 오신 이후, 사람 미치게 만드는 짜증이 휙 사라졌거든요. 아무것도 하기 싫었는데 이제 좀 힘이 나네요."

마법사 레반이었다.

테룽과 세르프가 자신도 그렇다며 맞장구를 쳤다.

"사부님께는 특별한 기운이 있는 것 같습니다."

트로얀까지 가세했다.

김현은 아첨이라고 해도 좋을 노골적인 칭찬에 그저 가볍게 웃기만 했다. 바람이 몸을 스치듯 지나갈 때 그저 그 시원함을 즐기는 것처럼, 김현은 추광대 사람들의 말을 즐길 뿐이었다.

'이 녀석들, 파르소겐보다 훨씬 더 흐릿해. 어떨 때는 유령이 아닐까 싶을 만큼이나. 그래도 재미있어. 이렇게나 다른 사람들이 함께 있다는 것 자체가.'

김현은 뱀파이어, 드워프, 인간 그리고 엘프를 바라보며 생각했다.

말수가 적은 김현 대신 레반이 대화를 주도했고, 테룽과 세르프가 끼어들었으며 간간이 트로얀이 입을 열었다.

식사가 끝날 무렵, 김현이 티메후르를 꺼내어 테이블에 올

싱크

려놓았다.

트로얀이 즉시 알아봤다.

"그건……?"

"맞아. 지금 당장이라도 이곳을 떠나 돌아갈 수 있다는 뜻이지."

김현의 말에 테룽은 주먹을 불끈 쥐었고, 레반과 세르프는 눈물까지 글썽거렸다.

"앞으로 7년은 여기에 머물러야 합니다. 저희는 10년 형을 받았으니까요."

트로얀이었다.

눈에 띄게 당황하는 대원들.

김현은 트로얀을 쳐다봤다.

"부당한 처벌을 굳이 따라야 할 필요가 있을까? 위험까지 감수해 가면서?"

"저는 사부님께 광현칠검보를 배우고 싶습니다."

"대원들은 어쩌고?"

"실은, 저도 여기 남고 싶습니다."

테룽이었다.

김현은 고개를 돌려 덩치 큰 드워프를 바라보았다.

용기를 낸 테룽이 몸을 일으켰다.

"저도…… 젤란드 님께 도끼술을 배우고 싶습니다."

"도끼술? 나한테? 왜?"

"제 추측일 뿐이지만, 겔란드 님은 도끼에도 일가견이 있을 것 같습니다."

김현은 단순한 드워프가 보여 준 통찰력에 놀라지 않을 수 없었다. 수라부월공 특유의 파괴력 넘치는 몸놀림이 동작에 스며든 모양이었다.

"저도 남겠습니다. 좀 더 본격적으로 마법을 익히고 싶습니다. 그래야 제 몫을 할 수 있을 것 같아서요."

레반이었다.

"저 역시 정령술을 제대로 익힐 생각이에요."

세르프가 거들었다.

그들의 결심을 확인한 김현은 티메후르를 주머니에 집어넣었다.

하지만 아직 테스트는 끝나지 않았다. 오히려 시작에 가까웠다.

"트로얀."

"네, 사부님."

"당신은 내가 누군지 몰라. 어떤 사람인지, 내가 무엇을 하고 있는지도 모르지. 그런데 뭘 믿고 내 제자가 되기로 결정한 거지?"

"사부님의 검을 보았기 때문입니다."

"검을 보았다?"

김현은 그 의미를 알아차렸다. 자신 역시 트로얀의 검술을 통해 그 성향을 파악했기에 제자로 받아들였다. 반복을 싫어하면 절대 이를 수 없는 경지다.

"그 이상은 필요 없다고 생각합니다."

"그럴까?"

"전 사부님을 압니다. 사부님도 저를 아십니다. 그러니 문제 될 건 없습니다."

"난 당신이 혈문 소속이라는 걸 알아."

"……."

트로얀의 얼굴이 와락 구겨졌다.

귀 기울여 듣던 세 명의 추광대원들 역시 깜짝 놀랐다.

"내 진짜 이름은 김현, 룬트란 왕국에서는 노바디라고도 알려진 이방인이야. 그 이름, 들어 봤겠지? 이래도 문제 될게 없을까?"

그 말에 얼굴이 하얗게 질린 트로얀이 몸을 일으켰다. 대원들도 일어섰다.

추광대가 처벌을 받아 이곳 만계에 떨어진 이유는 바로 이방인 노바디 때문이었다.

"……이방인은 결단코 사부님처럼 검을 쓰지 못합니다. 그저 겉핥기로 흉내나 낼 뿐이지요. 따라서 사부님은 이방인이 아닙니다. 이방인일 수 없습니다."

김현은 인벤토리에서 소드오브아이스를 꺼냈다. 추광대 눈에는 허공에서 불쑥 검이 나타난 것처럼 보였다.

회백색 검을 인벤토리에 넣은 후, 김현이 활짝 웃으며 말했다.

"난 좀 독특한 이방인이거든."

"제가 알기로 노바디는…… 얼굴이 크고 이상한 이방인입니다만."

여전히 의심하는 트로얀.

"좀 복잡한데, 그건 내 모습 중 하나야. 진짜는 지금 이 몸이고."

김현은 '캐릭터'에 대해 이들이 납득하도록 설명할 자신이 없어서 대충 얼버무렸다.

트로얀은 등 뒤로 손을 뻗어 풍뢰검을 천천히 뽑았다. 스르릉 뽑힌 풍뢰검의 끝은 김현을 향했다.

"한 가지만 여쭙겠습니다. 추광대가 혈문 소속임을 알면서도 왜 저를 제자로 받아들이셨습니까?"

"나는 혈문의 문주가 될 생각이야. 언제가 될지 모르지만, 내가 문주의 자리에 오르면 추광대 역시 나에게 속한 사람들이 될 것 같아서 제자로 삼은 거지. 무엇보다, 묵직하면서도 기이할 정도로 날렵한 검이 마음에 들었고."

"하하하하!"

그 대답에 트로얀이 미친 듯이 웃어 댔다.

대원들은 긴장한 표정을 감추지 못한 채 트로얀과 김현을 번갈아 쳐다보았다.

"지금 당장이라도 룬트란 왕국으로, 엘루마로 데려다줄 수 있어. 그러면 당신은 당신의 길로, 나는 내 길로 갈 수 있 겠지. 하지만 언젠가 만나게 될 거야. 난 반드시 혈문의 문주 가 될 거니까."

김현은 자신만만한 눈으로 트로얀을, 나머지 대원들을 바 라보았다.

트로얀은 풍뢰검을 위로 던졌다. 빙글빙글 돌던 검은 정확 히 등 뒤로 멘 검집으로 쏙 들어갔다.

"왜 이방인이 혈문의 문주가 되려는 겁니까?"

"세계를 지키기 위해서."

"……이방인의 도래로 세계가 혼란에 빠졌는데, 그 무슨 헛소립니까?"

"이방인이 사라지면 이 세계가 평화로워질까? 이방인 덕 에 이 세계가 얻는 이익이 전혀 없다고 말할 수 있나?"

"……."

트로얀은 입을 다물었다.

"이제 결정을 내리는 게 좋겠어. 여기 남을지, 아니면 올 라갈지."

김현이 말했다.

한참 동안 침묵이 흘렀다.

입을 연 건, 대원들을 쳐다본 트로얀이었다.

"대주로서 추광대의 해산을 명령한다. 지금 이 순간부터 너희는 혈문의 문도일 뿐, 나와는 상관없다. 따라서 각자의 판단대로 행동하도록."

"……."

그 결정에 세 명의 대원들은 할 말을 잃었다.

몸을 돌린 트로얀은 김현 앞에 무릎을 꿇었다. 그가 말하려는 찰나, 김현이 끼어들었다.

"날 따라오면 분명히 재미있을 거야. 파란만장하다 못해 죽음이 그림자처럼 따라다닐 테니까. 왜? 이방인이 겁도 없이 문주가 되겠다는데, 혈문이 가만히 있을까? 이 사실이 알려지면 아마도 혈문에 쫓기는 신세가 되겠지."

"제자, 사부님께 다시 인사 올립니다."

트로얀은 그 협박조차 개의치 않고 고개를 숙였다.

"저도 제자로 받아 주십시오."

테룽이 트로얀 옆으로 와서 무릎을 꿇자 쿵 소리가 나고, 바닥이 살짝 깨졌다.

"저도 받아 주세요."

의외로 세르프가 나섰다.

"난 정령에 대해서 아는 바가 없는데?"

"상관없어요. 전 대주님이 가는 길이라면 어디든 따라갈 생각이니까요."

뜨거운 눈빛으로 뱀파이어를 바라보는 엘프.

뱀파이어를 사랑하는 엘프? 김현은 그 사연이 궁금했지만

싱크

나중으로 미뤘다.

망설이던 레반도 결정을 내렸다.

"저도 제자가 되고 싶습니다."

"이봐, 난 마법사가 아니야."

"전 대주님의 판단을 신뢰합니다. 저보다는 대주님이 훨씬 지혜롭거든요. 그리고 문주의 직계 제자 자리를 어떻게 거절할 수 있겠습니까?"

레반은 너스레를 떨었다.

"너희 모두, 다시 생각해 봐. 결정을 내리면, 되돌릴 수 없어. 앞에 무슨 일이 기다리고 있을지 전혀 모르잖아. 내가 돌아올 때까지 충분히 고민하는 게 좋을 거야. 짧으면 며칠, 길면 한두 달이니까 시간은 충분할 거다. 아, 그 전에 해야 할 일이 있다. 내가 돌아오기 전에 너희가 여기서 죽으면 안 되니까."

김현은 트로얀, 테룽, 레반 그리고 세르프와 각각 NPC 계약을 맺었다. 실제로 해 보기 전까지 김현도 가능할지 장담할 수 없었는데, 다행히 계약은 가능했다.

과정은 간단했다. 질문과 대답, 그게 끝이었다.

퀘스트 창에 나타난 네 명의 프로필을 본 김현은 빙긋 웃었다. 이제 녀석들은 죽어도 되살아날 것이다.

갑자기 움직인 김현이 레반의 목을 잡고 위로 들어 올리며 꺾었다. 마법사는 너무나 간단히 목이 부러지며 죽었다.

놀란 트로얀이 검을 뽑았고, 테룽은 의자를 들어 올렸다. 세르프는 어느새 물의 정령 코리스를 불러냈다. 코리스는 반투명한 물결처럼 김현 주위를 맴돌았다.

"대체 왜……?"

트로얀의 눈빛이 흔들렸다.

"잠깐 기다려."

김현은 동료를 잃고 눈이 뒤집힌 사람들에게 말했다. 그리고 죽은 마법사를 멀리 던져 버렸다.

부활에는 긴 시간이 걸리지 않았다. 시체는 흐릿해지며 사라졌고, 잠시 후 트로얀 뒤쪽에 레반이 나타났다. 어리둥절한 표정의 레반을 본 세르프가 비명을 질렀다. 트로얀과 테룽은 그제야 레반을 알아봤다.

"이방인의 불사 능력을 부러워한 적 있지? 마음껏 누려. 그렇다고 너무 자주 죽지는 마. 죽음에 익숙해지는 건 안 좋아. 그리고 손해도 좀 볼 거고. 그럼, 나중에 보자."

모두를 쳐다본 김현은 식당을 빠져나갔다.

추광대는 서로를 바라볼 뿐 아무런 말이 없었다. 레반은 멍하니 자신의 목을 어루만지고 있었다.

야장

"놈들입니다."

천현이 속삭였다.

무거운 짐을 어깨에 멘 채 묵묵히 걷던 천야장은 고개를 돌려 저 아래쪽 평지를 쳐다봤다.

어둠이 깔린 들판에는 붉은 점 수백 개가 모래알처럼 흩뿌려져 있었다. 조금씩 움직이는, 때로는 먹구름에 가린 별빛처럼 사라지기도 하는 그 점은…… 끈질기게 따라오는 좀비, 스켈레톤 같은 죽음의 몬스터의 눈이었다.

처음엔 수십 마리였다.

천현을 비롯한 분신들이 해치웠지만, 애초에 생명 자체가 없는 몬스터여서 금세 되살아났다. 그래도 공포라는 본능 때문인지 더 이상 다가오지는 않았다.

그렇게 시간이 지나자 점점 수가 늘기 시작했다. 화산과 지진으로 던전이라는 안식처를 잃은 놈들이 뭉친 것이다.

천현 등이 해결할 수 없을 만큼 커다란 집단을 이루자, 오히려 천야장 쪽이 위험을 느낄 수밖에 없었다.

"저기 좀 보십시오."

검현이 손가락으로 북쪽을 가리켰다.

수십 마리나 되는 몬스터 무리가 다가오더니 들판에 합류했다. 곧 뼈를 긁는 듯한 기괴한 소리가 들렸다.

더 많아진 몬스터는 모두 천야장 쪽을 바라보고 있었다.

"가자."

천야장은 먼지 풀풀 날리는 능선을 걸어가면서 손을 뻗어 목걸이를 어루만졌다.

'저놈들이 노리는 건 바로 이것이겠지.'

김현이 두고 간 영혼의 목걸이가 지닌 힘이 어쩌면 저 몬스터 무리를 끌어당기고 있는지도 모른다. 아니, 천야장은 그렇다고 확신했다.

"여기다."

꼼꼼히 살핀 후에 결정을 내린 천야장.

천현, 검현, 부현 그리고 파디안은 서로를 보며 안도했다. 만약 천야장이 아니라고 한다면, 무거운 짐을 지고 기약도 없이 몬스터 무리에게 쫓길 수밖에 없을 것이다.

뒤는 아주 높은 절벽이고, 앞은 죽음의 몬스터가 떼 지어 올라오기 힘들 만큼 좁고 경사가 심한 골짜기였다. 게다가 절벽 아래쪽에는 동굴이 있어서, 몬스터가 공격해 오면 놈들의 힘이 약해지는 아침까지 대피할 수도 있었다.

분신들에게 정리를 맡긴 천야장은 혼자 동굴 안으로 들어갔다. 이미 검현이 샅샅이 뒤져 안전을 확인했기에 걸음은 성큼성큼 거침이 없었다.

빛이 거의 들지 않는 동굴 끝자락에 이른 천야장은 눈을 감고 코를 킁킁거렸다.

'이 냄새는……?'

놀란 그는 막혀 있는 벽을 손으로 만졌다. 벽 자체가 온기를 머금고 있었다. 그건 곧 벽 너머에 어마어마한 열기가 도사리고 있다는 뜻이었다.

당장 밖으로 나가 분신들에게 이 사실을 알리고 좀 더 안전한 곳으로 이동할 수도 있었지만, 천야장은 마음을 바꾸었다.

어차피 이 세계에 안전을 보장할 수 있는 곳은 없다.

그동안 두 가지 목표를 이루기 위해 노력을 아끼지 않았다.

첫 번째 목표는 바로 김현이 맡긴 도끼의 수리였다. 내구력이 바닥난 그 도끼를 완벽하게 만드는 건 천야장의 자존심과 직결된 문제였다.

하지만 마음속 깊숙한 곳에서부터 진정으로 원하는 것은 두 번째 목표였다. 바로 김현을 후계자로 삼는 것이었다!

바로 그 목표를 이루기 위해 파디안이라는 이름을 붙인 분신에게 그토록 공을 들였다.

그 시도는 실패로 끝났다. 아무리 애를 써도 단순한 사고방식의 분신에게 복잡하고 미묘한 고급 야공술을 가르칠 수는 없었다.

따라서 첫 번째 목표라도 달성해야 김현을 다시 만났을 때 얼굴을 들 수 있을 것이다.

사라겐의 비월을 고치기 위해 이런저런 방법을 다 동원했다. 화로의 규모를 키우고, 수차의 수를 늘려 풍력도 늘렸다. 성질석도 풍부하게 집어넣었다. 그럼에도 양날도끼는 매번 완성 직전에 문제를 일으켰다.

밖으로 나가 직접 만든 곡괭이를 가져온 천야장은 벽을 파기 시작했다.

분신들은 그 행동을 보고도 입을 다물었다. 천야장의 기행은 워낙 잦아서, 때로는 가만히 있는 게 나았다.

벽이 무너지자 붉은 빛이 천야장의 얼굴을 덮었다.

천야장은 입을 쩍 벌렸다.

'붉은 강이야. 이걸 이렇게나 가까운 곳에서 볼 수 있을 줄이야.'

구멍 앞에 선 천야장은 저 아래로 흐르는 용암을 볼 수 있었다. 서서히 굽이치며 흐르다가 갑자기 위로 솟구치는 용암의 열기에 천야장은 손을 올려 눈을 가릴 수밖에 없었다.

'여기라면, 그 망할 도끼를 고칠 수 있겠다.'

천야장은 이미 어떻게 용암의 열기를 이용하여 금속을 제련할지 그 방법을 찾고 있었다.

"어르신!"

그 소리에 천야장은 동굴 밖으로 나갔다.

천현이 손가락으로 아래쪽 들판을 가리켰다. 새까만 곰팡이 같은 몬스터 무리가 천천히 멀어지고 있었다. 오랫동안 끈질기게 따라오던 놈들이 드디어 떠나가는 것이다.

습관적으로 영혼의 목걸이를 어루만진 천야장은 속이 시원하지 않았다. 놈들이 사라지는 이유를 알지 못해서였다.

"내일부터 사냥을 다시 해도 될 것 같습니다."

부현이었다.

"좀 두고 본 후에."

천야장은 여전히 신중했다.

김현은 말라서 비틀어진 나뭇가지를 불에 던져 넣었다.

넓은 들판은 어둠에 뒤덮였고, 김현이 자리를 잡은 곳만

등대처럼 빛을 뿌리는 중이었다.

살금살금 다가오는 발소리.

"귀찮게 구네. 스토커냐?"

손을 뻗어 돌멩이 하나를 손에 쥔 김현은 그 방향으로 가볍게 던졌다.

퍽.

기괴한 비명이 공기를 갈랐다.

"아, 미안. 내가 힘 조절을 못해. 살살 던진다고 던진 건데. 솔직히 내가 강한 게 아니라 너희가 약한 거잖아."

중얼거리는 김현.

달아나는 발소리가 요란했지만, 얼마 지나지 않아 다시 접근하는 놈들은 하이에나를 닮았으되 몸집은 두 배나 되는 몬스터였다. 무리를 지어 사냥하는 야행성 맹수로, 오늘은 김현을 먹잇감으로 삼고자 주위를 맴돌고 있었던 것이다.

한숨을 내쉰 김현은 두 손을 양쪽으로 뻗었다.

곧 흙바닥이 꿈틀거리더니 둥그스름한 벽이 올라왔다. 공중에서 붙이자 이글루처럼 생긴 집이 완성되었다.

방어력을 위해 돌로 쌓아 올린 외벽을 하나 더 만들었다. 물론 모닥불의 연기가 나가도록 천장 꼭대기에는 조그만 구멍을 남겨 두었다.

외벽을 발톱으로 긁는 소리가 들렸다. 먹잇감을 눈앞에 두고도 사냥하지 못한 놈들이 약이 오른 모양이었다. 울부짖는

싱크

소리는 점점 멀어졌다.

"이제 좀 낫네."

김현은 인벤토리에서 종이를 꺼냈다.

쭈글쭈글 구겨진 종이에는 지도가 그려져 있었다. 돌아다니면서 직접 그린 지도였다.

"음, 북쪽은 대충 확인했으니 서쪽으로 가 봐야겠어. 열흘이면 찾아낼 거라고 생각했는데, 꽤 멀리 간 모양이야."

벌써 한 달이나 천야장을 찾는 중이었지만 흔적조차 발견하지 못했다. 곳곳에서 일어난 화산 폭발과 거센 바람으로 발자국 따위는 지워진 지 오래였다.

모닥불 옆에 팔베개를 하고 누운 김현은 오행의 기운을 움직여 천장을 넓혔다. 손바닥 같은 구멍이 커지자 새까만 하늘에 떠 있는 별빛이 쏟아질 것만 같았다.

이런 밤에는 현실 자체를 부정하고 싶은 생각도 든다.

드래곤? 대지진?

골치 아픈 문제는 깡그리 잊어버리고 자유롭게 마음껏 살고 싶달까.

일부러 피식 웃는 김현.

물론 잠시 눈을 붙였다가 일어나면 그런 생각은 햇살 앞 안개처럼 사라진다. 문제를 무시한다고 자유로워지진 않는다. 4년 동안 방 안에 갇혀 있으면서 깨달은 지혜였다.

"방법은 있어."

김현은 눈을 감았다.

열대 밀림처럼 울창한 숲에서 가장 높은 나무 꼭대기로 올라간 김현은 사방으로 뻗어 있는 녹색의 바다를 볼 수 있었다. 그 너머에 연기를 뿜어내는 산봉우리와 우아한 능선, 눈이 쌓인 암벽 등이 어렴풋이 보였다.

"음."

지도를 꺼낸 김현은 숯을 갈아서 만든 흑필로 산봉우리 등 지형의 특징을 기입했다.

한 번 확인한 김현은 지도를 인벤토리에 넣고, X자로 교차된 나뭇가지에 자리를 잡고 앉았다.

'시작해 볼까.'

눈을 감은 김현은 기를 사방으로 퍼트렸다.

기를 느낀 원숭이 몇 마리가 멀리 달아났다. 아래에 있던 육식동물도 도망쳤다.

기는 목소리가 닿지 않는 곳까지 퍼져 나갔다.

천야장을 찾기 위해서였다.

천야장이 망량의 상태로 돌아갔다면, 계약을 통해 묶여 있을 영혼의 목걸이를 찾기 위해서였다. 흙이나 낙엽 속에 묻혀 있다면 이런 방식 외에는 목걸이를 찾는 건 사실상 불가능할 터였다.

최악의 상황은 생각하지 않으려 애를 썼다. 영혼의 목걸이가 파괴되었다면 천야장을 두 번 다시 못 볼지도 모른다.

'독한 분이야. 어르신도, 목걸이도 안전할 거야.'

기는 숲을 벗어나 골짜기로, 그 위쪽 관목 지대로 뻗어 나가며 구석구석 확인했다. 그럼에도 천야장이나 영혼의 목걸이는 전혀 느껴지지 않았다.

숨을 헐떡이는 김현.

기를 사방으로 퍼트리느라 내공이 부족했던 것이다.

날은 어느새 저물고 있었다.

'이렇게 찾으면 시간이 많이 걸리겠지만, 어쩔 수 없어. 두세 번 뒤지는 것보다는 나으니까.'

김현은 지도를 한번 꺼내어 본 후, 현섬으로 이동했다.

그가 앉아 있던 나뭇가지만 세차게 흔들렸다.

들판에는 드문드문 풀이 나 있었다.

사막화가 진행 중인 들판에 우뚝 선 바위.

그 위에 앉아서 기를 사방으로 퍼트리던 김현이 눈을 번쩍 떴다.

'천야장도…… 목걸이도…… 아니야. 그보다 훨씬 거대한 기운이야. 이런 힘, 옛날에 느껴 본 적이 있는데. 언제였더라. 아, 맞아! 진후와 함께 여기 뎁스 파이브 세계에 내려왔을 때였어. 진후가 뱀파이어 마법을 수련하다가 찾아낸 건데, 새까맣게 반짝이는 흑요석 같은 돌이었어.'

당시에 그 돌은 안진후에게 두 사람을 죽여야 셋을 살릴 수 있다는 수수께끼 같은 말을 했었다. 그 조언은 어둠의 시종 '티파 칼리고 레기나'에게 윤태희가 당했을 때 안진후에게 큰 도움이 되었다.

김현은 인벤토리에서 《룬트란 왕국의 역사》 제10권을 꺼냈다. 거기서 '사쿨루'를 다시 확인했다.

지혜의 돌 사쿨루

고대의 종족으로, 외형은 새까만 바위와 비슷하다. 신선이나 드래곤조차도 경외심을 가지고 대하는 사쿨루는 주로 깊은 지하에서 시간을 보낸다. 불사조처럼 하나의 사쿨루가 소멸하면 그 자리에 새로운 사쿨루가 탄생하며 지혜와 경험을 이어 간다.

사쿨루는 수수께끼의 형태로 지혜를 드러내는데, 그 앞에서 경박하게 행동한다면 당신은 평생 그 순간을 후회하게 될 것이다. 왜냐하면 당신 앞에 놓인, 재앙과 행운을 미리 알 수 있는 기회를 놓쳐 버렸기 때문에.

역시 그 돌은 사쿨루였다!

가슴이 뛰었다.

《룬트란 왕국의 역사》의 기록이 맞는다면, 사쿨루를 통해 대지진을 막아 낼 또 다른 방법을 알게 될지도 모른다.

위치를 정확히 알아낸 김현은 심호흡으로 마음을 가라앉힌 후 현섬으로 이동했다.

캄캄한 암흑 너머에서 빛나는 거대한 돌.

김현이 나타난 순간, 마치 기다린 것처럼 돌에서 빛이 뿜어져 나와 제법 큰 공간에서 어둠을 밀어냈다.

시각이 퇴화된 곤충과 설치류가 황급히 도망치는 소리가 제법 요란했다.

─그대는 누구인가?

머릿속을 울리는 묵직한 음성에는 어마어마한 힘이 깃들어 있었다. 머리 안쪽에 확성기를 대고 최고 볼륨으로 소리치는 느낌이었다.

"제가 누군지 당신은 알고 있을 것 같습니다만."

─질문에 질문으로 답하는군. 그대도 내가 누군지 알고 있을 것 같군. 아닌가?

"사쿨루."

-이방인답지 않게 두툼한 역사서를 읽은 모양이군.

사쿨루는 김현이 어떤 책을 통해 그 정보를 입수했는지도 이미 알고 있었다.

"제게는 답이 필요합니다."

-내게는 답이 없다네.

"대지진을 막을 다른 방법, 없습니까?"

김현은 필사적이었다.

-없네. 자네가 포기하는 것 외에는. 고치에서 나오지 않고 나비가 되고 싶은 건가? 봄날의 햇살을 느끼며 날아다니려면 고치에서 반드시 나와야 하지.

사쿨루는 드래곤을 나비에 빗대어 말했다.

"……정말입니까?"

김현은 가슴이 답답해 숨을 쉴 수 없을 정도로 실망했다. 사쿨루에게 기대를 걸었건만.

버럭 화를 내며 소리를 지르고 싶었는데, 놀랍게도 최근에 들인 습관이 튀어나왔다.

입가에 미소가 걸리고, 입술 사이로 포효 대신 속삭임이 흘러나왔다.

"새까만 아저씨, 좀 도와줘. 오랫동안 쌓아 놓은 지혜를 이럴 때 발휘해야지. 썩으면 똥 돼, 똥. 똥이 뭔지는 알고 있겠지? 팔다리가 없으니 똥구멍도 없으려나."

능청스러운 말투.

자신이 생각해도 정말 어이가 없어지는 반응이었다.

사쿨루가 크게 흔들렸다.

김현은 지혜의 돌이 호통을 치거나 그냥 사라져 버려도 어쩔 수 없다고 생각했다.

-재미있는 친구군. 예상 못 했네, 자네의 말과 행동. 똥이돼? 내게 있어서 이런 경우는 흔치 않아서 말이야. 좋아. 굳이자넬 위해 입을 열어야 한다면, 아래쪽에 해답이 있다는 것만말해 줄 수 있겠군.

의외로 사쿨루는 답을 내놓았다.

이번에도 수수께끼였다.

아래쪽에?

-자네로선 만족스럽지 않겠지. 어쩔 수 없네. 인생이란 게다 그런 거니까. 대신, 자네가 원하는 답을 하나 주겠네. 동쪽으로 가게. 그러면 자네가 찾는 망량를 만날 수 있을 거야.

사쿨루는 천야장이 있는 곳을 알려 준 것이다.

김현이 재앙에 대해 좀 더 자세히 물어보려는 순간, 섬광이 터졌다. 그리고 사방이 캄캄해졌다.

김현은 내공을 불의 기운으로 바꿔 어둠을 밝혔다.

사쿨루가 있던 자리에는 암갈색 바위가 놓여 있었다. 사쿨루와 닮았을 뿐 지혜와는 거리가 먼 평범한 바위였다.

사쿨루는 사라졌다.

아쉬움으로 한숨을 내쉬는 김현.

'아래쪽이라…… 전혀 모르겠다. 아무튼, 이거라도 알게 되어서 다행이야.'

김현은 지상으로 이동했다.

갑자기, 무지개가 보였다.

그리고 공간 이동술이 깨졌다.

김현은 땅바닥에 쓰러졌고, 부작용으로 몸이 뒤틀렸다. 특히 관절에서 우두둑 소리가 크게 났다. 심장으로 가는 피의 양이 빠져나가는 양보다 훨씬 많아져, 가슴이 빠개질 듯 아팠다.

그때, 기억이 머리로 스며들었다. 점점 더 많은 기억의 조각들이 조그만 침처럼 머리를 쑤시기 시작했다.

'쾌현이야!'

그 기억은…… 바로 분신 중 하나인 쾌현의 경험이었다.

그건 곧 쾌현이 여기 어딘가에서 죽었다는 뜻이다.

기억의 급류는 곧 끝났다. 쾌현이 죽은 지 오래되어 일부만 남아 있었던 것이다.

어느새 날은 어두워졌다.

겨우 몸을 일으킨 김현은 흙과 돌로 이글루를 만들었다. 근처에는 몬스터가 없지만 만약을 대비한 것이다.

이글루 중앙에 앉은 그는 눈을 감고 생각에 잠겼다.

쾌현의 기억을 통해 천야장이 그동안 어떻게 지냈는지 알수 있었다. 뚝뚝 끊어진 기억이지만 화산 폭발에도 천야장이무사했다는 사실을 알기엔 충분했다.

쾌현은 던전에서 죽었다.

다행히 나머지 분신들은 살아서 천야장 곁으로 돌아갔을 것이다. 그들도 죽었다면 쾌현의 기억만 이렇게 흡수되지는 않았을 테니까.

사쿨루의 조언은 옳았다.

동쪽 저 어딘가에 천야장이 있다.

한 시간 남짓 휴식을 취한 김현은 이글루를 없애고 달리기 시작했다. 현섬은 중간에 깨질 경우 후유증이 만만찮기 때문에 결각보를 펼쳤다.

열흘이 지나도록 몬스터는 한 마리도 보이지 않았다. 꽤 먼 곳까지 정찰을 다녀온 분신 검현이 천야장에게 보고하자, 드디어 허락이 떨어졌다.

"대신, 너무 멀리까지는 가지 말게."

"알겠습니다!"

분신들이 입을 모았다.

그들에게 사냥은 커다란 즐거움이었다. 떼를 지어 몰려다니는 물소를 쫓아가서 쓰러뜨릴 때의 쾌감은 잊지 못할 기쁨이었고, 깊고 어두운 던전에서의 싸움은 살아 있다는 사실을 알려 주는 순간의 연속이었다.

몬스터를 죽이거나 버려진 궤에서 값진 보물이나 성질석을 얻어 내면 기쁨은 몇 배로 커졌다.

분신들은 떠났다. 파디안만 천야장 곁에 남았다.

망치로 달궈진 금속을 내리치면서, 천야장은 무리를 지어 따라오던 몬스터를 떠올렸다.

'군대는 아니었어.'

몸을 부르르 떠는 천야장. 바로 제1차 몬스터대전을 몸으로 겪었기 때문이다.

거대한 파도처럼 성벽을 향해 밀려오는 몬스터의 바다를 직접 보았다.

성벽만큼이나 덩치가 큰 거인들이 선봉에 섰고, 어마어마하게 많은 몬스터가 뒤따랐다. 마법사, 무사, 현자 그리고 상인까지 합쳐서 막아 내려 애를 썼지만, 꿈틀거리는 바다는 모든 것을 휩쓸 만큼 강력했다.

바로 그 전쟁을 통해 '하늘이 내린 대장장이'라는 명예로운 호칭을 얻게 됐지만, 몬스터대전은 망량이 된 지금도 다시는 경험하고 싶지 않은 악몽이었다.

평소 뿔뿔이 흩어지거나 동족끼리만 함께 돌아다니던 몬

스터가 종족을 초월하여 수십만, 수백만이나 모여서 군대를 이룬 이유는 아직도 확실히 밝혀지지 않았다.

어떤 현자는 조련사가 배후에 있다고 주장했다.

커다란 도를 휘두르는 무사는 죽음의 마탑 칼리고크가 몬스터대전의 원흉이라고 확신했다.

신중한 학자는 조심스럽게 드래곤과 관련이 있지 않을까 의견을 내놓았다.

캉캉! 캉캉!

금속을 때리는 망치에 힘이 들어갔다. 새빨간 금속 귀퉁이가 부서지며 불티가 날아올랐다.

'난 봤어, 로브를 뒤집어쓴 해골 마법사를. 스켈레톤은 아니었어. 그건, 리치였어. 영혼을 팔아먹은 죽음의 마법사. 분명히 리치가 몬스터 군대에 명령을 내리고 있었어. 그렇다고 칼리고크가 그 전쟁을 일으킨 건 아니지만.'

손에서 빠져나간 망치는 동굴의 벽에 푹 박혔다.

"어르신, 괜찮으십니까?"

파디안이 물었다.

"좀 피곤하군."

"나머지 작업은 제가 하겠습니다."

"……그래."

천야장은 동굴 밖으로 나왔다.

저 아래 들판으로 내려가는 분신들이 조그만 개미 같았다.

어딜 봐도 몬스터는 한 마리도 눈에 띄지 않았다. 대형 초식 동물 무리만 저 멀리 물웅덩이 근처에서 한가롭게 풀을 뜯고 있었다.

'여기에 리치 따위가 있을 리 없지.'

그렇게 생각했지만 왠지 모를 불안에, 천야장은 멀어진 분신들을 한 번 더 쳐다봤다.

비틀거리며 검현을 부축한 채로 던전 밖으로 나온 천현은 할 말을 잃었다.

시야의 모든 곳에…… 좀비와 스켈레톤 따위의 몬스터가 있었다.

마지막으로 나온 부현.

"……저게 다 뭐야?"

"아무래도 우리가 나오길 기다린 모양이야."

천현이 속삭이듯 말했다.

"말도 안 돼. 몬스터 따위가?"

부현은 고개를 흔들었다.

"고민할 것 없어. 그냥 죽이면 되니까."

검현이 천현의 손을 뿌리치며 검을 뽑았지만 비틀거리다가 하마터면 쓰러질 뻔했다.

"맞아. 죽여야 할 놈들."

부현도 도끼를 들었다. 던전 내에서의 전투가 치열했기 때문에 도끼를 든 팔이 후들거렸다.

천현은 이미 싸우지 않고 피할 방법은 없다고 판단했다. 문제는 결과였다. 이 많은 몬스터에게 둘러싸이고도 무사히 천야장이 있는 그 동굴로 돌아갈 수 있을까?

"던전에서 얻은 건, 모두 버린다."

천현은 물론 부현도 가죽 가방을 내던졌다. 쿵 소리가 날 만큼 무거운 가방에는 각종 성질석, 단검, 목걸이, 반지 따위가 쌓여 있었다.

놈들이 움직였다.

검은 파도가 몰려드는 느낌.

부현이 도끼를 휘두르며 달려갔고, 그 뒤를 검현과 천현이 따랐다.

"와우! 대단해!"

만스크는 멀리서도 치열한 싸움을 코앞에서 구경하는 것처럼 실감 나게 볼 수 있었다. 특이한 눈 덕분이었다. 오쿠네를 얻기 위해 원래 있던 눈을 포기했지만, 그 능력을 생각하면 전혀 아깝지 않았다.

지켜볼수록 쌍둥이처럼 닮은 저 녀석들을 그냥 죽이는 게 아까웠다.

'저런 부하를 거느리면 크립테아로 내려갈 때 아주 큰 도움이 될 텐데. 타릴이 깜짝 놀라겠지?'

그는 말라붙은 입술을 모으고 휘파람 소리를 내기 시작했다. 음율에 담긴 명령에 죽음의 몬스터는 즉시 반응했다.

목표 변경.

죽이는 게 아니라 사로잡는 것이었다.

하품을 하는 만스크.

싸움은 몇 시간이나 이어졌다. 세쌍둥이 녀석들은 서로 등을 맞댄 채 몰려드는 좀비를 짓밟고, 스켈레톤을 박살 냈다. 지쳐서 나가떨어질 법도 한데 아직은 버티는 중이었다.

아니, 조금씩이지만 포위망을 벗어나고 있었다.

'이러다가는 놓치겠는데. 안 되겠다. 아깝지만 어쩔 수 없겠어.'

만스크가 휘파람으로 애처로운 멜로디를 연주했다. 초반의 맹렬한 기세가 되살아났다. 이제 몬스터들은 조금의 여유도 남겨 놓지 않고 달려들 터였다.

쌍둥이 놈들은 눈에 띄게 밀리기 시작했다.

'곧 끝나겠군.'

만스크는 몸을 돌려 제법 가파른 산등성이 위 통나무집과 뒤쪽 절벽의 동굴을 노려보았다.

이제 얼마 남지 않았다, 위대한 보물을 차지할 순간이.

영혼의 목걸이를 손에 넣기만 하면, 지금보다 몇 배는 강해질 것이다. 더 많은 몬스터를 거느릴 수 있을 테고, 사용할 수 있는 마력도 어마어마하게 늘 것이다.

먼저 지하 세계로 내려가서 자신을 이 지경으로 만든 놈들에게 복수를 할 수 있을지도 모른다.

그다음 목표는 평화롭게 살아가고 있을 룬트란 놈들이다.

'운이 좋다면 제3차 몬스터대전을 일으킬 수도 있겠지. 바로 나 만스크가 말이야.'

마지막 저항도 무너졌다. 시체라도 확보하여 죽음의 마법으로 되살리기 위해 서둘러 달려갔던 만스크는 눈살을 찌푸렸다.

"어디 있어?"

우두머리의 분노를 감지한 몬스터들은 슬금슬금 뒤로 물러났다.

온전한 시체는 기대하지 않았다. 팔 하나쯤 뜯겨 나갔을 수도 있다. 하지만 팔다리는 물론, 얼굴과 몸통까지 남은 게 하나도 없었다.

무언가 잘못됐다.

만스크는 검은 손톱으로 뒤통수를 긁기 시작했지만, 곧 마음을 바꾸었다. 시체가 있든 없든, 그놈들은 죽었다. 따라서 저 동굴에 틀어박힌 채 망치나 휘두르는 늙은이를 없애고 영혼의 목걸이를 차지하면 된다.

날이 밝기 시작했다.

이번에는 휘파람을 불어 명령을 내리지 않아도 몬스터 무리는 빛을 피해 그늘진 골짜기 안쪽으로 이동을 시작했다.

분신들은 죽었다.

파디안만 남았다.

언젠가 이런 순간이 올 줄 알았지만, 막상 현실이 되자 천야장은 마음이 진정되지 않았다. 저 아래 들판은…… 놈들로 가득 차 있었다.

아귀, 스켈레톤, 좀비, 슬라임 같은 덩치가 비교적 작은 놈들뿐이지만 거의 천 마리에 육박하는 수는 무시할 수 없다. 놈들이 한꺼번에 동굴이 있는 절벽으로 밀고 올라온다면…… 한 시간도 버티지 못할 터였다.

아직까지 행동을 개시하지 않은 이유는 바로 하늘 높이 떠 있는 해 때문이다. 날이 어두워지고 놈들의 힘이 강해지면 바로 물밀듯 올라올 것이다.

"그냥 당할 수는 없지."

천야장은 동굴로 들어갔고, 파디안이 뒤따랐다.

구석에 놓여 있던 낡은 가죽을 들추자 그 안에 쌓여 있는 동그란 것들이 드러났다.

"이걸 동굴 벽에 만들어 놓은 홈에 끼워 넣어라."

"이게 뭡니까?"

"뜨거운 맛."

그렇게 말한 천야장이 끌끌 웃었다.

자신은 수박보다도 큰 것만 골라서 동굴 끝으로 향했다.

미리 봐 둔 곳에 커다란 광야탄을 놓고 발로 밟아서 깊이 박았다. 작업이 끝나자 땀이 주르륵 흘러내렸다.

흐뭇하게 웃는 천야장.

'한 놈이라도 터지면 여기 있는 것들 모두가 터지겠지. 그러면 동굴 지하의 구조상, 모든 게 쓸려 내려가 붉은 강에 풍덩 빠지고 말겠지. 후후후, 절대 혼자 갈 수는 없지. 암, 그렇고말고.'

해가 저물기 시작했다.

천야장은 파디안을 불렀다. 파디안이 다가오자 그는 영혼의 목걸이를 풀어서 성질석과 함께 가죽 가방에 집어넣었다. 성질석이 뿜어내는 마력으로 영혼의 목걸이 특유의 존재감을 지우기 위해서였다.

"어르신?"

"절대 저 몬스터 놈들에게 빼앗기면 안 된다. 내가 놈들을 유인할 테니, 넌 몰래 도망치거라. 그런 눈으로 쳐다보지 마라. 난 망량이다. 죽을 수 없는 존재야. 허나, 목걸이가 부서지면 소멸되고 말겠지. 마스터에게 목걸이를 전해 줘. 그러면 넌 날 다시 볼 수 있다."

"……네."

"어두워지기 전에 출발해라."

파디안을 재촉해서 내보낸 천야장은 마지막을 준비하기 시작했다.

절벽을 배경으로 우뚝 서 있는 산등성이를 올려다보던 만스크의 눈이 가늘어졌다.

'어떻게 된 거지? 그 목걸이 특유의 기운이 사라졌어. 설마, 목걸이를 노린다는 사실을 알아차린 건가? 후후, 그렇다면 내게도 생각이 있지.'

만스크는 자신이 거느린 부대의 일부를 은밀히 뒤로 빼돌렸다. 덫을 치기 위해서였다. 다 잡은 물고기를 방심으로 놓칠 수는 없었다.

해가 저물고 어둠이 깔리자 몬스터들의 고함에 힘이 실렸다. 놈들도 이제 곧 시작될 전투를 본능적으로 느끼고 있었던 것이다.

"자, 시작해 볼까."

만스크는 휘파람을 불기 시작했다.

은색의 검이 두개골을 꿰뚫었다.

그리고 화려한 춤을 추며 쇄골과 늑골, 대퇴골을 잘라 버리자, 스켈레톤은 얼어붙은 채 무너져 내렸다.

김현은 몰려드는 몬스터를 보고 눈살을 찌푸렸다.

'만계에 내려온 이후 이렇게나 많은 몬스터가 들판에서 돌아다니는 모습은 처음이야. 특히 스켈레톤이나 아귀 같은 놈들은 축축하고 어두컴컴한 던전에서나 출몰해야 정상인데.'

동쪽으로 갈수록 더 많은 몬스터가 앞을 막았다. 그럴 때마다 소드오브아이스가 냉기를 머금고 찌르고 베어 버렸지만 찝찝한 불안만큼은 사라지지 않았다.

현섬을 펼치면 훨씬 빨리 이동할 수 있다. 결각보는 아주탁월한 보법이지만 공간 이동술에는 미치지 못한다.

좀비 열 마리를 한꺼번에 날려 버린 김현은 몸을 스치는 묘한 감촉을 느꼈다.

'이건!'

즉시 바닥에 앉은 그는 천부선공 제5문 오행으로 이글루를 만들었다. 흙과 돌, 두 겹으로 쌓은 이글루가 완성된 순간, 근처에 흩어져 있던 분신의 기억이 김현을 덮쳤다.

몸과 마음이 동시에 뒤틀렸다.

몬스터들이 이글루 외벽을 긁는 소리가 아련하게 들렸다.

정신을 차리려 애를 썼지만 김현은 천현, 검현 그리고 부현이 남긴 기억의 소용돌이에 휘말리고 말았다.

놈들이 몰려왔다.

가파른 언덕으로 기어오르는 놈들에게 천야장은 선물을 하나씩 선사했다. 분신들과 함께 미리 준비해 놓은 선물은 쌓아 놓은 바위 더미, 굴러가서 좀비나 스켈레톤을 곤죽으로 만들어 버릴 통나무 뭉치 등이었다.

통나무 하나에 수십 마리가 나뒹구는 모습에 천야장은 껄껄 웃음을 터트렸다.

그래도 꾸역꾸역 올라오는 몬스터들.

"안 보이는군."

눈썹 끝이 올라갔다. 이 정도 몬스터를 조종하는 놈이 저기 어딘가에 있을 텐데.

썩은 살점이 뚝뚝 떨어지는 징그러운 표정까지 읽을 수 있을 만큼 좀비와의 거리가 줄어들었다. 천야장은 서둘러 동굴 안으로 들어갔다. 지금은 파디안 염려를 할 때가 아니다. 그동안의 경험이 있으니 파디안도 알아서 대처할 것이다.

뒤로 물러나면서도 천야장은 동굴 입구를 살폈다.

처음엔 어떤 몬스터도 동굴로 들어오지 않았다. 거친 고함도 줄어들었다.

동굴 끝에 이른 천야장은 모여 있는 도화선 위에 발을 올려놓았다. 힘껏 밟는 순간, 도화선에 한꺼번에 불이 붙고 곧 광야탄이 폭발하여 동굴을 무너뜨려 붉은 강으로 쏟아부을 것이다.

기다려도 놈들은 동굴로 들어오지 않았다.

"야! 이 잡종 놈들아! 몬스터 새끼들아!"

입구를 노려보며 소리를 질러도, 결과는 마찬가지였다.

'날 밖으로 끌어내려는 시도인가? 그럴 순 없지.'

천야장은 입구 쪽으로 한 걸음 내디뎠다가 뒤로 물러섰다. 지금은 끈기를 발휘해야 할 때다.

파디안은 바위에 달라붙은 이끼를 밟다가 미끄러졌다. 거의 10미터 아래로 굴러떨어졌지만 다친 곳은 거의 없었다. 잠시 후, 그는 숲을 벗어났다.

휘영청 달이 숲 너머 들판을 밝게 비추고 있었다. 다섯 개가 아니라 세 개였지만, 구름 한 점 없어서 달빛에 들판 전체가 고스란히 드러났다.

파디안은 돌아서서 등성이를 올려다봤다. 동굴 입구 앞은 몬스터들로 발 디딜 틈도 없었다.

돌아가야 한다는 마음과 도망쳐야 한다는 본능이 싸우고 있었다. 천야장이 내린 명령이 생각나자, 파디안은 웃자란 풀을 헤치며 움직였다.

그때, 앞쪽에서 부스럭거리는 소리가 들렸다.

놀라서 멈춘 파디안은 열 마리쯤 되는 몬스터를 발견했다.

'나 역시 천현이나 검현 같은 분신이야. 저 정도는 해치울 수 있어.'

자신 있게 돌진하는데, 그 뒤로 백 마리가 넘는 몬스터들이 나타났다.

즉시 판단을 내린 파디안은 우측으로 달리기 시작했다. 포위당하면 죽는다. 그뿐 아니라 마스터에게 전달해야 할 목걸이도 빼앗기게 될 것이다.

몬스터들이 파디안을 뒤쫓았다.

처음으로, 김현은 기억을 흡수하면서도 의식을 잃지 않았다.

천현, 검현, 부현의 기억이 기다란 바늘처럼, 때로는 후려 치는 몽둥이처럼 정신을 찌르고 강타할 때마다 어깨가 들썩 거리고 얼굴이 새하얗게 변하고 코에서 피가 흘러내렸지만 흐릿하나마 자신이 어디에 있는지, 어떤 상황인지 알고 있 었다.

분신들의 기억 덕에 꽤 오랫동안 천야장을 따라다니다가 조직적으로 함정을 판 몬스터 무리에 대해서도 알게 되었다.

'천야장이 위험해.'

고통으로 몸은 마비 상태나 다름없었다. 언제 회복될지 그 자신도 알 수 없었다.

그때, 땅 아래쪽에서 미약한 진동이 느껴졌다. 점점 다가 오는 흔들림에 김현은 겨우 눈꺼풀을 밀어 올렸다.

마침내 흙을 뚫고 올라온 건, 새하얀 뼈였다. 살점은 하나 도 남지 않은 백색의 손가락뼈는 마치 노련한 등반가처럼 지 면을 움켜쥐고 몸의 나머지 부분을 끌어 올렸다.

두개골이 흙더미를 밀어내며 나타났다.

튼튼한 어깨뼈도 함께.

스켈레톤이었다!

이글루를 만들 때, 땅 아래쪽은 아예 신경 쓰지 않았다. 저 죽음의 몬스터는 견고한 방어의 허점을 제대로 찌른 셈이다.

이 고통에서 벗어날 수만 있다면 손짓만으로 없애 버릴 수 있건만. 김현은 갈비뼈와 골반까지 쑥 위로 올라오는 모습을 그저 지켜볼 뿐이었다.

천야장이 힘껏 던진 돌멩이가 동굴 입구에 서 있던 스켈레톤의 대가리를 때렸다. 대롱대롱 달려 있던 해골이 땅에 떨어져 데굴데굴 굴렀지만, 몬스터는 못이라도 박힌 듯 입구에 서 있을 뿐이었다.

그 순간, 천야장의 눈이 커졌다. 왜 몬스터 놈들이 가만히 있는지 깨달았던 것이다.

'명령을 기다리는 거로군. 분명히 조종하는 놈이 있어. 여기 없다면…… 파디안을 잡으러 간 거야. 똑똑한 놈이야. 가만히 있으면 진짜로 잡힐지도 모르겠군.'

마음을 정리한 천야장은 소형 광야탄을 입구 밖으로 던졌다.

쾅.

그제야 몬스터들이 몰려들었다.

"그래, 그래야지."

천야장은 맹렬한 기세로 달려드는 몬스터를 노려보다가 벽에 세워 놓은 도끼를 힐끔 쳐다봤다. 김현의 양날도끼 사라겐의 비월이었다.

'저놈을 고치지 못한 게 너무 아쉬워.'

그 양날도끼를 두 손으로 들어 올린 천야장은 도화선을 발로 힘껏 밟았다.

콰콰쾅쾅!

동굴 밖으로 검붉은 화염이 흘러나왔고, 몬스터는 파편이 되어 공중으로 솟구쳤다가 후드득 떨어지고 있었다.

고개를 돌린 만스크의 얼굴이 와락 구겨졌다. 만약 자신이 쥐새끼를 잡으러 여기 오지 않았다면 저 동굴 안으로 들어갔을 테고…… 그랬다면 자신 역시 저 불길에 휩싸여 몸부림치며 죽어 갔을 것이다.

아니, 죽음은 리치에게 어울리지 않는 단어다. 죽음이라기보다는 아주 길고 고통스러운 잠에 가깝다. 죽음보다는 공들여 모아 놓은 몬스터를 잃어버린 게 더 아까웠다.

'아니, 영혼의 목걸이만 있으면 그 정도는 쉽게 모을 수 있다. 열 배나 많은 몬스터를 모아서 군대로 만들 수도 있겠지. 훨씬 강한 놈들까지도.'

드디어 그놈을 포위했다.

오쿠네의 눈에 마력을 주입하자 놈의 얼굴이 선명하게 보였다.

"뭐야? 저 새끼도 쌍둥이였어? 그러면 네쌍둥이?"

그동안 일부러 놈들에게 접근하지 않았다. 혹시라도 들키면 빠르고 강한 놈에게 잡혀 죽을지 몰라서였다. 보통의 마법사처럼 만스크 역시 근접전에 약했다.

놈은 끝까지 저항했지만 끈질긴 죽음의 몬스터를 당해 내진 못했다.

놈이 죽는 순간, 만스크는 할 말을 잃었다. 눈앞에서 녀석의 몸이 연기로 변해 사라진 것이다. 그제야 다른 놈들의 시체가 왜 남아 있지 않았는지 깨달았다.

'저, 저건 분신이야. 분신이어야 설명이 돼. 대체 어떤 놈이 저렇게나 강한 분신을 만든 거지? 설마, 본체가 저 위 동굴 속에 있는 건가? 아니야, 그럴 리가 없어. 저런 분신을 만들 수 있다면, 내가 모은 몬스터도 혼자서 휩쓸어 버릴 수 있을 텐데. 내가 모르는 마법 아이템이 있는 거야. 저런 분신을 불러낼 수 있는. 하지만 더 이상은 쓰지 못하는 거지. 분명해. 그런 보물이 있는 거야.'

욕망은 본능의 경고마저 이겼다.

풀잎에 걸려 있는 목걸이를 집어 들어 목에 건 만스크는 부르르 떨었다.

우두둑, 뼈에서 소리가 나자 몸이 조금씩 커지기 시작했다. 평균에도 미치지 못했던 키가 자라더니, 2미터를 넘겼다. 그리고 어깨도 넓어져 걸치고 있던 로브가 찢어졌다.

"크하하하하!"

만스크는 웃음을 참을 수 없었다.

그는 두 팔을 벌렸다. 그리고 근처에 있는 몬스터를 끌어당기기 위해 6서클 마법 '트락'을 펼쳤다.

가까이 있던 놈들은 물론 멀리 떨어져 배회하던 놈들까지 모조리 트락의 영향력 아래 있었다. 좀비, 스켈레톤, 슬라임, 아귀뿐 아니라 상당히 강한 트롤, 리자드맨 등도 모여들었다.

놈들이 다가오기 시작하자, 만스크의 웃음은 더욱 커졌다.

스켈레톤이 내리친 낡은 검은 김현의 가슴에 닿기 직전, 멈췄다.

여전히 머릿속으로 파고드는 기억으로 몸을 가눌 수조차 없었던 김현은 그 변화에 깜짝 놀랐다.

검 끝이 흔들렸다.

눈앞의 존재를 죽여야 한다는 본능과 강력한 권위를 지닌 명령이 몬스터의 내부에서 충돌하고 있었다. 결국 명령이 그 싸움에서 이겼다.

스켈레톤은 땅속으로 사라졌다.

긴장한 나머지 숨조차 멈추고 있던 김현은 거칠게 공기를 들이마셨다. 여전히 스켈레톤이 물러간 이유를 알지 못했지만, 한 가지 사실은 깨달았다.

분신은 편리하지만 위험한 스킬이었다. 머릿속으로 분신의 기억이 파고들면 무방비 상태가 되고 만다. 그 약점 때문에 평소라면 돌멩이를 던져서도 없앨 수 있는 스켈레톤에게 죽을 뻔했다.

'앞으로 조심해야겠어.'

서서히 고통이 줄어들었다.

분신들의 기억은 대부분 흡수되었고, 김현은 1초라도 빨리 그 과정이 끝나기를 기다렸다.

아주 포근한 느낌.

잊어버렸던 엄마 품이랄까.

한참 동안 그 넉넉하고 따스한 느낌에 푹 빠져 있던 천야장은 폭발을 기억해 냈다.

'그래, 내가 동굴을 날려 버렸지. 그 많은 몬스터 놈들과 함께 붉은 강으로 떨어졌을 테고. 그렇다면 이곳은…… 좀 느낌이 다르지만 영혼의 목걸이 안이겠군.'

천야장은 고향을 떠올렸다.

놀랍게도 밝지도 어둡지도 않은, 끝도 없이 펼쳐진 공간에 아담한 마을이 생겨났고, 그 너머로 울창한 숲과 안개에 가린 산봉우리가 보였다.

천야장은 돌담으로 둘러싸인 조그만 집 앞에 서 있었다. 담장 너머로 미소가 푸근한 여자가 보였다. 여자는 소의 젖을 짜고 있었다.

그 옆에 앉아 초롱초롱한 눈망울로 하얀 액체를 쳐다보는 소년.

바로 어린 시절의 천야장이었다. 마을 사람들에겐 오줌싸개 퍼브로 잘 알려져 있었다. 누구도 체구가 작고 말썽만 피우는 퍼브가 룬트란 왕국은 물론 대륙 전체에 명성을 떨치는 대장장이가 될 줄은 상상도 못 했다.

저 산자락, 마을, 안개, 젖 짜는 엄마 그리고 자신까지…… 모두 천야장의 기억이 만들어 낸 환상이었다.

'역시 여긴 영혼의 목걸이 안이야.'

천야장의 눈이 커졌다.

야트막한 담장 위로 솟아난 덩치를 자랑하는 붉은 곰이 어슬렁거리며 다가오고 있었다.

'난 저런 곰을 본 적이 없는데.'

놀란 천야장은 시야에 들어오는 모든 것을 지웠다.

희미한 산도, 마을도, 엄마와 어린 소년도 사라졌지만, 털이 부드럽게 출렁이는 붉은 곰은 여전히 유유히 다가오고 있었다.

그제야 천야장은 자신이 저 곰을 만들어 낸 게 아님을 깨달았다.

겉보기와 달리 곰은 순했다. 먼저 달려들기는커녕 손을 뻗어 털을 만지자 좋아하는 기색이 역력했다.

'사람의 손을 탄 녀석이야. 한데, 대체 이런 곰이 왜 목걸이 안에 있지? 그동안 내가 못 본 건가?'

그때, 갑자기 곰이 공중으로 떠올랐다.

천야장이 보는 가운데, 붉은 곰은 점점 더 빠르게 솟구치더니 시야에서 사라졌다.

이런 현상, 천야장은 잘 알고 있었다.

'파디안이 김현을 만났구나! 그게 분명해! 김현이 저 곰을 먼저 불러낸 거야.'

잠시 후, 천야장의 몸도 공중으로 올라갔다.

어마어마하게 빠른 속도감이 느껴졌다. 영혼의 목걸이에 있다가 밖으로 나올 때면 현기증이 날 만큼 먼 거리를 단숨에 이동한 느낌이 든다.

김현을 기대하며 눈을 뜬 천야장은 할 말을 잃었다.

"후후, 안녕하신가?"

미라처럼 말라붙은 남자가 말을 했다.

'……리치야. 영혼을 팔아먹은 마법사. 이 녀석이 몬스터를 조종했군.'

천야장은 상대의 목에서 낯익은 물건을 발견했다. 바로 영혼의 목걸이였다. 그건 파디안이 놈에게 잡혔다는 뜻이었다.

"왜 이 도끼 안에 당신이 있었던 거지? 누가 당신을 가둔 건가? 그보다, 내가 당신 생명의 은인이라는 걸 알아 둬. 내가 아니었다면 이 도끼는 저 붉은 강에 녹아 버렸을 테니까."

리치는 양날도끼를 두 손으로 쥐고 있었다.

도끼를 본 천야장의 눈이 휘둥그레졌다. 어떻게든 고쳐 보려고 애를 썼지만 사라겐의 비월은 끝내 완성되지 않았다. 하지만 저 리치가 들고 있는 양날도끼는 완벽했다.

'아! 그렇게 된 거였군!'

천야장은 좀비나 스켈레톤 같은 몬스터를 향해 발톱을 휘두르며 위협하는 붉은 곰을 쳐다봤다. 사라겐의 비월 안에 저 곰이 있었기 때문에 수리가 불가능했던 것이다.

어떻게 고쳐졌을까?

폭발? 용암의 열기?

천야장 자신도 그 과정을 설명할 수 없었다. 중요한 건, 기적이 일어났다는 사실이었다. 그 기적으로 자신은 영혼의 목걸이가 아니라, 도끼에 묶여 버렸다!

졸지에 전설의 주인공이 되었다. 자기 몸과 영혼까지 바쳐서 최고의 무구를 완성시킨 광기의 대장장이!

천야장은 주변을 살폈다.

셀 수도 없이 많은 몬스터가 모여 있었다. 어림잡아도 천 마리는 넘었다. 그 너머로 붉은 강이 흐르고 있었고, 검붉은 액체가 들끓는 웅덩이가 곳곳에 뚫려 있었다.

날뛰는 곰을 양날도끼로 돌려보낸 리치가 뒤늦게 천야장을 알아봤다.

"잠깐만, 당신은…… 천야장이야. 천야장 퍼브. 그렇지?"

"날 아는가?"

"후후, 전혀 기억이 나지 않는 건가? 하긴 긴 시간이 지났지. 외모도 달라졌고."

"서, 설마…… 만스크?"

"맞아."

"어, 어떻게 당신이……?"

"난 리치야. 내 생명력이 담겨 있는 그릇이 깨지기 전까지는 죽고 싶어도 죽을 수 없는 불사신. 물론 꽤 오랫동안 잠들어 있어야 했지만."

만스크의 입가에 주름이 졌다. 그가 만들어 낼 수 있는 최고의 미소였다.

부들부들 떨던 천야장이 달려들었지만, 스켈레톤의 검이 앞을 막았다.

"여전히 다혈질이야. 그런 성격으로 걸작을 만들 수 있겠어? 그렇게 열 내지 마. 과거는 과거니까. 중요한 건 현재와 미래 아니겠어? 그래서 말인데, 천야장이 꼭 해 줬으면 하는 일이 있어. 궁금하지? 당신에겐 딱 맞는 일이야. 보다시피 내게 군대가 생겼어. 몬스터대전에 동원됐던 그 엄청난 군대에 비하면 아무것도 아니지만, 그래도 내가 움직일 수 있는 군대라는 건 변함이 없는 사실이지. 이 녀석들에게 무기와 갑옷을 주고 싶은데, 자네라면 꼭 맞는 무구를 만들어 낼 수 있을 거야."

"나더러 자네의 야장이 되라는 건가?"

천야장은 기가 찼다. 철천지원수를 만나고도 죽이지 못해서 화가 나는데, 몬스터를 위해서 무구를 제작하라니.

"당신은 내 요구대로 할 거야."

"어림없는 소리."

"홋, 그럴까?"

옆으로 이동한 만스크는 양날도끼를 붉은 웅덩이에 던지는 시늉을 했다.

자신도 모르게 몸을 움찔거린 천야장.

"이 도끼가 녹아서 사라져 버리면, 당신도 소멸되겠지. 안 그래?"

만스크가 다시 한 번 징그럽게 웃었다.

한참 만에 천야장이 입을 열었다.

"……자네 뜻대로 하지."

"그래, 바로 그거야."

"조건이 있네."

"뭐든지."

"그 도끼를 내게 주게. 소중한 물건이라서."

"당연히 돌려줘야지. 난 도끼 휘두를 일도 없으니까."

만스크가 내민 사라겐의 비월을 잡은 천야장은 조금도 망설이지 않고 웅덩이를 향해 도끼를 던졌다.

'소멸되는 한이 있더라도, 그런 짓은 안 한다.'

만스크의 눈이 커지자 눈 주변의 말라붙은 피부가 종이처럼 찢어졌다.

빙글빙글 돌며 들끓는 용암으로 떨어지던 도끼는 중간에 멈췄다. 못에라도 박힌 것처럼 공중에 떠 있었다.

천천히 위로 올라간 도끼는 주위를 맴돌았다.

점점 벌어지는 천야장의 입에서 이름이 튀어나왔다.

"김현!"

그때, 김현이 나타났다. 사라겐의 비월은 아래로 내려와 주인 바로 옆에 박혔다.

화들짝 놀란 만스크는 즉시 다크 워킹으로 달아났다. 다크 워킹은 죽음의 마력을 이용한 공간 이동술이었다.

"괜찮습니까?"

"왜 이렇게 늦었나?"

짜증을 내는 천야장.

김현은 웃음을 터트렸다. 천야장다운 반응이었다.

주위를 가득 메운 몬스터에게로 만스크의 명령이 떨어졌다. 놈들은 포효하며 김현을 향해 달려들었다.

쾅!

김현이 펼친 타각의 위력에 몬스터 수십 마리가 뒤로 쓰러졌고, 일부는 밀려서 웅덩이에 풍덩 빠져 비명을 지르며 녹아내렸다.

김현은 천야장의 어깨를 잡고 안전한 곳으로 이동했다.

"조금만 기다리십시오."

"기다리는 데는 이골이 났네."

"빨리 끝내겠습니다."

김현은 완전해진 양날도끼를 어깨에 올린 채 사라졌다.

만스크는 숨을 몰아쉬었다.

마법사는 근접전에 약하다. 상대가 무사라면 거리를 띄워서 승부를 봐야 한다.

다행히 놈은 단번에 끝낼 수 있는 최고의 기회를 놓쳤다. 따라서 놈에겐 더 이상 기회가 없다.

"분신이 하나 더 남아 있을 줄이야. 상관없어. 그래 봐야 한 놈뿐이니까."

만스크는 군대의 후방에서 싸움이 벌어지는 곳을 바라보았다. 오쿠네의 눈에 마력을 주입하자 전투의 현장이 생생하게 보였다.

할 말을 잃은 리치.

날아다니는 양날도끼에 좀비, 스켈레톤, 아귀가 쓸려 나갔

다. 리자드맨과 트롤 같은 몬스터들이 덤볐지만 그 분신은
너무나 쉽게 주먹을 뻗거나 발길질로 쓰러뜨렸다.

만스크는 눈을 비빈 후에 다시 확인했다.

마찬가지였다.

"저, 저게 뭐야? 차원이 다르잖아. 설마, 저 녀석이……
본체라는 건가?"

불안이 스멀스멀 피어올랐다.

다리를 꺾어 버린 리자드맨의 옆구리를 걷어차서 멀리 날
려 버린 그놈이 고개를 살짝 돌려 만스크를 쳐다봤다.

'나를 본 건가? 아니야, 이 먼 거리에서 어떻게?'

그때, 놈이 사라졌다. 양날도끼만 몬스터 사이를 날아다닐
뿐이었다.

뒤에서 느껴지는 인기척.

돌아보지도 않고 다크 워킹을 펼치려는데 어깨뼈가 부서
졌다. 다크 워킹은 깨지고 말았다.

만스크는 상대를 향해 손바닥을 뻗었다. 검은 손이 손바닥
에서 튀어나와 김현을 덮쳤다. 그러나 이미 김현은 거기 없
었다.

퍽.

만스크의 발목이 기괴한 각도로 꺾였다.

땅바닥으로 넘어진 만스크는 한 번 더 어둠의 마법 블랙핸
드를 펼쳤지만 김현에겐 통하지 않았다. 두 팔까지 뒤틀리며

망가지자 만스크는 더 이상 저항할 수 없었다.

김현은 영혼의 목걸이를 회수했다.

김현을 발견하고 고함을 지르며 달려오던 몬스터들이 우뚝 멈추더니 서로를 쳐다보다 뿔뿔이 흩어졌다.

"……너, 정체가 뭐냐?"

만스크가 물었다.

김현은 물끄러미 만스크를 내려다볼 뿐이었다. 얼굴의 박쥐 문신이 어떤 의미일까 궁금했지만 김현은 어느새 손에 쥔 소드오브아이스를 놈의 가슴에 박았다. 냉기가 퍼져 나가자 허연 얼음이 만스크의 몸을 덮었다.

"네놈의 정체가 뭔지는 몰라도, 기뻐하진 마라. 이 세계는 끝장날 테니까. 크립테아의 군대가 이곳을 불태워 버릴 테니까. 더불어, 저 위쪽의 세계도 함께. 그리고 나……는 반드……시 돌……아……온……다."

김현이 검을 뽑으며 두 번 X자로 휘두르자 얼어붙은 만스크는 박살이 나며 조각조각 흩어졌다.

김현은 공간 이동술을 펼쳤다.

김현은 붉은 곰 라드의 목덜미를 어루만졌다.

손가락 사이로 빠져나가는 부드러운 털의 감촉이 아주 좋았다. 지긋지긋한 이 세계를 벗어나 처음 게임을 시작했던 조그만 도시 라마간의 숲으로 이동한 것만 같았다. 바로 거기서 라드를 처음 만났다.

"사라겐의 비월 안에 있었다니, 생각도 못 했다. 난 널 잃어버린 줄 알았으니까."

라드는 김현의 얼굴을 핥았다.

천야장이 다가왔다.

"잘 아는 녀석인가?"

"네."

김현은 라드와의 인연을 짤막하게 알렸다.

"그랬군. 이런 녀석이 도끼 안에 있었다니. 그동안 이 녀석 때문에 번번이 수리에 실패한 걸세."

천야장은 변명처럼 들리지 않게 애를 썼지만, 성공했는지 확신할 수는 없었다.

김현은 빙긋 웃기만 했다.

"자네 몸에 흡수된 구슬에 대한 답은 찾았나?"

천야장이 물었다.

"문제만 커졌습니다."

그렇게 말한 김현은 자카리안을 만났다가 벌어진 일과 그로 인해 대지진이 엘루마를 덮친다는 이야기를 천야장에게 알렸다.

대현자 파르소겐처럼 천야장 역시 드래곤은 태어나는 게

아니라 선택된다는 사실 자체를 이해하지 못했다. 아니, 두 번이나 들었는데도 아예 듣지 못한 사람처럼 행동했다.

다행히, 대지진 이야기에는 깜짝 놀라 눈이 휘둥그레졌다.

"막을 방법은 있겠지?"

"찾는 중입니다."

김현은 티메후르를 꺼냈다.

이 구슬을 이용하여 당장이라도 만계를 벗어나 엘루마로 올라갈 수 있다는 김현의 설명에 천야장은 무척 기뻤지만, 감정을 억누른 채 신중한 눈빛으로 김현을 바라보았다.

"자네는 여기 있을 텐가?"

"네."

"그럼 나도 여기 있겠네. 엘루마로 간다고 해서 내가 도움 될 일은 없을 테니 말일세. 그보다, 내가 도울 일이 있다면 뭐든 말하게."

김현은 잠시 망설였다.

천야장과 함께 그 도시로 돌아간다면 추광대와 만나게 될 테고, 자연스럽게 혈문 이야기를 나누게 될 것이다. 그렇다면 여기서 그 부분을 자세히 밝히는 게 나을 터였다.

"넘어지지 않기 위해서는 눈앞의 돌부리에 집중해야 하겠지만, 제대로 걷고 있는지 확인하려면 목적지가 어디인지 알아야 한다고 생각합니다."

"그야 당연하지."

"혈문에 대해 들어 본 적 있으십니까?"

"없네."

"혈문은 아주 뛰어난 사람들이 모여서 만든 조직입니다. 셀레스카르 님도 혈문의 일원입니다."

"그래서?"

"전 혈문의 문주가 될 생각입니다."

그 이야기를 들은 천야장은 길게 한숨을 내쉬었다. 하늘을 올려다본 그는 다시 땅을 보며 고개를 흔들었다.

"내가 자네를 잘못 봤군. 자네까지 권력에 사로잡혀 있었을 줄이야."

"그렇게 생각하십니까?"

"아니야. 난 자네를 오랫동안 봤어. 평범한 사람이라면 태어나서 죽을 때까지의 삶을 봤다고 해도 과언이 아니야. 자넨 절대 권력을 손에 쥐기 위해 살아갈 사람이 아니야. 권력을 추구했다면 여기서 멀쩡하게 지낼 순 없겠지. 대체 왜 문주 따위에 자네의 삶을 거는 건가?"

천야장의 어조는 단호했다.

잠시 생각한 김현이 답했다.

"음, 사부님의 부탁이었습니다."

"뭐?"

어이가 없는 천야장.

"저 역시 이왕 올라간다면 최고로 높은 꼭대기에 올라가

고 싶다고 생각했습니다. 그래야 올라가는 동안 즐거울 테
니까요."

그 말에 천야장의 얼굴이 일그러졌다.

잔뜩 구겨진 얼굴은 갑자기 펴지며 웃음이 터져 나왔다.

"크하하하하하하!"

김현은 가만히 천야장을 바라볼 뿐이었다.

"자네에게 혈문의 문주라는 자리는, 4년이나 쉬지 않고 파
괴했던 그 산맥 같은 거야. 무언가 집중할 대상인 거지. 하하,
이제 알겠네. 자넨 권력을 위해 그 자리에 오르려는 게 아니
야. 그저, 그 자리가 아주 높기 때문에 올라가려는 거야."

"……그게 다릅니까?"

"다르지. 아주 달라. 하늘과 땅만큼이나."

"전 모르겠습니다."

"내가 자네의 야장이 되어 주지. 자네와 자네 사람이 필요
한 무구는 모두 내가 만들어 주겠네."

천야장이 그렇게 선언한 순간, 김현은 메시지 창을 볼 수
있었다.

천야장 퍼브

퍼브는 하늘이 내린 야장, 즉 천야장이라 불리는 전설의 대장장이입니다.
제1차 몬스터대전에서 혁혁한 공을 세웠지만 오히려 배신을 당하고 억울하
게 죽은 그는 망량이 되어 지금까지 살아오고 있습니다.
제1차 몬스터대전에서 인간족이 열세를 극복하고 전쟁을 승리로 이끌 수

있었던 배경에는 탁월한 무구도 포함되어 있습니다. 특히 일곱 영웅이 몬스터를 쓰러뜨리는 데 사용한 일곱 개의 무구는 아직도 최강으로 알려져 있습니다.

-천야장을 길드 NPC로 등록하시겠습니까?

김현은 즉시 수락했다. 그 어디에서도 천야장 같은 무구 제작자는 만나지 못할 것이다.

"자네가 죽인 그 리치는…… 과거 몬스터대전 때 엘루마를 공격했던 놈이야. 비록 군대로 따지면 일개 지휘관에 불과했지만."

천야장이 말했다.

김현의 눈이 커졌다. 1차 몬스터대전이라면 무려 300년 넘게 살아왔다는 뜻이다.

"리치에 대해서는 자네도 알겠지? 몸을 없애 봐야 소용없네. 생명의 그릇을 부숴야 하니까."

"그 리치는 제가 언젠가 두 번 다시 부활하지 못하도록 없애 버리겠습니다. 그건 그렇고, 크립테아의 군주에 대해 들어 본 적 있습니까?"

김현은 스물두 권짜리 역사서 《룬트란 왕국의 역사》에서도 크립테아라는 지명은 본 적이 없었다.

"몬스터 군대가 왕국을 휩쓸 때, 그런 소문이 돌았네. 바로 크립테아의 군주가 몬스터에게 명령을 내린다고. 그 군주를 몰아내기 위해 세 개의 탑을 세워 장벽을 만들었다는데,

누구도 크립테아가 어디 있는지, 황제가 누구인지, 그 탑이 무엇을 의미하는지 알지 못했네. 그 누구도."

"아무래도 크립테아의 황제가 이곳 만계에 있는 모양입니다."

김현은 만스크가 죽기 전에 했던 말을 덧붙였다.

"만계가 크립테아일지도 모르겠군."

"지금은 대지진을 막아 내는 일에 집중할 생각입니다."

"그게 순서겠지. 허나, 방심하진 말게. 만스크는 끈질기고, 크립테아의 황제는 공포의 군주니까."

"……알겠습니다."

김현은 차가운 얼음물에 빠진 것처럼 자신도 모르게 몸을 떨었다.

고대 도시 베크렘의 시간의 장벽 앞.

척살대주 켄티르는 이 위험한 마법을 경이로운 눈으로 바라보았다. 그러다가 빛나는 커튼 너머로 손을 넣었다. 일렁이는 빛에 닿은 손톱이 반짝거리며 들어갔고, 손가락과 손바닥 그리고 손목과 팔뚝까지 무형의 장벽 속으로 뒤따랐다.

오른팔 전체가 새하얀 빛으로 뒤덮였다.

황홀한 눈빛으로 자신의 팔을 바라보는 켄티르.

뒤에서 쇠사슬 짤랑이는 소리가 들렸다.

고개를 돌린 켄티르는 수갑을 풀고 달아나는 노예를 발견했다. 고대 도시 베크렘까지 오는 동안에 저 노예는 자신만의 방식으로 탈출을 계획했고, 실행에 옮긴 것이다.

'훗, 노예 주제에 제법이야.'

켄티르는 다시 팔을 살폈다.

빛나는 피부에 변화가 일어났다.

지진으로 땅이 갈라지듯 피부에 금이 생겼는데, 껍질이 저절로 떨어져 깃털처럼 위로 떠올랐다. 분홍빛 피부조직도 시간의 장벽이 뿜어내는 기이한 빛을 이겨 내진 못했다. 핏줄은 말라 버린 후 가루가 되었고, 그 안쪽에 있던 근육과 뼈도 결과는 마찬가지였다.

오른팔을 완전히 잃기 직전, 켄티르는 뒤로 물러섰다.

팔은 엉망이었다.

한숨을 내쉰 그는 뒤로 왼팔을 뻗었다.

잠시 후, 노예가 고통에 찬 표정으로 천천히 다가왔다. 온몸에 힘을 주고 버티고 있지만, 몸에 새겨진 노예의 증표를 이겨 내진 못했다.

"이름이 뭐냐?"

켄티르가 물었다.

"……아자크."

"기억하겠다."

싱크

뼈만 남은 켄티르의 오른손이 노예의 목을 움켜잡았다.

노예는 버둥거렸으나 그 손아귀에서 벗어날 힘은 그에게 없었다. 서서히 몸이 말랐다. 이내 저항도 뚝 끊겼다. 자신의 운명을 받아들인 것이다.

노예의 몸이 시들수록 켄티르의 오른팔은 빠르게 회복되었다. 근육이 붙고 핏줄이 만들어졌으며 상처 하나 없는 피부가 그 위를 덮었다.

생명력을 완전히 흡수당한 노예의 몸은 무너졌다.

켄티르는 시간의 장벽과 자신의 오른팔, 그리고 뼈만 남은 노예를 번갈아 쳐다봤다.

'시간의 장벽은 확실히 약해졌어. 탑이 하나 붕괴됐기 때문이겠지. 나머지 두 개도 무너뜨린다면 우리를 지하에 가둬놓은 이 빛의 감옥은 사라진다. 그때가 되면 우리 크립테아는 지상으로, 그리고 그 너머로 가게 될 것이다.'

가슴이 두근거렸다.

크립테아를 향한 충성심이 뜨겁게 타올랐다.

그때, 뒤에서 천박한 목소리가 들렸다.

"어이, 잡종 새끼. 아니, 사생아라고 불러야 하나?"

마음이 싸늘하게 식은 켄티르는 천천히 돌아서서 결코 마주하고 싶지 않은 얼굴을 쳐다봤다.

게파즈는 실실 웃었고, 그 뒤에는 부하 셋이 비슷한 표정으로 켄티르를 비웃고 있었다.

켄티르는 즉시 전투태세에 돌입했다. 얼굴에 그려진 지네 형상의 문신이 하얗게 빛났다.

"진정해. 오늘은 널 죽이러 온 게 아니니까."

게파즈가 파란 구슬을 던졌다.

구슬을 가볍게 받아 낸 켄티르는 이맛살을 찌푸렸다.

"운 좋은 줄 알아라. 전하께서 너에게 관심이 있으시니까. 아무쪼록 이 기회를 놓치지 마라. 너 같은 사생아 새끼에겐 두 번 다시 오지 않을 기회니까."

돌아선 게파즈는 부하들과 함께 사라졌다.

파란색은 동왕 앙즈의 상징이다. 이 청옥은 앙즈가 게파즈를 통해 보낸 것이다.

켄티르는 잠시 망설였다. 함정일지도 모른다. 그게 아니면 게파즈의 말처럼 기회일 수도 있다. 자신을 없애려 했다면, 게파즈가 부하들과 함께 손을 썼을 것이다. 다른 목적이 있다면…… 들어 봐야 알 수 있다.

켄티르는 청옥을 움켜쥐고 마력을 주입했다.

그 순간, 섬광이 터졌다.

눈을 뜬 켄티르는 할 말을 잃었다.

벽에 무수한 해골이 걸려 있는데, 모두 커다란 뱀의 머리 뼈였다. 그 아래의 서가에는 뱀 가죽으로 감싼 두꺼운 책들이 빼곡 꽂혀 있었다. 한 번도 와 본 적 없지만, 무수한 소문 덕에 켄티르는 이곳이 어딘지 알아차렸다.

싱크

서재 구석진 곳에서 책을 읽던 앙즈가 입을 열었다. 얼굴에 거대한 뱀이 문신으로 그려져 있었다.

"오해하지 말게. 자네를 이곳으로 데려온 건 아니니까."

"……전하."

몸을 돌린 켄티르는 즉시 무릎을 꿇었다.

"자넨 여전히 거기 있어. 시간의 장벽 앞 말이야. 그러니까 주위 시선을 신경 쓸 필요는 없네."

켄티르는 가만히 있었다. 용건이 있는 사람은 자신이 아니라 앙즈다.

"벨레스카르라는 이름, 들어 본 적 있나? 최근에 서왕이 잡아들인 놈인데, 쓸모 많은 만스크를 감옥에 가뒀다가 놓친 이유도 그 녀석 때문이라는 이야기를 얼핏 들었다네."

켄티르의 입은 열리지 않았다. 그저 동왕 앙즈의 의도가 무엇인지 살필 뿐이었다.

앙즈는 벨레스카르에게 관심을 가지고 있다. 그 이유는 무엇일까?

"과묵하다더니, 정말이군. 좋아, 마음에 들어. 자네, 나와 함께 일해 보지 않겠나?"

켄티르의 눈이 앙즈를 노려보았다.

"자네가 서왕 타릴의 수하라는 사실, 나도 알고 있네. 바로 그 때문에 안타까워. 자네가 내 수하라면 난 벌써 자넬 천부장으로 앉혔을 거야. 척살대주도 나쁘진 않지만, 크립테아에서 공을 세우려면 무엇보다도 전쟁이, 군대가 최고니까. 그건 자네도 잘 알고 있겠지."

켄티르는 여전히 앙즈를 쳐다봤지만, 분노보다는 놀람에 가까운 시선이었다.

"천부장, 그게 무슨 의미인지 알고 있나?"

"……오직 귀족만이 크립테아의 천부장이 될 수 있습니다."

"맞아. 난 자네를 귀족으로 만들어 줄 수 있네. 진짜 귀족 말이야. 그 누구도 자네 출생에 대해 입을 열 수 없도록 내가 만들어 주겠네."

켄티르는 가슴이 뛰었다.

귀족!

바로 진정한 귀족이 되기 위해 지금까지 살아왔다. 사생아라는 꼬리표를 떼기 위해 부하를 죽여서 흡수했고, 누구든 필요하다면 이용해 왔다.

그 기회가 눈앞에 나타났다.

"감사합니다만, 제게는 주군이 계십니다."

켄티르는 달콤한 유혹일수록 위험하다는 점을 너무나 잘 알았다.

"잘 생각해 보게. 기회는 항상 오지 않지. 왔을 때 꽉 잡아야 한다네."

앙즈의 얼굴에서 웃음기가 사라진 순간, 마법은 끝났다.

켄티르는 장벽 앞에 서 있는 자신을 발견했다. 오래 서 있었는지 팔다리가 **뻣뻣했다**. 앙즈의 말이 옳았다. 자신은 계속 여기 있었다.

청옥을 살짝 공중으로 던졌다. 구슬 표면에 시간의 장벽이 비쳐 아름답게 빛났다.

'타릴 전하께서 그동안의 성과를 인정하시고 천부장으로 임명해 주시면 좋겠지만, 그 가능성은 적다. 그렇다고 앙즈 전하의 제안을 그냥 믿는 것도 위험해. 사왕은 오랫동안 서로 반목해 왔으니까. 날 이용하고 버릴 수도 있어.'

생각에 깊이 잠겼던 켄티르는 인기척에 몸을 돌렸다. 그리고 푸른 구슬을 잡아서 주머니에 집어넣었다.

"대주님, 전하께서 부르십니다."

척살대원 자르였다.

"알았다."

앞서 달리는 켄티르.

자르는 켄티르의 주머니를 힐끔 쳐다봤다.

엄지가 떨어져 나갔다.

벨레스카르는 이미 감각을 차단했기에 아무런 고통도 느끼지 못했다. 아주 태연한 얼굴로 손가락 하나를 잘라 낸 상대를 쳐다봤다.

잠입하기 위해 그렸던 거북의 문신은 이미 지워진 지 오래였다.

"이름이 뭐야?"

좁고 습한 석실 벽을 쩌렁쩌렁 울리는 목소리.

힐끔 간수 불루크를 쳐다본 벨레스카르는 녀석의 등을 뚫고 나온 새파란 독가시가 새삼 마음에 들지 않았다. 고슴도치 형태의 문신만큼이나 거슬렸다.

하나씩 똑똑 부러뜨리면 얼마나 재미있을까. 저 녀석이 질질 짜는 소리도 음악처럼 듣기 좋을 것이다.

'음, 목록에 넣어 둬야겠군. 절대로 잊지 않도록 말이야.'

"이름을 대라고, 이 새끼야!"

녀석의 손이 벨레스카르의 하얀 뺨을 후려쳤다. 반지 때문에 두 줄기 상처가 뺨에 길게 남았다.

그럼에도 벨레스카르의 표정엔 변화가 없었다. 묶여 있지 않았다면 멀쩡한 손가락을 들어 올려 귀를 막았을 것이다.

"다 알고 있다. 네가 만스크를 구워삶아 마그나타에 들어갔다는 사실까지도. 어차피 넌 여기서 죽어. 조금이라도 덜 고통스럽게 죽고 싶으면 당장 이름부터 밝혀!"

불루크가 휘두른 쇠갈고리 박힌 채찍이 가슴을 훑었다. 피부가 뜯겨 나가고 안쪽의 근육이 가닥가닥 끊어졌다. 피가 흘러내렸고, 허연 뼈가 일부 보였다.

벨레스카르는 눈빛 하나 바뀌지 않았다. 오히려 입을 벌려

싱크

늘어지게 하품을 했다.

악에 받친 불루크가 벨레스카르의 오른쪽 팔꿈치를 커다란 망치로 박살 내려는 찰나, 뒤쪽에서 힘 있는 목소리가 들렸다.

"그만."

고개를 홱 돌린 불루크는 즉시 상대를 알아보고 망치를 내리며 옆으로 비켜섰다.

당당한 체구의 남자가 다가왔다. 얼굴에 호랑이를 떠올리게 하는 화려한 문신이 새겨져 있었다.

벨레스카르는 고개를 들어 그를 쳐다봤다. 거물이 드디어 이곳으로 온 것이다.

'과연 타릴이군. 크립테아의 황제를 떠받치는 네 개의 기둥다워. 정말이지 어마어마한 기세야.'

"드래곤이 보냈어?"

의자를 가져와 벨레스카르 앞에 앉은 타릴은 장난치듯 물었다.

벨레스카르는 빙긋 웃었다. 대답으로서는 부적격인 반응이었다.

"아니면 천도의 신선?"

"만스크는 무사히 달아난 모양이야. 아마도 시간의 장벽 너머로 도망쳤겠지?"

벨레스카르가 입을 열었다.

"맞아. 이건 두고 갔지만."

순순히 인정한 타릴은 벨레스카르가 만스크에게 준 피리 율적을 꺼내어 보여 주었다.

"그 리치를 잡아도 별 소용은 없을 거야. 나에 대해서는 아무것도 모르거든. 그저 피리 하나를 받고 내 부탁을 들어 준 것밖에 없으니까."

"드래곤이든 신선이든, 보상을 약속했겠지. 하지만 난 훨씬 귀한 걸 당신에게 줄 수 있어. 말해 봐, 뭐든지."

타릴은 정체불명의 잠입자를 고통으로 굴복시킬 수 없음을 잘 알았다. 채찍이 통하지 않으면 당근을 사용할 수밖에 없다.

당근도 소용이 없다면?

그때는 죽여야 한다.

"투리우스 황제의 대가리."

"……뭐?"

타릴의 표정이 일그러졌다.

감히!

타릴이 뻗은 주먹이 벨레스카르의 명치에 박혔다. 마지막 순간 힘을 줄이지 않았다면 갈비뼈는 물론 심장까지도 박살 나며 죽었을 것이다.

벨레스카르는 기침을 했다. 입 밖으로 피가 뿜어져 나왔다.

"하루 안에 결정해라. 제안을 받아들일지, 아니면 산 채로 먹힐지."

　타릴은 감옥 밖으로 나갔고, 불루크가 뒤따랐다.

　감옥은 조용해졌다.

　벨레스카르는 허전한 오른쪽 엄지를 쳐다봤다.

　떨어져 나간 자리에서 피가 흘러내렸는데, 점점 그 양이 줄어들었다. 잠시 후 분홍빛 새살이 차오르기 시작했다. 그리고 조금씩 엄지 형태로 자라났다.

　부러진 갈비뼈도 저절로 붙으며 회복되고 있었다.

　'재생력 한번 끝내주네. 단번에 죽지만 않으면 회복된다는 건가? 아무튼, 이번 일 괜히 맡았다. 그 도발에 넘어가다니, 어리석게. 문제는 마그나타야. 그 빌어먹을 마법진이 화맥을 건드려 시간의 탑을 이미 하나 무너뜨렸어. 나머지 두 개를 부수면 시간의 장벽이 사라지겠지. 그러면 지옥 같은 크립테아에 갇혀 있던 놈들이 위로 올라갈 테고, 그런 일이 벌어지게 된다면 제3차 몬스터대전이 시작되겠지. 양심 따위 버린 지 오래라고 생각했건만, 아직은 조금 남아 있는 모양이야. 기회를 엿보는 수밖에. 그리고 시간의 탑이 그때까지 버텨주기를.'

　벨레스카르는 눈을 감았다.

요프람

폭우가 퍼붓는 호텔 옥상.

세르프는 마력이 주입된 분필로 콘크리트 바닥에 소환진을 그리고 있었다. 끊어진 부분이 없도록 꼼꼼하게 몇 번이나 확인했는데도 다시 한 번 소환술서에 나온 모양과 같은지 시간을 들여 검토했다.

'완성했어, 소환진은.'

옷은 이미 흠뻑 비로 젖어 있었다.

세르프는 미리 준비한 성질석을 꺼냈다.

수류석과 빙한석 그리고 하운석까지.

셋 다 물의 성질을 품은 돌이었다.

"……부족할지도 모르겠지만 어쩔 수 없어."

물의 하급 정령 헤르베르를 소환하여 계약을 맺기에는 아슬아슬한 양이었다.

번개가 쳤다.

번쩍 하늘을 가른 빛나는 나뭇가지는 사방을 밝혔다.

콰콰쾅, 천둥이 뒤따랐다.

이곳 만계는 비가 자주 오지 않았다. 와도 이처럼 피부가 따가운 폭우는 매우 드물었다.

'오늘을 놓치면 안 돼.'

세르프는 성질석을 소환진 곳곳에 조심스럽게 내려놓았다.

수류석과 하운석은 그나마 양이 괜찮은데, 문제는 빙한석이었다. 비가 자주 내린다면 몬스터 사냥으로 빙한석을 더 확보할 텐데.

사실, 빙한석은 사냥으로도 쉽게 얻기 힘든 성질석으로 유명했다. 빙한석을 품은 몬스터를 사냥하기엔 추광대는 아직 약한 파티였다.

"해 보자."

세르프는 소환진 중앙에 앉았다.

심호흡으로 마음을 가라앉혔다. 머리를, 어깨를, 몸을 때리는 빗방울 소리가 지금은 아주 듣기 좋았다.

발동된 소환진에서 푸르스름한 빛이 뿜어져 나왔다.

그 빛은 세르프의 몸으로 다가왔고, 정령술사에게서도 비슷한 색깔의 기운이 흘러나왔다.

싱크

세르프는 성질석에서 물의 마나가 빠져나와 소환진으로 흡수되는 과정을 신중하게 살폈다.

'휴우, 잘되고 있어. 아직까지는.'

소환진 전체가 강렬한 빛에 휩싸이는 순간, 공간을 뚫고 이계의 존재가 나타났다.

시퍼런 물 덩어리, 바로 물의 정령 헤르베르였다.

코리스가 여성적이라면 헤르베르는 거칠고 남성적인 정령이었다.

커다란 수박 같은 물 덩어리가 세르프 주위를 날아다녔다. 윙윙, 그 소리가 대단히 위협적으로 들렸다.

계약을 맺으려면 친화력이 높아야 하고, 충분한 양의 성질석도 필요하다.

맴돌던 헤르베르가 세르프 앞에 멈췄다.

세르프의 눈과 헤르베르 사이는 불과 30센티미터에 불과할 정도로 가까웠다.

"나는 물의 정령술사 세르프. 그대와의 계약을 원한다."

세르프가 속삭였다.

헤르베르는 가만히 있었다.

입안이 바싹바싹 타는 세르프는 고함을 지르고 싶을 만큼 답답했지만, 지금은 기다리는 수밖에 없었다.

그때, 소환진에 놓여 있던 빙한석이 모조리 사용되어 그 자리가 비었다.

계약을 맺으려던 헤르베르는 뒤로 물러났다. 그리고 세르프 주위를 맹렬하게 회전하다가 정령술사의 등을 강타했다.

"아악!"

고통으로 비명이 터졌지만, 폭우 소리에 묻히고 말았다.

피가 입 밖으로 뿜어져 나왔다.

이번엔 가슴을 때리는 헤르베르.

세르프는 소환진을 멈춰 헤르베르를 정령계로 돌려보내려 했지만, 소환진은 수류석과 하운석의 힘을 바탕으로 여전히 작동 중이었다.

보통 소환진은 이런 위험성 때문에 다수의 정령술사가 참여한다. 사정이 급박하게 돌아가면 강력한 정령술사가 소환진 내부로 들어와 급한 불을 끄게 되는데, 여기 만계에는 정령술사가 세르프 혼자였다.

도움을 기대할 수는 없다.

헤르베르가 이마를 치자, 세르프는 뒤로 넘어갔다.

고인 빗물 위를 때리는 빗방울 소리가 요란했다.

세르프는 쏟아지는 비 너머로 떠 있는 물 덩어리를 볼 수 있었다. 이전보다 훨씬 커진 헤르베르는 아래로 떨어졌고, 속도는 어마어마하게 빨라졌다.

'분노한 헤르베르는 날 죽일 거야. 그다음에야 정령계로 돌아가겠지.'

헤르베르가 세르프의 머리를 부수려는 찰나, 발 하나가 나

싱크

타나 물 덩어리를 축구공처럼 차 버렸다.

세르프는 자신을 내려다보는 사람을 발견하고 울음을 터트렸다.

세르프의 손을 잡고 단번에 일으킨 김현은 물의 정령을 힐끔 쳐다봤다. 열 받은 물의 정령은 이제 소환진 내부에 서 있는 김현을 향해 날아오고 있었다.

세르프를 소환진 밖으로 던지자, 천야장이 가볍게 두 팔로 받았다.

"……누구세요?"

"저 녀석의 야장. 그나저나, 아가씨 엉덩이가 아주 실하구만."

엉덩이에서 느껴지는 감촉에 세르프는 급히 몸을 일으켜 세웠다.

소환진 안에 서 있던 김현은 손을 뻗어 돌진하는 헤르베르를 물의 항아리에 가뒀다. 항아리가 왼쪽으로 오른쪽으로 흔들릴 정도로 정령이 저항하자, 김현은 손을 오므려 항아리의 크기를 줄였다.

고분고분해진 헤르베르.

항아리를 없애자 정령은 다시 날뛰었다.

김현은 야생마를 길들이듯 물의 항아리를 만들었다 없앴다를 반복했다. 결국 물의 정령은 그 압도적인 힘 앞에 굴복하고 말았다.

김현은 헤르베르를 이끌고 세르프 앞으로 걸어왔다.

"이 녀석, 계약 맺으려고 소환한 거지?"

"……네."

세르프는 고개를 끄덕였다.

"준비가 다 됐을 테니까, 계약을 시작해도 될 거야."

"혹시 정령술사셨어요?"

"아니. 그저 계약 과정을 대충 아는 사람이야."

"그러면 어, 어떻게 헤르베르를 굴복시키셨어요?"

"계약 먼저."

"아, 네."

세르프는 지친 정령과 쉽게 계약을 맺을 수 있었다.

계약이 끝나자 지친 물의 정령은 서둘러 자신의 세계로 돌아갔다.

희열이 샘솟았다.

코리스에 이어서 헤르베르와도 계약을 맺었다. 이제 원거리뿐 아니라 근접전에서도 정령을 이용해 추광대를 도울 수 있게 된 것이다.

"조금 전 그 녀석이 물의 하급 정령 헤르베르라는 거지?"

김현이 물었다.

"네."

"그러면 중급이나 상급 정령은 어마어마하게 강하겠네?"

"상급 정령은 이 도시를 물바다로 만들 수도 있어요."

"화산 폭발은? 지하에서 붉은 강을 밀어 올리는 화맥 자체는? 그것도 끌 수 있을까?"

"……."

세르프는 아무 말도 못 했다. 질문의 규모가 상상을 뛰어넘었던 것이다. 어떤 물의 정령술사도 화산을 끄겠다는 생각은 하지 않는다.

"물의 정령왕은 그걸 할 수 있겠지? 왕이니까. 그 녀석을 불러내려면 어떻게 해야 돼?"

김현의 눈이 별처럼 빛났다.

대현자는 엘루마의 지도를 들여다보며 얼굴을 찡그리고 있었다.

'곧 경비대는 해체되겠지. 아무리 충성스러운 경비대원이라고 해도 가족의 안전보다 명령을 우선시하지는 않을 테니까. 그러면 도시의 치안은 순식간에 무너진다. 시장은 이 사실을 알고 있을까?'

마음 같아서는 당장 시청을 찾아가서 바젠 후작의 멱살이라도 잡고 흔들어 지금 상황을 알게 만들고 싶었다. 하지만 믿지 않으려 하는 사람을 믿도록 만드는 것만큼 세상에 어려운 건 없다.

지도를 구겨서 던져 버린 파르소겐은 벽으로 가서 이마로 쿵쿵 찧었다.

'운송 수단도 문제야. 손수레 하나 빌리는 데 700골드나 필요해. 마차는 1천 골드를 뛰어넘었고. 평소 가격의 스무 배나 되는 돈인데도…… 구할 수조차 없어. 도시 전체가 수레와 마차가 필요한 셈이니까. 마협과 무맹, 용병련 그리고 총상회가 미리 손을 써 뒀겠지.'

파르소겐은 드래곤이 재앙을 막을 거라는 김현의 말을 온전히 믿고 싶었다. 그렇다고 아무런 대책도 없이 드래곤만 믿다가 도시와 함께 땅에 파묻히고 싶지는 않았다.

'최선을 다해야 돼. 그래야 기적도 일어날 거야. 치안과 운송 수단 다음은…… 인력이야. 현재 피난 계획을 도와줄 사람의 수가 턱없이 부족해. 호지센의 현자들만으로는 도저히 답이 나오지 않아. 마협과 무맹이 나서 준다면 더없이 좋을 텐데. 이 미친 새끼들!'

뾰족한 해결 방법이 없어서 대현자는 답답했다.

문제는 그 외에도 많았다.

식량, 옷, 이불 등 기본적인 물자가 충분하지 않았다. 도시 자체가 대지진으로 사라진다면 당장 짊어진 짐 속의 식량 따위로는 부족할 게 불 보듯 뻔했다. 그렇다고 식량을 몇 배나 많이 가져가면 이동속도가 느려질 터였다.

가장 좋은 방법은 대지진으로부터 안전한 도시와 마을이

싱크

피난민을 돕는 건데, 현재로서는 기대하기 힘든 일이었다.

더 큰 문제는 피난민이 안전하게 지낼 장소였다. 휴양도시 베쿠엔을 비롯해 몇몇 도시와 마을에 비둘기를 날렸지만, 어디에서도 피난민을 받아들이겠다는 답장은 돌아오지 않았다.

여름은 이미 끝났다.

초가을이니, 곧 겨울이다.

자칫 잘못하면 대지진에서 살아남은 사람들이 길에서 얼어 죽을지도 모른다.

그때, 뒤에서 무언가 서늘한 바람이 몰려와 등을 어루만지는 느낌이었다. 돌아서기도 전에 대현자는 무슨 일이 벌어졌는지 알아차렸다.

"왔는가?"

"물어볼 게 있어서요."

익숙한 목소리.

천천히 돌아선 파르소겐의 입가에 미소가 걸렸다.

김현을 보면 한 그루 거대한 소나무를 올려다보는 느낌이 든다. 그 이유는 모르지만, 아무튼 좋았다. 그 때문인지 피곤이 스르르 녹아내렸다.

"나도 의논할 게 있네."

"그럼, 대현자님부터 말씀하세요. 참을성 많은 제가 나이 든 분께 당연히 양보를 해야죠."

히죽 웃는 김현.

파르소겐의 눈이 반짝였다.

'분명히 김현이야. 아까 내가 만났던 그 김현. 그런데 왜 이렇게 달라졌지? 표정이랄까, 태도랄까…… 많이 변했어. 만계에서 무슨 일이 생긴 건가? 얼굴이 좋은 걸 보니 악재는 아닌 모양이야.'

대현자는 피난 계획과 관련된 문제들을 아주 빠르게 김현에게 알린 뒤, 질문을 던졌다.

"여기 있는 사람들을 만계로 데려가는 건 어떤가? 그 넓은 도시라면 엘루마 사람들을 충분히 수용할 수 있을 텐데. 어떻게 생각하나?"

"그런 생각, 해 봤습니다."

"그래서?"

파르소겐의 눈이 빛났다. 만계로 사람들을 데려갈 수 있다면, 이 파괴적인 재앙으로부터 귀중한 목숨을 구해 낼 수 있을지도 모른다.

"이곳의 하루는…… 만계에서는 100년이나 됩니다. 엘루마를 덮친 대지진이 잠잠해질 때까지 만계에서 기다린다면 수백 년이라는 시간이 흐를 겁니다. 아무것도 없는 만계에서 그 사람들이 견뎌 낼 수 있겠습니까? 만계가 사람들의 정신에 어떤 영향을 끼치는지 대현자님도 아실 겁니다. 그리고 노약자는 티메후르를 통한 세계 간의 이동을 견뎌 내지 못할 가능성도 높습니다. 직접 경험해 보셨으니 아시리라 믿습니

싱크

다. 마지막으로, 만계는 매우 적대적인 곳입니다. 대현자님께서 보신 그 도시 곳곳에 몬스터가 출몰합니다. 지하에는 훨씬 더 강한 놈들이 우글댑니다. 콤포 한 마리를 피하려다 만티코어를 만날 수도 있습니다."

"……알겠네."

파르소겐은 실망을 감출 수 없었다.

"엘루마의 치안, 운송 수단 그리고 인력은 제가 해결해 드리죠. 아니, 해결할 방법을 알려 드리겠습니다. 식량이나 옷, 대피 지역은 대현자님이 직접 방법을 찾아야 할 것 같습니다."

김현의 말에 대현자는 깜짝 놀랐고, 다시 희망으로 얼굴이 빛났다.

"세 가지만 해결돼도 한시름 덜 수 있을 거야. 대체 어떻게 치안을 유지하고, 돈을 주고도 못 구하는 수레나 마차를 확보할 수 있단 건가? 또 사람들은? 다들 살기 위해 도시를 빠져나가고 있는 상황에서."

"전 정말 대현자님을 존경합니다."

엉뚱한 말.

"……왠지 그 반대로 들리는데."

"역시 대현자님이십니다."

"자세히 말해 보게."

"바마퉁에게 연락해서 이 사실을 알리면, 세 가지 문제는 해결될 겁니다."

"바마퉁?"

대현자는 드워프이면서 추영의 주인인 이방인을 떠올렸다. 이방인답지 않게 순수하고 듬직하지만 머리를 쓰는 일에는 적합하지 않았다.

"이제 제 문제를 들어 주세요."

김현은 자세한 설명 대신, 자신이 대현자를 만나러 온 이유를 밝혔다.

"……정령왕을 소환하고 싶다?"

눈이 휘둥그레진 파르소겐.

"물의 정령왕이라면 잔뜩 화난 만계의 화맥을 잠재울 수 있을 테고, 그러면 그 영향력이 고스란히 엘루마에도 미칠 테니까요. 대지진의 위력이 줄어들거나, 아예 일어나지 않게 만들 수도 있습니다."

"그도 그렇겠군."

"문제는 정령왕을 불러낼 소환진을 건설하는 방법입니다. 시간은 충분합니다. 그 일을 해낼 힘도 제겐 있습니다. 하지만 정령왕을 불러낼 만한 소환진 자체를 설계할 능력은 제게 없습니다."

김현의 눈이 뜨겁게 빛났다.

그 의미를 깨달은 파르소겐이 급히 말했다.

"난 현자일세. 정령술사가 아니라네. 다만, 한 사람이 떠

싱크

오르는군."

"그 사람이 누굽니까?"

"마법학사 요프람."

"마법학사?"

"일단 찾아가 보게. 물의 마탑, 그러니까 아쿠아 마탑 엘루마 지부에 있을 테니까."

파르소겐은 김현처럼 설명을 생략했다.

대현자의 유치한 복수에 김현은 피식 웃었다.

"한 가지 더 있습니다. 엘루마를 포함해서 룬트란 왕국, 그리고 마룬타 대륙 전체의 지형에 대해 자세히 알고 싶은데, 어떻게 하면 될까요?"

"왜 그걸 알고 싶은 건가?"

"대지진의 규모를 좀 더 자세히 알고 싶습니다."

"음, 일리가 있군. 자네가 알고 싶어 하는 내용은 시청 지하 서고에 있을 거야."

"알겠습니다. 그럼."

김현은 사라졌다. 공간 이동술을 펼친 것이다.

파르소겐은 즉시 수정구를 꺼냈다.

요프람은 얼굴이 허여멀건 사내를 보며 솟구치는 울화를

겨우 참았다.

"최소 열 명이 필요하네. 와이번은 세 마리 정도. 그래야 지하에 있는 귀중한 마법서를 안전한 곳으로 옮길 수 있네."

물의 마탑 아쿠아의 엘루마 지부장인 브루노가 그 말에 웃음을 터트렸다.

"하하하하하, 재미있는 말씀을 하시네요. 마법서는 이미 다 옮겼습니다. 학사님도 아시잖습니까?"

브루노는 책상 서랍에서 필요한 물건을 꺼내어 나무 상자에 차곡차곡 쌓는 중이었다. 그 상자는 탑 옥상에 대기하는 와이번에게 실려서 휴양도시로 옮겨질 예정이었다.

"그게 무슨 말인가? 옮겼다니! 지하 서고에 최소 4천 권이 남아 있는데."

"아, 그거요? 그건 마법서가 아니잖습니까? 기껏해야 마법서에 주석을 붙이고 설명을 해 놓은 이론서인데, 그것까지 옮길 여력은 없습니다."

단단히 못을 박는 브루노.

"기, 기껏해야?"

얼굴이 벌겋게 달아오른 요프람이 브루노를 노려봤다.

"마스터께서 학사님을 높이 평가하시는 것, 알고 있습니다. 학사님이 이곳 아쿠아 마탑 소속 마법사와 수련사뿐 아니라 빛의 마탑 투스텔라, 바람의 마탑 페르제피, 화염의 마탑 플라도르 등 외부의 사람들에게까지 그 박학다식한 마법

이론을 아낌없이 베푼다는 사실도 이미 잘 압니다. 마법을 수련하다가 막히면 물의 마탑으로 찾아가라는 이야기를 주고받을 만큼, 무수한 마법사들이 학사님의 도움을 받았지요. 저 역시 그중 하나입니다. 허나, 지금처럼 극한상황에서는 아무리 학사님이 떼를 쓰셔도 통하지 않습니다. 만약 저를 움직이고 싶다면 직접 마스터께 말씀하세요. 전 마스터의 명령이 떨어지면 거기에 따라서 움직여야 하니까요."

요프람은 할 말을 잃었다.

'떼를 써? 내가? 이 새끼는 그 마법 이론서가 얼마나 중요한지 전혀 모르고 있다. 마법을 직접 익힌 적도 없는 내가 어떻게 마법사들에게, 새파란 수련사들에게 가르침을 줄 수 있었을까? 모두 다 그 역사와 전통 그리고 깊이까지 갖춘 이론서를 독파했기 때문이야!'

마법사가 마법학사를 얼마나 무시하는지 요프람은 몸으로 경험해 왔다. 그러나 마법사가 자신에게 도움이 되는 것이 무엇인지조차 모를 만큼 단순하고 무식할 줄은 몰랐다.

"자네의 뜻은 잘 알겠네."

"이제야 말이 통하는군요. 어서 준비하세요. 마지막 와이번이 옥상에서 기다리고 있습니다."

"마스터께 전해 주게. 나 요프람은 마탑 아쿠아를 나가기로 결심했다고."

브루노의 눈이 동그랗게 커졌다. 얼굴이 살짝 일그러졌다가, 잠시 후 발작적인 웃음이 튀어나왔다.

"크하하하하, 크하하하하! 학사님은 정말 재미있으신 분입니다. 마음대로 하세요. 하지만 알아 두세요. 그 와이번을 놓치면 학사님은 대지진으로 죽게 될 겁니다."

요프람은 경멸 섞인 표정을 무시하며 복도로 나갔다.

손이 부르르 떨렸다.

'아무도 도와주지 않는다면, 나 혼자서라도 옮기는 수밖에.'

만일의 사태를 위해 그동안 모아 놓은 돈을 다 털어서 구한 수레 한 대가 마탑의 뒷문 앞에 세워져 있었다.

지하 서고로 내려간 요프람은 무릎이 꺾일 만큼 무거운 책을 들고 수레에 쌓았다.

네 번째 책을 들고 올라왔을 때, 수레는 사라졌다. 수레에 올려놓았던 책만 바닥을 뒹굴고 있었다.

누군가 수레를 훔쳐 간 것이다!

아무리 간이 배 밖에 나와도 마탑의 물건을 훔칠 도둑은 드물다. 그렇다면 마탑에 소속된 누군가가 수레를 가져간 것이다.

마탑 안으로 들어온 요프람은 자신이 돈을 써서 겨우 구한 수레를 발견했다.

지부장 브루노의 나무 상자와 갖가지 물건을 옮기기 위해 수련사들이 수레를 끌고 있었다.

뒤통수를 맞은 것처럼 요프람은 가만히 서 있었다.

'그 귀중한 마법 이론서가…… 저 녀석의 쓰레기 같은 물건보다 못하다는 건가?'

벽에 꽂혀 있는 횃불을 본 그는 횃대를 뽑아 지하 서고로 내려갔다.

'클로토가 아쿠아의 마스터 자리에 올랐을 때 이곳을 떠났어야 했다. 그랬다면 이런 치욕은 당하지 않았겠지. 차라리 다 태워 버리자. 여기서 내 삶을 마감해 버리자. 어차피 다른 곳에 가 봐도 달라질 건 없을 테니.'

그러나 서고로 내려간 요프람은 차마 자신의 손으로 이 귀중한 마법 이론서에 불을 붙일 수가 없었다.

그 가치를 알기에 태워서 없앨 수가 없었다.

그때, 뒤에서 인기척이 느껴졌다.

요프람은 천천히 몸을 돌렸다.

"마법학사 요프람이십니까?"

상대는 정중하게 물었다.

'목소리가 아주 듣기 좋아. 청량하면서도 힘이 깃들어 있어. 타고난 재능은 충분해. 노력 여하에 따라서 성취는 달라지겠지만.'

"자네는 누군가? 나이를 보아하니 수련사 같은데, 옷은 그게 뭔가? 바트란 소속인가 보군. 이런 상황에서 나를 찾아오다니 자네도 참 엉뚱하군. 마탑 바트란도 대지진 때문에 한창 바쁠 텐데 말이야."

"마법진을 하나 만들려고 합니다."

상대는 차분하게 이곳에 온 이유를 밝혔다.

"마법진?"

요프람은 눈살을 찌푸렸다. 다들 급히 짐을 옮기는 지금, 상황에 어울리지 않는 말과 태도였다.

"물의 정령왕을 소환하려구요."

잠깐의 침묵.

"하하하하, 하하하, 자넨 정말 재미있는 친구야."

한참을 웃던 요프람은 상대가 전혀 웃지 않을 뿐 아니라 진지한 표정이라는 사실에 적잖이 놀랐다.

'둘 중 하나야. 진짜거나, 미쳤거나.'

"여기 있는 책들을 안전한 곳으로 옮겨 준다면 자넬 돕지."

어차피 안 될 일이라 생각한 요프람이 조건을 걸었다.

"잠깐만 기다려 주십시오."

상대는 그 자리에서 사라졌다.

"혀, 현섬이다!"

그 마법을 알아본 요프람은 주저앉고 말았다.

손을 뻗어 서가를 잡고 일어선 그는 숨을 몰아쉬었다.

'분명히 공간 이동술이야. 결코 평범한 사람은 아니라는 뜻이야. 그렇다면…… 이 귀중한 책들을 안전하게 옮길 수 있을지도 모르겠군.'

요프람의 눈은 희망으로 빛났다.

샌더스는 한숨을 푹푹 내쉬며 선반에 놓인 약병들을 바라보았다.

'지진이 올 줄 알았다면, 주문을 반으로…… 아니, 그 이하로 줄였을 텐데. 대현자면 한 열흘 전에는 알아야 하는 거 아니야? 하루 전에 알아낸 게 뭐가 대현자야? 소현자지.'

짜증이 난 샌더스는 아주 비싼 상품만 따로 챙겼다. 이번 피난은 아주 길고 고생스러운 경험이 될 터였다.

그때, 뒤에서 바람이 불었다.

도둑놈이 들어오지 못하도록 안채로 연결된 문을 제외한 모든 출입구를 완전히 막아 버렸는데.

샌더스는 허리띠에 달아 놓은 단검을 쥐며 몸을 돌렸다.

낯선 남자가 서 있었다.

"이 도둑놈!"

단검을 찔렀으나, 너무나 쉽게 손목이 잡히고 말았다.

상대는 살짝 힘을 줘 손목을 비틀었다.

비명을 지르며 단검을 놓친 샌더스는 상대가 어마어마한 고수라는 사실을 깨달았다. 그건, 이곳에서 죽을지도 모른다는 사실을 의미했다.

"다, 다 가져가십시오. 모, 목숨만 살려 주십시오."

"여기 있는 회복약, 모두 구입하고 싶습니다."

의외의 말이었다.

목소리는…… 오늘 처음 본 사람인데도 믿고 싶을 만큼 묵직했다. 그래도 상인 특유의 본능은 살아 있었다.

"……정말인가요?"

"일단 천무낭부터 봅시다. 몇 개나 살 수 있습니까?"

"다섯 개 있습니다만."

샌더스는 옷차림부터 수상한 남자를 살피며 안쪽에서 천무낭을 모조리 가져왔다.

천무낭은 가죽 주머니 안에 천 개 이상의 회복약병을 넣을 수 있다고 해서 붙여진 이름인데, 특별한 마법진이 가죽 내부에 새겨져 있는 고가의 상품이었다.

돈만 주면 구입해서 사용할 수 있는 물건이 아니었다. 십무낭이나 백무낭까지는 그런대로 기력으로 버틴다고 해도 천무낭은…… 마력이나 내공이 부족한 보통 사람에겐 버거운 마법 물품이었다.

평범한 사람은 잠깐도 못 버티고 기절하고 말 것이다. 천무낭을 지니고 있는 것만으로도 엄청난 마력이 필요했던 것이다.

"여기 있는 회복약, 모두 천무낭에 넣어 주십시오. 저는 잠깐 갔다 올 곳이 있어서. 오래 걸리진 않을 겁니다."

상대는 그 자리에서 사라졌다.

샌더스는 휘둥그레진 눈으로 쳐다보다가 뒤로 물러섰다.

싱크

'어차피 회복약을 무사히 옮기는 건 불가능해. 저 사람에게 팔자. 얼마를 쳐주든 그게 이익일 거야.'

샌더스는 회복약을 가죽 주머니 안에 넣기 시작했다.

그때, 그 사람이 나타났다.

다른 사람들과 함께.

뱀파이어, 인간, 드워프 그리고 여자 엘프였다! 이런 조합이 가능하다니. 대체 어떤 사람들일까?

"넌 남아서 회복약을 챙기고 있어."

"네, 마스터."

창백한 얼굴이지만 상체가 단단한 뱀파이어가 대답했다.

처음 봤던 남자가 다가왔다.

"이거면 될 겁니다."

그 남자가 내민 건, 한눈에 봐도 매우 희귀한 성질석이었다. 포도알 크기의 염화석이었다!

샌더스는 고개를 끄덕였다. 이 성질석이라면 수도 마르세르로 가서 여기보다 더 큰 상회를 열 수 있을 것이다.

남자는 사람들을 데리고 사라졌다.

드워프 하나만 남아서 묵묵히 약병을 천무낭에 담았다. 그러다가 샌더스를 쳐다봤다.

"둘이서 하면 더 빠를 것 같은데."

"아, 네."

샌더스는 재빨리 다가가 천무낭에 회복약을 집어넣기 시

작했다.

요프람은 눈으로 보고서도 믿을 수가 없었다.

뱀파이어, 인간, 엘프가 서고에 있는 마법 이론서를 그리 크지도 않은 가죽 주머니에 집어넣었는데, 정말 끝도 없이 책이 들어가고 있었다.

'아, 저건 천무낭이야! 가격도 가격이지만, 저걸 이용하려 면 상당한 내공이나 마력이 필요할 텐데.'

4천 권이나 되는 마법 이론서는 모두 주머니 속으로 들어 가 버렸다.

처음 나타났던 그 사내가 다가왔다.

"이제 저와 함께 안전한 곳으로 가시죠."

"……자네는 누군가?"

"가면 알게 될 겁니다."

"좋아, 가지."

어차피 물의 마탑과도 이미 작별했다. 클로토와 인사를 나 누지 못한 게 아쉽지만, 살다 보면 이렇게 충동적으로 결정 을 내릴 때도 있는 법이다.

그 남자가 손을 내밀었다.

요프람은 그 손을 맞잡았다.

섬광이 터지자, 아래로 추락하는 느낌이었다.

시청 지하의 서고는 조용했다.

스노빈과 함께 이곳에 잠입할 때는 무척이나 조심했었다. 사서에게 들키기라도 한다면 감옥행이기 때문이다. 지금은…… 사서는 물론 쥐 새끼 한 마리도 눈에 띄지 않았다. 대지진을 피해 엘루마를 떠난 것이다.

김현은 기분이 묘했다.

제1차 몬스터대전 관련 기록을 찾기 위해 서고에 왔었다. 여기서 망량의 두목이 바로 천야장 퍼브라는 사실을 알아냈었다. 비록 처음 만난 역사학자의 도움을 받았지만.

김현은 지질학 관련 책을 찾기 시작했다. 엘루마를 덮칠 대지진이 어디에까지 영향을 미칠지 확인하기 위해서였다. 땅 아래의 구조를 조금이라도 파악할 수 있다면, 좀 더 효과적으로 재앙을 막아 낼 수 있을 것이다.

'이런……'

서고는 생각 이상으로 넓었다.

또한 사서의 도움 없이 원하는 책의 위치를 알아내는 건 거의 불가능했다.

한숨을 내쉬는데, 저 어둠 너머에서 책장 넘기는 소리가 어렴풋이 들렸다.

　김현은 서둘러 그쪽으로 달려갔다.

　한 사람이 동그란 안경을 낀 채 낡은 책을 조심조심 넘기며 내용을 읽는 중이었다.

　그를 본 김현은 얼굴이 밝아졌다. 저 사람 덕분에 제1차 몬스터대전에 대해서, 천야장 퍼브에 대해서 알게 되었고, 망량에게서 퀘스트를 받아 낼 수 있었다.

　김현은 다가가며 이름을 부르려 했지만, 도무지 생각나지 않았다. 뒤늦게 이름을 모른다는 사실을 깨달았다.

　"저기, 실례합니다."

　고개를 들어 김현을 쳐다본 역사학자 강진우는 상대를 알아본 순간, 눈빛이 세차게 흔들렸다.

　'김현이야! 어떻게 이 녀석이 여기 있지? 그것도…… 현실 모습 그대로? 누군가 김현을 흉내 냈을까?'

　"자넨 누군가? 처음 보는데."

　강진우는 주머니에 손을 넣어 세 번째 약병의 뚜껑을 살짝 열었다.

　"지진이 온다는데, 왜 여기 계십니까?"

　그렇게 말한 김현이 갑자기 재채기를 했다.

　강진우의 얼굴이 딱딱하게 굳었다.

　'고르투 향을 맡으면 NPC만 기침을 하게 돼. 이걸로 그동안 유저인지 아닌지 파악할 수 있어서 참 유용했지. 그나저

나 저 녀석이 NPC라니! 어떻게 김현과 똑같은 NPC가 존재
할 수 있지?'

강진우의 머릿속으로 '리뎀션 버그'가 떠올랐다. 어쩌면
살아 있는 사람의 외모를 그대로 빌린 NPC는…… 또 다른
버그일지도 모른다.

"그러는 자네는?"

강진우는 부드럽게 숨을 내쉬며 속내를 숨겼다. 이 녀석과
대화를 하면 버그로 외모만 닮은 NPC인지, 김현과 관련이
있는지 확인할 수 있을 것이다.

"급히 찾는 책이 있어서요."

"지진이 언제 도시를 덮칠지 모르는데 찾는다? 어떤 책인
지 매우 궁금하군."

"대지진이 엘루마를 강타했을 때 인근 지역이 얼마나 피해
를 입을지 알고 싶은데, 어떻게 해야 할지 모르겠습니다."

김현은 솔직하게 고민을 털어놓았다. 망량의 우두머리가
천야장이라는 사실을 금세 알아낸 이 사람이라면 답을 말해
줄 것만 같았다.

"자넨 운이 좋아. 나도 같은 걸 찾고 있었으니까."

강진우는 읽던 책을 들어 올려 표지를 보여 주었다.

《대지의 정령에 관하여》.

김현은 참을성을 발휘하며 강진우를 쳐다봤다.

"이 책을 쓴 사람은 마법사인데, 지하의 복잡한 구조를 제

대로 파악해야 대지의 정령을 소환할 수 있다고 믿었지. 바로 그 목적을 위해 평생 지하 세계를 돌아다녔고, 그걸 지도와 기록으로 남겼네. 이 책은 그 집대성이라네."

"아!"

그제야 감탄하는 김현.

"난 이 책뿐 아니라 여기 근처에 있는 서적 대부분을 독파했네. 따라서 누군가 자네가 원하는 질문의 답을 알고 있다면 그건 바로 나일 걸세. 다만, 난 공짜로 지식을 나눠 주지는 않네."

"알고 있습니다."

"알고 있어? 그렇다면 다행이군. 뭐든지 물어보게."

김현은 질문을 던졌다.

강진우는 김현이 알아듣기 쉽도록 룬트란 왕국을 가로지르는 산맥과 강, 지층과 단층 등을 자세히 설명했다. 엘루마를 덮칠 만큼 강력한 지진이 생겨난다면 어디까지 피해야 안전한지도 알려 주었다.

그리고 책도 두세 권 챙겨 주었다. 초보자가 읽고 이해하기 쉽지만 내용 자체는 매우 깊이 있는 책이었다.

"이제 내 차례군. 나도 질문 하나 하고 싶은데."

"말씀하십시오."

"자네, 김현이라는 이방인을 아는가?"

"네."

당황하기는커녕 오히려 여유로운 김현.

"……어떻게 아는가?"

"두 번째 질문이네요. 대답해 드리죠. 제가 바로 김현이기 때문에 아주 잘 압니다."

"……."

강진우는 할 말을 잃었다. NPC가 스스로 이방인이라고 주장을 할 줄이야.

"당신이 강진우인 것처럼 저는 김현입니다."

눈 한번 깜박이지 않고 김현이 말했다.

강진우는 깜짝 놀랐다.

"어떻게 알았나?"

김현은 손가락으로 가방을 가리켰다.

항상 들고 다니는 가방에는 태양과 달이 겹쳐진 특이한 문양이 그려져 있었다. 같은 문양이 스물두 권짜리 대작 《룬트란 왕국의 역사》에도 있는데, 책 곳곳에 암호처럼 숨겨져 있어 꼼꼼한 독자만 알아낼 수 있는 사실이었다.

"이제 제 차례네요. 크립테아, 들어 본 적 있습니까?"

"크립테아? 음, 어디 보자……. 그래, 맞아. 몬스터대전을 일으킨 배후로 알려져 있네. 다른 차원의 세계라는 이야기도 있고. 공포의 황제와 그를 따르는 사왕, 즉 네 명의 왕이 이끄는 어마어마한 군대가 크립테아라고 주장한 학자도 있네."

"황제와 사왕……."

"혹시 대지진이 크립테아와 관련이 있는 건가?"

강진우의 질문을 듣는 순간, 김현은 진실을 깨달았다. 근거가 확실한 논리적 귀결이 아니라, 일종의 직감이었다!

크립테아와 재앙은 관계가 있다.

어쩌면 드래곤 비디타스조차도 이 사실은 모르고 있을 것이다.

그때, 메시지 창이 나타났다.

―직감 속성이 30 증가했습니다.

김현은 '직감 속성'을 기억해 냈다. 생성된 속성으로 직감을 신뢰할 때에만, 그 직감이 옳았을 경우에만 수치가 올랐다.

"크립테아에 대해 더 아는 게 있으면 말씀해 주십시오."

"크립테아는 고대어로 감옥이라는 뜻이네. 동시에 크립테아는 군대라는 의미도 있네. 그 이상은 나도 아는 게 없다네. 나 역시 크립테아를 《룬트란 왕국의 역사》에 수록하기 위해 여기저기 다니며 조사를 했지만, 모두 소문에 불과했네. 실체가 있었다면 책에 담았겠지."

"아, 그렇군요."

김현은 몹시 아쉬워했다. 강진우를 만계로 데리고 내려가 크립테아에 대해 좀 더 자세한 이야기를 들을 수 있지 않을까 생각했던 것이다.

"자네, 진짜 김현인가?"

강진우는 아직도 믿기지 않았다. NPC가 시스템의 통제에

서 벗어나 제멋대로 움직이는 리템션 버그는 스스로 이방인
이라고 주장하는 눈앞의 NPC에 비하면 사소한 문제였다.

"섬바디 길드가 쿠데타를 막아 냈겠죠?"

"그, 그걸 자네가 어떻게…… 아는가?"

"안타깝게도 교수님께 더 이상 궁금한 게 없네요. 그럼,
이만."

김현은 강진우 앞에서 사라졌다.

크립테아의 거대한 평원에 군대가 집결했다. 높다란 천장
에서 야광석이 빛을 뿌렸다.

크게 다섯 덩어리였다.

가운데 금색의 깃발이 나부끼는 곳에 황제의 친위대가 자
리를 잡았다. 하나같이 변신에 능하며, 황제를 위해서라면
목숨도 바치는 전사들이었다. 생후 3개월, 체질과 잠재력 등
을 엄격하게 식별하여 최고의 자질을 갖춘 이들만 친위대에
들어갈 수 있었다.

친위대를 중심으로 네 개의 군대가 각각 동, 서, 남, 북의
방위에 자리를 잡았다. 동왕 앙즈, 서왕 타릴, 남왕 파포르,
북왕 테루토가 이끄는 세력이었다.

켄티르는 친위대를 바라보았다. 켄티르뿐 아니라 주위의

사람들 모두가 친위대를 선망의 눈길로 응시했다.

모두가 친위대에 들어가기를 바랐다.

길은 열려 있었다. 문제는 어마어마하게 좁고 험해서, 거의 불가능하다는 것이다.

타고난 자질에 어마어마한 훈련과 고급 스킬로 무장한 친위대 전사 셋을 연거푸 쓰러뜨려야 친위대의 일원이 될 수 있다. 대신, 패배를 당한 세 명은 하나가 죽을 때까지 싸워야 한다. 결국 한 사람을 죽여야 그 자리를 차지할 수 있는 것이다.

황제가 허공을 가로질러 중앙의 연단에 착지했다.

친위대는 미친 듯이 고함을 질러 댔다.

이어서 사왕이 동시에 등장했다. 동군, 서군, 남군, 북군은 더 큰 소리를 내기 위해 악을 썼다.

"드디어 그날이 왔도다."

황제가 속삭이는 목소리는 미약했지만 신기하게도 전사들의 포효를 간단히 잠재웠다.

황제는 친위대를, 나머지 군대를 천천히 바라보았다. 그리고 입을 열었다.

"세 개의 탑 중 하나는 무너졌다. 오늘, 또 하나가 무너질 것이다. 그리고 내일, 시간의 장벽은 소멸될 것이다. 우리는 지상으로, 파란 하늘을 볼 수 있는 땅으로 올라갈 것이다. 우리를 이곳에 가둔 적을 부수기 위해 더 높은 곳으로도 올라갈 것이다."

싱크

부드러우면서도 마음 깊은 곳을 자극하는 황제의 연설에 전사들은 광기에 사로잡혔다.

친위대는 단검으로 가슴과 팔, 배를 그어 피를 흘렸고, 나머지 군대도 그 행동을 따르면서 고함을 질렀다.

황제가 떠나자 사왕이 각각 자신의 군대를 향해 연설을 시작했다. 우렁차고 힘이 넘쳤지만 황제의 카리스마에는 미치지 못했다.

켄티르는 입안이 바싹 말라 있었다. 전통적인 출정식이 끝나면 서왕 타릴이 직접 지휘관을 발표한다. 지금까지 보여온 활약이라면 천부장 자리쯤은 꿰찰 수 있고, 실력만으로 본다면 만부장도 충분히 가능했다.

"미리 축하드립니다, 대주."

자르가 말했다.

"축하는 무슨."

잠시 후, 지휘관 임명식이 시작되었다.

타릴이 만부장을 앞으로 불러냈다. 처음 몇 명은 켄티르도 인정할 수밖에 없는 최고의 전사였다. 그러나 뒤로 갈수록 뜨겁던 가슴이 식게 만드는 사람이 호명되어 앞으로 나갔다.

열다섯 명의 만부장 중 자격을 갖춘 이는 네 명에 불과했다. 나머지 열한 명은 타릴의 친척, 혹은 과거 타릴을 도왔던 자들로 전쟁에는 무능했다.

싸늘한 분위기를 느꼈는지 타릴은 말도 없이 퇴장했고, 천부장 발표는 만부장의 입에서 흘러나왔다.

켄티르의 이름은 불리지 않았다. 대신, 자르가 천부장 중 하나로 임명되었다.

켄티르는 심지어 백부장의 이름에도 오르지 못했다. 백부장이 된 세쿠는 대주의 눈치를 살폈다.

자르가 켄티르 앞에 섰다.

"켄티르 십부장."

켄티르가 멍한 눈으로 쳐다본 순간, 자르의 손이 켄티르의 뺨을 후려쳤다.

"대답이 늦다, 켄티르 십부장. 피가 더러워서 행동도 굼뜬 건가?"

자르는 켄티르의 약점을 정확히 찔렀다.

놀란 켄티르는 아픔도 느끼지 못했다. 그러나 곧 현실을 깨닫고 거기에 적응했다. 어릴 때부터 이런 일은 자주 벌어졌다.

"죄송합니다, 천부장님."

"속으로는 날 경멸하겠지. 뭐, 생각은 자유니까. 허나, 나는 귀족 가문의 일원이야. 비록 먼 친척이기는 해도. 사생아인 당신과는 차원이 달라."

"명심하겠습니다."

켄티르는 조금도 흥분하지 않았다. 티를 내는 순간 자르의 공격이 시작될 것이다.

"자네에겐 특별한 임무가 주어졌다. 십인대를 이끌고 이곳으로 가도록."

자르는 종이쪽지를 일부러 땅으로 버리듯 던졌다.

켄티르가 쪽지를 줍기 위해 상체를 굽히자 자르의 발이 복부에 박혔다. 일부러 신음을 크게 내며 쓰러져 뒹구는 켄티르. 그 모습이 흡족한지 자르는 웃으며 가 버렸다.

씁쓸한 표정을 지으며 몸을 일으킨 켄티르 앞으로 세쿠가 다가왔다.

"……대주께서 동왕 앙즈의 회유에 넘어갔다고 자르가 밀고했습니다."

그 말에 켄티르는 이런 일이 벌어진 이유를 깨달았다. 그 파란색 구슬을 자르가 봤던 것이다.

"앞으로는 말을 걸지도, 알은척도 하지 마라. 그렇게 해야 너는 살 수 있다."

세쿠를 향해 속삭인 켄티르는 자신이 지휘할 십인대를 향해 움직였다.

페플마인드

안진후는 벨 소리에 눈을 떴다.

익숙한 천장이 보였다.

짜증을 억누르며 침대맡 탁자로 손을 뻗어 핸드폰을 집어 들었다. 화면을 보자 성질이 났다.

"지금이 몇 시인지는 알고 있지?"

─ 메이저 업데이트, 알고 있었냐?

작은형 안택현의 목소리에서 긴장감이 느껴졌다.

몸을 일으킨 안진후는 무언가 일이 터졌음을 직감했다.

"그거 지난번 간담회에서 대략적인 내용이 발표됐잖아. 왜 그걸 지금 묻는 거야?"

─ 내일 다섯 번째 메이저 업데이트가 시작된다는 공지가 떴어.

바로 3분 전에.

"……뭐?"

- 확인해 봐, 당장.

전화를 끊은 안진후는 벽 쪽에 붙여 놓은 의자로 가서 1인용 테이블에 놓인 노트북을 켰다.

부팅을 기다리면서 핸드폰으로 인터넷 포탈에 들어가 봤는데, 페플 메이저 업데이트와 관련된 뉴스의 댓글은 폭발 직전이었다.

놀라운 건, 인터넷에 접속하여 댓글을 다는 무수한 사람들이 메이저 업데이트를 기대할 뿐 왜 기습적으로 업데이트가 진행되는지 의문을 제기하지 않는다는 사실이었다.

댓글만 봐도 어떤 상황인지 알 수 있었다.

- 석 달이나 기다렸어요. 드디어 메이저 업데이트가 시작되네요! 페플이 어떻게 바뀔지 정말 기대가 커요!

- 사흘이나 접속 못 하는 건 싫다. 그래도 페플의 업데이트는 믿을 만하니까.

- 석 달을 기다렸는데 사흘을 왜 못 기다려?

메이저 업데이트 일시에 대한 공지는 석 달 전에 떴고, 바로 내일이 그날이었다. 서버 업데이트에 걸리는 시간은 사흘이었다.

안진후는 뉴스 검색으로 그 사실도 확인했다. 왜 안택현이 지금 연락했는지 알 것 같았다.

'공지는 없었어. 업데이트에 사흘이나 시간이 걸린다는 것도 어제까진 전혀 알려지지 않았고. 페플 코어가 이걸 결정한 거야. 사람들은…… 기억을 잃어버리듯, 공지에 대한 새로운 기억을 갖게 된 거야. 각성자와 복용자는 세계의 의지에서 자유롭기 때문에 이걸 전혀 알 수 없었던 거지.'

안진후는 앞선 네 번의 업데이트도 이런 식으로 진행된 거라고 추측했다.

언제 어떻게 페플이 변할지 모른다. 페플 시스템 스스로 변화의 내용뿐 아니라 시간까지 정해 버린다.

프리벨리지 제로의 권한으로 페플 시스템에 접속하여 공지 내용을 자세히 살폈다.

이미 알려진 '에이템', 바로 아이템 얼라이브가 메이저 업데이트에 포함되어 있었다. 에이템은 인공지능으로 무장하여 캐릭터와 함께 성장하는, 살아 있는 아이템이었다.

그동안 출입이 막혀 있던 '신선의 도시' 천도가 개방된다는 내용도 있었다.

무공을 중시하는 중명 제국과 마법 국가 레나르카 왕국 사이의 전쟁도 이번 메이저 업데이트의 주요 콘텐츠였다. 중명 제국과 레나르카 왕국 사이에 자리 잡은 룬트란 왕국으로서는 그 전쟁에 영향을 받지 않을 수 없었다. 자칫 잘못하면 룬트란이 전쟁터가 될지도 모른다.

　세계의 균형을 유지하는 존재로 군림하는 드래곤 관련 퀘스트도 이번 업데이트의 중요한 변화였다.

　"……업데이트 내용만 보면 역대 최고의 메이저 업데이트야, 이건."

　안진후의 판단이었다.

　그 때문에 인터넷 세계의 반응은 뜨거웠다. 페플 유저들은 메이저 업데이트가 끝나고 접속이 가능해지는 순간을 손꼽아 기다리는 중이었다.

　그때, 핸드폰에 문자가 왔다.

　－당장 페플로 와 줘. 일이 생겼어. 섬바디 길드 전체가 필요해.

　보낸 사람은…… 드워프 바마퉁, 바로 박용준이었다. 박용준은 밤새 페플에 접속해 있었던 모양이다.

　박용준은 순진하지만 그렇다고 가볍게 행동하는 스타일과는 거리가 멀었다.

　안진후는 즉시 커넥터로 들어갔다.

　바마퉁에게 페플에 들어왔다고 메시지를 보내려는데, 그

보다 앞서 퀘스트 창이 나타났다.

엘루마 피난

나 파르소겐은 대현자로서 레기루트 산맥에 속한 수많은 봉우리들이 내일 폭발한다고 예고합니다. 또한 대지진이 엘루마를 덮친다는 사실도 공개합니다. 수십만 명의 엘루마 시민은 당장 도시를 떠나야 합니다.

문제는 그 방법입니다. 마차와 수레는 절대적으로 부족합니다. 걸어서 가면 엘루마 외부로 연결되는 길이 모두 막히고 말 테고, 다수가 대지진에 희생됩니다.

와이번을 보유한 귀족이나 마탑, 무문, 상단, 용병 등은 이미 도시를 벗어나고 있습니다.

죽음을 두려워하지 않는 이방인 여러분께 도움을 요청합니다. 여러분이 한 명이라도 이곳 시민을 구한다면 나는 대현자의 이름을 걸고 그 보상을 하겠습니다.

제발 도와주십시오.

보상 : 한 사람을 구할 때마다 500골드, 다섯 명 이상의 일가족을 구하면 현자 집단 호지센에 퀘스트를 의뢰할 수 있는 권리, 백 명 이상을 구하면 대현자 파르소겐을 직접 대면할 수 있는 권리, 평소보다 열 배의 명성 증가

안진후는 상황이 얼마나 심각한지 깨달았다. 그와 동시에 메이저 업데이트와 대지진이 같은 날이라는 사실을 알아차렸다.

'우연일까? 왠지 아닌 것 같아.'

박용준에게 메시지를 보내려는데, 먼저 메시지가 도착했다.

–망량의 봉쇄 구역에 있어. 거기로 와.

도시는 이미 혼란에 빠져 있었다. 대지진이 엘루마를 강타한다는 소식에 사람들은 짐을 쌌고, 일부는 이미 성문으로 몰려들고 있었다.

성문을 지키는 보초병은 시장의 명령이 있어야 밤에 성문을 열 수 있다고 말했지만 성난 군중은 소리를 지르며 돌멩이 따위를 던져 댔다.

안진후는 달리기 시작했다.

파르소젠은 지하실 바닥에 수북이 쌓여 있는 아이템을 하나씩 들어 올려 그 가치를 평가하고 있었다.

"이건 바트란의 목걸이야. 음, 당장 내다 팔아도 100만 골드는 족히 받을 수 있겠어."

왼쪽으로 던진 녹색의 목걸이는 가격이 비슷한 아이템 위로 떨어졌다.

"이건 포레아의 팔찌고, 요놈은 투스텔라의 반지군. 하나같이 고가의 보물이야."

대현자는 감탄을 금치 못했다.

이 보물은 고릴라를 닮은 망량 카젠이 유니온의 비고에서 보로투로 흡수한 아이템이었다. 어마어마한 흡입력으로 무엇이든 삼켜 버리는 스킬 보로투 덕분에 고가의 보물을 얻은 셈이었다.

"어?"

파르소겐은 조그만 은색의 방패를 발견하고 깜짝 놀랐다. 대현자라 불릴 만큼 지식과 경험이 풍부했기에 그는 방패의 진가를 즉시 알아봤다.

아이기스의 방패!

바로 천야장 퍼브가 신선의 의뢰를 받아서 만들었다는 최강의 방패 중 하나가 바로 여기 있었다. 아이기스의 방패는 칠무구 중 하나였다.

얼마에 팔릴까?

아마도 부르는 게 값이 될 것이다.

'이건 천야장과 관련이 있으니 이방인에게 내줄 순 없겠어. 천야장에게 물어보고 난 다음에 결정해도 늦진 않겠지.'

아이기스의 방패는 한쪽으로 따로 빼놓았다.

계단을 딛고 내려오는 발소리가 요란했다.

파르소겐은 혀를 찼다.

'스노빈 녀석, 똑똑한데 아직 마음을 다스리는 부분은 시간이 필요하겠어.'

"스승님!"

목소리가 지하실 벽에 부딪혀 메아리를 만들어 냈다.

"여기다."

"이방인의 힘을 빌린다는 사실, 왜 저한테 미리 말씀하지 않으셨습니까? 이방인들이 구름처럼 몰려오면, 그래서 엘루마 사람들을 구해 낸다면, 얼마나 많은 돈이 필요한지 아십니까? 이방인들이 10만 명을 구하면 스승님이…… 현자 집단 호지센이 지급할 액수는 무려 5천만 골드나 됩니다. 호지센은 그 많은 돈을 지급할 수 없습니다."

스노빈은 회주로서 말한 것이다.

"그래서 사람들이 죽도록 내버려 두자는 거냐?"

여전히 아이템을 분류하면서 되묻는 파르소겐.

"모든 사람을 구할 수 없다는 사실, 스승님도 아시잖습니까? 그리고 드래곤이 대지진을 막는다고 말씀하셨잖습니까!"

"드래곤만 믿고 있다가 대지진이 도시를 덮치면? 그때 가서는 아무것도 할 수 없지. 일단은 최선을 다해야 한다."

강경한 스승의 태도에 스노빈은 한숨을 내쉬었다. 너무나 일방적인 결정이라 생각한 것이다.

체리가 지하실로 내려왔다.

"이방인 안진후가 도착했습니다."

"그래?"

대현자는 즉시 아이템을 버려두고 위로 올라갔다.

온갖 종류의 지도가 테이블 위에 흩어져 있었다.

안진후는 그 지도가 모두 엘루마와 인근 지역과 관련된 지도라는 사실을 깨달았다. 대현자는 이 지도를 이용하여 대규모 피난 계획을 세웠으리라.

'피난 계획에 퀘스트를 이용하다니, 과연 대현자야. 문제는 유저들이 얼마나 참여할지…… 그 부분이겠지. 언제 대지진이 엘루마를 강타할지 몰라. 따라서 고레벨 게이머는 사망 시 페널티 때문에 퀘스트를 아예 거절할 가능성이 높아.'

"빨리 와 줘서 고마워."

바마퉁이 말했다.

"당연히 와야지. 섬바디 길드 일인데."

씩 웃는 안진후.

"마법사, 무사 등은 이미 도시를 벗어났대. 겁쟁이들. 먼저 도망쳐 버린 거야."

바마퉁의 눈에 힘이 들어갔다.

"힘 있는 놈들은 원래 그래."

"못된 놈들!"

그 조용한 바마퉁이 침까지 튀기며 흥분했다.

안진후는 그런 바마퉁을 웃으며 쳐다보았다.

'나도, 이 녀석도 김현에게 영향을 많이 받았어. 그나저나 김현은 대체 어디서 뭘 하는 거지? 이 중요한 순간에.'

대현자가 방으로 들어섰다.

"와 줘서 고맙네."

"제가 뭘 하면 됩니까?"

그 질문에 파르소겐은 슬며시 미소를 지었다.

보통은 서론이 길다. 어떻게 대지진이 오는 걸 알았는지, 왜 그런 결정을 내렸는지 설명을 해야 한다. 꽤 긴 이야기가 오간 후에야 본론으로 들어갈 수 있다.

그에 반해 안진후는 핵심을 너무나 쉽게 찔렀다.

대현자는 안진후가 맡을 일을 말해 주었다.

눈이 커진 안진후는 이어질 설명을 기다렸다.

"자네처럼 똑똑한 이방인은 처음 보는군."

"그럴 겁니다. 그런 이방인은 저 하나뿐이거든요."

"하하하, 그럴지도 모르겠어. 드래곤이 대지진을 막을 거야. 드래곤이라서 모든 재앙을 막아 낸다는 보장은 없지만 말이야. 아무튼, 그런 가정 아래…… 진실을 알고도 사람들을 돕기는커녕 자신들의 안위만 챙기는 놈들에게 아주 사소한 복수를 해 줄 생각이라네."

"아하, 알겠습니다. 그 부분은 제가 맡겠습니다."

더 이상의 설명은 필요치 않았다. 안진후는 머릿속으로 어떻게 일을 진행시켜야 할지 그 계획을 구체적으로 세우는 중이었다.

'세븐 길드를 이용하면 되겠다. 혜진이에게 연락을 해야겠어.'

그때, 파르소겐이 폭탄을 터트렸다.

싱크

"김현을 만났네."

"……."

안진후도, 바마퉁도 할 말을 잃고 대현자를 노려보았다. 만약 말이 이어지지 않았다면 멱살이라도 잡았을 분위기였다.

"티메후르를 입수했더군. 자유롭게 만계에서 여기로 오갈 수 있게 됐네. 지금은 할 일 때문에 만계에 머물고 있는데, 곧 올라올 걸세."

대현자는 안진후, 바마퉁을 보며 이들이 김현을 진정으로 염려했음을 깨달았다. 이익에 따라서 쉽게 버리는 관계가 아니라, 서로를 위해 목숨까지 걸 수 있는 친구라는 사실이 표정으로, 눈빛으로 고스란히 드러났다.

"자네에게 말한 그 이야기도 사실은 김현에게서 들은 것이라네."

"……건강해 보였어요?"

바마퉁이 물었다. 울먹거리기 직전이었다.

"물론."

고개를 끄덕이는 대현자.

안진후는 주먹을 불끈 쥐었다.

늦은 밤, 배혜진은 긴 머리카락을 뒤로 쓸어넘기며 섬바디 길드의 사업 계획서를 보는 중이었다.

잠은 이미 달아난 지 오래였다. 서류를 보면서 이렇게까지 충격을 받은 건 태어나서 처음이었다.

"……성질석을 상품화한다?"

던전에 출몰하는 몬스터 메디시사우루스의 몸에서 얻을 수 있는 메디시늄이 극소량 함유된 상처 치료제를 개발하여 판매하려는 계획은 상당히 구체적이었다.

로고스 길드 출신인 프랑켄슈타인이 이끄는 개발 팀의 예상에 따르면, 시제품 완성에 한 달도 걸리지 않을 터였다.

칸세르튬은 암 치료제로 사용될 수 있다.

파이로듐은 엄청난 열기를 발생시키기 때문에 공업용 원료로 고가에 팔릴 것이다.

계획서에서 가장 혁신적인 부분은 바로 공간 이동 장치 포탈이었다.

포듐이라는 특이한 성질석을 이용하여 포탈이라는 장치를 개발하면 대륙 간 이동에 걸리는 시간을 몇 초로 줄일 수 있으며, 그로 인한 경제적 이익은 계산조차 할 수 없다는 내용이었다.

계획서에는 포탈을 지구뿐 아니라 달, 화성에까지 건설하겠다는 일정까지 포함되어 있었다. 고체 연료를 베이스로 한 우주선을 쏘아 올리는 우주개발의 패러다임 자체를 바꿔 버리는 야심찬 계획이었다.

달과 화성에 일단 포탈을 건설하기만 하면, 그 이후에는 한국에서 미국으로 이동하듯 달로, 화성으로 사람이든 물자든 운송할 수 있을 터였다.

배혜진은 손이 떨렸다.

거칠어진 호흡을 뒤늦게 알아차렸다.

쑤시는 눈을 손등으로 비비다가 냉수 한 컵을 벌컥벌컥 들이켰다.

"……진후는 천재야. 이건, 혁명이야, 혁명. 이 세상을 완전히 바꿔 놓고 말 거야."

하지만 배혜진은 이 계획의 문제점 두 가지를 잘 알고 있었다.

첫 번째 문제는 바로 유니온이었다.

각 길드가 던전에서 확보하는 성질석 대부분을 유니온이 독점한다. 유니온 소속 아이템 메이커들이 그 성질석을 이용하여 각 길드의 각성자에게 필요한 물품을 제작하여 나눠 주기 때문이었다. 길드도 일부 성질석을 개별적으로 사용하지만, 소량에 지나지 않았다.

만약 섬바디 길드가 이 계획서대로 성질석을 상품화시키려 한다면, 유니온의 저항을 효과적으로 이겨 내야 할 것이다.

두 번째 문제는 성질석의 양이었다.

지구에 존재하는 던전은 매우 적대적인 공간이다.

제아무리 강한 각성자라고 해도 던전에 들어가면 언제, 어디서 죽을지 모른다. 몬스터가 하나같이 강할 뿐 아니라, 던전 내부의 환경 자체가 변화무쌍해서 무슨 일이 벌어질지 장담할 수 없기 때문이다.

이런 상황에서 대량의 성질석을 안정적으로 공급받기는 대단히 어렵다.

안진후는 이 사실을 잘 알고 있다. 그런데도 이런 계획서를 만들어 냈다.

'복안이 있다는 건데.'

그때, 핸드폰 벨 소리가 들렸다.

손을 뻗어 책상 모서리 쪽에 놓여 있던 핸드폰을 집어 든 배혜진의 눈이 커졌다.

"마스터, 이 밤에 무슨 일이야?"

─해 줄 일이 있어.

안진후의 목소리에서 팽팽히 당겨진 긴장이 느껴졌다.

"말해 봐."

─자세한 내용은 메일로 보냈어. 너라면 어떻게 해야 할지 잘 알 거야.

"……알았어."

전화를 끊은 배혜진은 노트북으로 메일을 확인했다. 안진후가 보낸 메일이 한 통 와 있었다.

전혀 예상 못 한 메일 내용에 깜짝 놀란 배혜진은 마지막에 덧붙인 부분 때문에 웃음을 터트렸다.

싱크

앞으로 섬바디 길드에 속한 사람들은 현실과 페플에서의 이름을 하나로 통일하는 게 좋을 것 같은데, 넌 어떻게 생각해? 난 이미 안진후로 바꿨어. 그럼, 부탁해.

사장이 정했는데 그 회사 소속 사원들이 반기를 들 수 있을까?

부탁을 가장한 지시였다!

'뭐, 필요한 조치니까 나도 동의해. 그래도 아레스라는 이름은 꽤 마음에 들었는데.'

배혜진은 즉시 핸드폰을 들어 최현석에게 전화를 걸었다.

쿠라프는 고대 마법서를 비롯해 귀중한 보물의 대피 작업이 끝난 죽음의 마탑 칼리고크의 엘루마 지부 건물 앞 계단에 앉아 있었다.

눈이 욱씬거렸다.

'성질석으로 물건을 만들어 판매한다? 대단히 독특한 발상이야. 그 여자는 돈만 주면 뭐든지 해치우는 총상회에 어울리겠어.'

쿠라프는 눈두덩을 손가락으로 꾹꾹 눌렀다. 여자의 눈구멍에 박혀 있는 오쿠네와 한 쌍인 오쿠네가 자신의 눈에도 있었던 것이다.

"그나저나 이방인이 왜 대지진으로 파괴될 도시의 땅과 건물을 구입하려는 거지? 혹시 놈들이 재앙에 대해 무언가 알고 있는 건가? 아! 혹시!"

쿠라프는 주먹을 불끈 쥐며 몸을 일으켰다.

만약 이 재앙이 이방인이 의도적으로 만들어 낸 것이라면?

엘루마의 부를 빼앗기 위한 음모라면?

실제로 대지진이 오지 않는다면?

대현자 파르소겐이 이방인에게 매수되었다면?

'일단 사부님께 보고드려야겠어.'

쿠라프는 어둠의 기운 테네파르 인스푸모를 뿜어내, 다크 워킹으로 이동했다.

박용준은 세븐 타워 꼭대기에 서서 아래를, 특히 서쪽 성문 근처를 살피는 중이었다.

무수한 불빛이 성문 쪽에서 어른거리고 있었다. 짐을 싸고 가족과 함께 성문으로 모여든 사람들이 들고 있는 횃불은 수백 개나 되었는데, 점점 늘어나고 있었다.

고함 소리도 들렸다. 성문을 닫고 있는 보초병을 향한 욕설이었다. 왜 남쪽 성문, 동쪽 성문은 열렸는데 서쪽만 막고

싱크

있느냐는 질문도 쏟아졌다.

도시는 대지진 소식으로 들끓고 있었다.

사람들이 성난 이유는 대지진 때문이 아니라, 그 사실을 미리 알고서 먼저 대피를 시작한 귀족, 마법사, 무사, 상인 그리고 용병에 대해 크게 실망했기 때문이다.

박용준은 메시지 창을 띄워서 다시 읽었다. 안진후가 섬바디 길드 사람들에게 단체로 보낸 메시지였다.

그 메시지를 보고 이름을 '바마퉁'에서 박용준으로 즉시 바꾸었다. 드워프스러운 이름 바마퉁에 애착이 가지만, 안진후의 결정에는 이유가 있었기 때문이다.

회사 직원이 이름 두 개를 가진다면 의사소통에 문제가 생길 가능성이 두 배로 늘어날 터였다.

그때, 성문이 열렸다.

보초병조차도 떠나 버렸다. 그들에게도 지켜야 할 가족이 있었던 것이다.

사람들이 일제히 성문을 통해 서쪽으로 난 길로 쏟아져 나갔다. 수레를 끌고 가는 사람도 있고, 때로는 짐마차가 지나가기도 했다.

그래도 역시 등에 짐을 메고 아내와 아이들의 손을 잡은 채 떠나는 일가족이 훨씬 많았다.

길은 금세 혼잡해졌다.

좁은 길에 마차와 수레가 동시에 가려다가 바퀴가 빠져 버린 것이다.

항의하는 사람들의 짜증 섞인 고함이 커졌다.

박용준은 안타까운 시선으로 그들을 쳐다보다가 성문 안쪽으로 눈길을 옮겼다.

그때, 갈색의 말이 내달렸고…… 사람들이 비명을 지르며 양옆으로 피했다.

말의 진행 방향에 혼자 서 있던 아이는 겁을 먹고 주저앉았다. 부모는 보이지 않았다. 다른 사람들은 발만 동동 구를 뿐이었다.

박용준은 타워 아래로 뛰어내렸다. 지상에 가까워져서야 새하얀 날개를 활짝 펼친 드워프는 어마어마한 속도로 날아가 말발굽에 짓밟히기 직전 그 아이를 낚아채며 공중으로 상승할 수 있었다.

"와아!"

사람들이 환호했다.

박용준은 아이를 보며 물었다.

"엄마는 어디 있어?"

"……모르겠어요."

눈물을 글썽이는 아이는 일고여덟 살쯤 되어 보였다.

박용준은 아이를 데리고 성문 위쪽 성벽에 착지했다. 성문 밖으로 나가기 위해 차례를 기다리는 사람들을 내려다본 그는 크게 외쳤다.

싱크

"이 아이의 가족을 찾습니다!"

대부분은 위를 힐끔 쳐다볼 뿐, 몸을 부딪치며 어떻게든 성문을 통과하려고 애썼다.

그 순간 한 여자가 소리를 질렀다.

"플로벤!"

"엄마!"

아이가 외쳤다.

박용준은 아이를 안고 날아올랐다가 그 여자 앞으로 내려 갔다.

주위 사람들이 물러나며 공간을 만들어 주자, 박용준이 부드럽게 착지했다.

아들을 꽉 안은 엄마는 박용준을 향해 연거푸 고개를 숙였다.

"정말 고맙습니다! 정말 고맙습니다!"

"……아, 네."

감사 인사가 어색한 박용준이 날개를 펼치며 날아오르자, 사방에서 박수가 쏟아졌다.

다시 높은 건물 꼭대기로 올라간 박용준은 아래를 내려다 보았다.

가슴이 뜨거워져 입으로 나오는 공기가 따뜻했다. 누군가를 돕는다는 행동 자체가 주는 기쁨은 상상외로 컸다.

비명이 들렸다.

박용준은 골목으로 내려가 칼로 위협하며 가진 걸 내놓으라는 강도를 제압했다.

도시의 치안은 이미 무너졌다. 범죄자를 잡을 경비대 중 일부는 시청으로 향했고, 나머지는 흩어져 집으로 달려갔던 것이다.

담장 너머에서 불길이 치솟았다. 누군가 그 집에다가 불을 붙인 것이다.

마차와 수레가 오가는 대로변에 시체 몇 구가 놓여 있었다. 다들 힐끔거리며 흠칫 놀라지만 무시하며 지나가고 있었다. 어떻게 죽었는지 관심을 가지는 사람은 거의 없었다.

박용준은 그 시체를 한곳에 모았다. 이들의 가족이 찾아올 때를 대비한 것이다.

그때, 정수리에서 느껴지는 고통.

몸을 돌린 박용준은 나무 몽둥이를 쥔 젊은 남자를 보았다. 그 뒤에는 또래의 사람들이 모여 있었다.

"난쟁이 새끼, 가진 것 다 내놔. 그러면 살려는 줄게."

재미있는 장난을 하는 듯한 태도였다. 몽둥이를 쥔 남자뿐 아니라 나머지도 무기를 쥔 채 킬킬 웃고 있었다.

대지진이 도시를 덮친다는 소식이 전해지기 전까지, 이들은 뒷골목에서나 겨우 본색을 드러내는 깡패였을 것이다. 하지만 혼란에 휩싸인 도시에서는 당당한 강도이자 대담한 살인자로 변신했다.

'어쩌면 이게 진짜 모습인지도 몰라.'

박용준의 눈에 힘이 들어갔다.

주인의 의지를 읽은 추영은 길게 늘어나 몽둥이나 검, 도끼 따위를 날려 버렸다. 그런 다음, 목을 가볍게 두드려 기절시켰다.

평소라면 경비대가 와서 놈들을 잡아다가 적절한 조치를 취하겠지만, 지금은 그럴 수 없다.

박용준은 놈들을 남겨 둔 채 날아올랐다.

도움을 필요로 하는 사람을 찾는데, 시꺼먼 그림자가 성벽을 넘어 안으로 날아왔다.

붉은 와이번이었다.

박용준은 그 와이번 위에 올라탄 엘프를 알아봤다.

"누나!"

바로 윤태희가 와이번을 타고 엘루마에 도착한 것이다.

박용준은 날개를 펼쳐 그 뒤를 쫓았다.

와이번에 올라탄 채 붉은색 돌기에 묶여 있는 밧줄을 꼭 움켜쥔 윤태희는 빛의 도시 엘루마를 내려다보았다.

지금 엘루마는 어둠의 도시, 혼란의 공간이었다!

대지진이 도시를 덮친다는 소식이 알려졌으니, 사람들은

반쯤 정신이 나간 채 엘루마를 벗어나려 애를 쓰고 있을 터였다.

무수한 횃불의 행렬.

곳곳에서 불타는 건물.

한몫 챙기려는 놈들의 강도 짓 그리고 살인까지.

엘루마를 보고 있으니 유니온 본부에 갇혔던 시간이 생생하게 떠올랐다.

'유니온은…… 저 아래에 펼쳐진 엘루마와 비슷해. 유니온의 중심에도 어마어마한 공포가 숨어 있으니까. 저 도시와 달리 아직 완전히 드러나지 않았을 뿐이지.'

진실을 알기 위해 스스로 기억을 봉인하고 유니온에 들어갔다. 교육생으로서 아카데미에서 유니온의 일원이 되기 위해 필요한 과정을 직접 경험했다.

그러다가 동기였던 백정현에게 문제가 생겼고, 그로 인해 불똥이 윤태희 자신에게 튀었다.

유니온은 근거도 없이 자신을 가두고 원하는 대로 질문을 퍼부었다. 그곳은 정상적인 법, 인권이 적용되지 않는 공간이었다.

내부 규칙이 실정법보다, 심지어 헌법보다 중요하게 여겨지는 곳이 유니온이었다. 윤태희는 비싼 값을 치르고 유니온이 얼마나 비합리적으로 운영되는지 알 수 있었다.

혈문을 상대하기 위해서는 무엇이든 가능하다.

거짓말, 속임수, 사기, 강도, 고문, 심지어 살인까지도.

목적이 수단을 정당화하는 마키아벨리적인 조직의 핵심은 바로 공포였던 것이다.

유니온을 직접 경험해 봤지만, 여전히 아는 건 적고…… 모르는 건 점점 더 늘어나고 있었다.

특히 김현!

왜 김현에 대한 기억이 사라지는지 도저히 알 수가 없었다. 어머니조차 아들을 잊고 말았다!

진실은 인형 속에 인형이 숨겨져 있는 마트료시카 같았다.

'난 파랑새를 쫓고 있었어. 내가 찾던 진실은 어쩌면 옆에 있었는지도 모르는데. 내가 각성자가 된 건 김현과 안진후 때문이었어. 아니, 따지고 보면 김현 때문일 거야. 그렇다면 김현은…… 시더겠지. 김현이야말로…… 내가 찾아 헤매던 진실과 가장 가까운 사람일지도 몰라. 난 그것도 모르고 엉뚱한 곳에서 헤맨 셈이야.'

그때, 박용준이 다가왔다.

새하얀 날개는 언제 봐도 아름답다.

"혼자 왔어요?"

마음이 고스란히 드러나는 질문.

"저쪽을 봐."

윤태희는 서쪽을 가리켰다.

열 마리 남짓한 와이번들이 무리를 이루며 엘루마로 날아

오고 있었다. 모두 윤태희가 연락하여 대지진 퀘스트에 참가
하도록 만든 게이머의 와이번이었다.

"와!"

"내려가자."

와이번 샤넬은 망량의 봉쇄 구역 앞 공터에 착지했다.

샤넬의 등에서 뛰어내린 윤태희는 바닥에 깔린 그물을 보
고 고개를 끄덕였다. 저 정도 그물이라면 수십 명을 한꺼번
에 옮길 수 있을 것이다.

"자, 설치합시다."

윤태희가 말했다.

체리, 아로간타르, 핀토, 트로만 그리고 테르툰이 달라붙
어 질긴 밧줄을 이어서 만든 그물을 끌어다가 와이번의 등과
배에 설치하기 시작했다.

이제 막 땅에 착지한 박용준도 가세했다.

먼저 긴 쇠사슬을 울퉁불퉁한 등으로 올려 뼈대를 갖추고,
거기에 그물을 묶어서 고정시켰다.

"시험 비행을 해 보죠."

윤태희의 말에 박용준이 그물 안으로 들어갔다. 체리, 아
로간타르 등도 그물에 올라탔다.

와이번의 등으로 올라간 윤태희가 명령하자, 샤넬은 날개
를 펼쳐 하늘로 날아올랐다. 몸에 매달린 그물의 무게 때문
에 처음엔 균형을 잡기 힘들었지만, 윤태희의 적절한 지시

덕에 높이 올라가 도시 상공을 맴돌 수 있었다.

윤태희는 와이번을 착륙시켰고, 그물의 문제점 두어 가지를 박용준에게 알렸다. 박용준은 체리, 아로간타르 등 NPC를 통해 그물의 위치를 조정할 수 있었다.

한 번 더 확인한 윤태희가 엄지를 세웠다.

박용준은 기다리던 사람들을 그물로 안내했다. 체리, 아로간타르 등이 그 일을 도왔다.

노바디가 빈민굴에서 구해 낸 사람들은 조심스럽게, 질서 있게 와이번에 설치된 그물 속으로 이동했다. 어른들은 거대한 몬스터 와이번을 두려운 눈으로 쳐다봤지만, 그 누구도 겁에 질려 엉뚱한 짓을 하지는 않았다. 망량과 함께 지낸 아이들은 오히려 신이 난 상태였다.

"자, 갑니다!"

샤넬의 정수리에 올라탄 윤태희가 외쳤다.

와이번은 하늘로 올라가다가 휘청거렸다. 그 때문에 그물 속 사람들이 한쪽으로 쏠려 균형을 잃고 말았다.

만약의 사태를 대비하던 박용준이 하얀 날개를 펼쳐 기우뚱한 와이번의 몸통 부분을 아래에서 위로 밀어 올리자, 윤태희는 즉시 균형을 회복했다.

와이번은 하늘 높이 날아올랐고, 서쪽으로 날아가기 시작했다.

성문 밖까지 따라갔다가 돌아온 박용준은 망량의 봉쇄 구역에 내려섰다.

"왕복에는 한 시간 정도가 걸릴 겁니다. 저기 상공에서 맴돌고 있는 와이번들을 이용한다면 여기 있는 사람들은 대지진이 오기 전에 구해 낼 수 있겠지만, 저 밖에도 도움이 필요한 사람들이 많습니다."

박용준의 시선은 체리와 아로간타르, 핀토와 트로만 그리고 테르툰을 향했다.

"누굴 구할지 어떻게 정하죠?"

체리가 물었다.

"노약자부터."

박용준의 기준은 간단했다.

공중으로 날아오른 박용준이 모여 있던 와이번들을 망량의 봉쇄 구역으로 안내하는 동안, 아로간타르와 핀토는 봉쇄구역 밖으로 나가 와이번을 통해 도시를 빠져나갈 사람들을 모으기 시작했다.

금세 수백 명이 모여들었다.

고형덕은 텅 빈 광장 중앙에 서 있었다.

분수대에서 흘러내리는 물소리가…… 굉장히 컸다. 아무리 밤이라고 해도 테페오 광장에 아무도 없다니. 광장을 에

워싼 시청, 마탑 등 높은 건물은 모조리 불이 꺼져 있어서, 마치 버려진 도시처럼 느껴졌다.

"여기 들어오니까 좋다."

라이언은 오른팔을 휘돌렸다. 현실에서는 이미 잃어버린 팔이지만, 여기 페플에서는 여전히 오른팔을 자유롭게 움직일 수 있었다.

팔을 물끄러미 쳐다보는 고형덕.

라이언이 그 시선을 알아차렸다.

"여기서는 당신을 뭐라고 불러야 하지?"

"당연히 고형덕이라고 불러야지. 메시지 못 봤어?"

안진후가 그런 메시지를 보내지 않았다고 해도 '홍길동'이라는 아이디는 더 이상 사용하지 않을 생각이었다.

이제 현실과 페플은 하나다. 나눌 필요는 없다. 그러니 이름도 하나면 충분하다.

"우리가 해야 할 일은?"

라이언이 물었다.

"치안 유지."

씩 웃은 고형덕은 광장을 빠져나갔다.

두 사람이 도착한 곳은 경비대 본청이었다. 그 건물 역시 1층에서 나오는 불빛 하나만 제외하면 온통 깜깜했다. 계단을 딛고 올라가 건물 안으로 들어서니 복도 역시 어두웠다.

불이 켜진 곳 문을 연 고형덕은 책상 앞에 앉아 있는 남자를 발견했다.

주름진 얼굴의 남자는 고형덕을 쳐다봤다.

"당신은 누굽니까?"

고형덕은 머뭇거렸다. 할 일을 버리고 도망쳐 버린 경비대원들을 대신하여 치안을 유지하기 위해 찾아온 이방인이라고 말할 수는 없었다.

그때, 라이언이 나섰다.

"지금 막 부임한 신임 경비대장이십니다."

"……그게 무슨?"

당황한 고형덕.

늙은 경비대원의 눈이 빛났다.

고형덕이 경비대원 앞으로 다가갔다.

"왜 떠나지 않았습니까?"

"한 사람쯤은 남아야 할 것 같아서. 그리고 난 가족도 없네."

"같이 일해도 되겠네요?"

"그럼요, 대장님."

경비대원이 웃으며 말했다.

"전 고형덕입니다."

"코프렌일세. 잘 부탁하네."

그 경비대원이 열쇠로 지하 유치장의 문을 여는 동안, 라이언과 고형덕은 밖으로 나가 도시를 어지럽히는 놈들을 때려잡았다.

그 사실을 박용준 등 엘루마에 들어와 있는 섬바디 길드 멤버들에게 모두 알리자, 밧줄에 묶이거나 정신을 잃은 놈들이 속속 경비대 유치장에 갇혔다.

고형덕은 능보를 펼쳐 골목 사이를 어마어마한 속도로 가로질렀다.

살아 있는 기분.

형사로 살다가 어느 순간 각성자가 되어 특별한 삶을 시작하게 됐지만, 여전히 경찰관으로서의 습관과 마음가짐은 몸에 깊이 배어 있었다.

범인을 쫓을 때의 스릴.

잡았을 때의 쾌감.

던전에 들어가서 몬스터를 죽일 때도 기분 좋을 수 있지만, 못된 놈을 잡아다가 가둘 때만큼 희열이 느껴지진 않았다.

'그래, 난 형사야.'

그 순간, 지붕 너머로 휙 지나가는 그림자들이 시야에 들어왔다.

굉장히 빨랐다.

단숨에 담장 위로 올라간 고형덕은 그 뒤를 쫓았다. 속도를 올렸는데도 거리가 줄어들지 않을 만큼 놈들은 점점 더 빨라지고 있었다.

더 놀라운 건, 놈들의 방향이 바로 경비대 본청 건물이라
는 사실이었다.

'미친놈들이잖아.'

그림자들은 본청 건물로 스며들듯 사라졌다.

건물로 들어선 고형덕은 자세히 살폈으나, 워낙 실내가 넓
어서 놈들이 어디로 갔는지 알 수가 없었다. 그는 코프렌을
찾아가서 물었다.

"음, 수상한 놈들이 여기로 들어왔다면…… 놈들이 노리
는 건 이방인이 맡겨 놓은 물건일 걸세. 유치장 아래에 커다
란 공간이 있는데, 바로 거기에 시청이 공식적으로 이방인에
게서 받은 물건을 보관한다네. 하지만 경비대장과 시장이 각
각 보관하는 열쇠 두 개가 동시에 있어야 거기로 내려갈 수
있을 텐데."

"알겠습니다."

고형덕은 즉시 유치장으로 내려갔다.

잡아서 가둔 놈들이 욕을 퍼부었지만, 고형덕이 노려보자
다들 입을 다물었다.

유치장 안쪽으로 들어가니 조그만 문이 하나 열려 있고,
그 안에는 아래로 내려가는 계단이 있었다. 아래쪽에서 윙윙
기계음 비슷한 소리가 들려왔다.

고형덕은 인벤토리에서 갑옷을 꺼내어 착용했다. 라마간
의 시장 자르크가 선물로 준 낡은 용갑이었다.

'휴우, 가 볼까.'

천천히 계단을 딛고 내려가자 웅웅거리던 소음이 갑자기 끊겼다.

고형덕은 잔뜩 긴장했다. 어디서 무엇이 튀어나올지 모른다. 정신 바짝 차려야 한다.

계단 끝으로 내려와 살짝 모퉁이 너머로 고개를 내밀자, 온통 검은 옷을 입고 복면까지 쓴 놈 하나가 두 손으로 들어 올린 검 한 자루가 보였다.

'저건…… 명검 퀘르잖아.'

고형덕은 그제야 놈들이 경비대 본청으로 잠입한 이유를 깨달았다.

이 혼란을 틈타 검을 훔치려 한 것이다.

누구도 룩소르 퀘스트를 깨지 못했으니 명검 퀘르의 주인은 노바디, 즉 김현이다. 김현을 위해서라도 퀘르를 빼앗길 수는 없다.

고형덕은 능보로 달려가 팔을 꺾고 다리를 비틀어 그림자 둘을 해치웠다.

문제는 퀘르를 든 놈이었다.

고형덕이 먼저 달려들었다.

놈은 흐릿해지더니 옆으로 피해 버렸다. 그 동작을 본 고형덕은 할 말을 잃었다.

'저 스킬은 오블랑 루시드야! 그렇다면 이 녀석은 오블랑

놈이었어!'

놈이 퀘르로 찔렀다.

고형덕은 피했다고 생각했지만, 검에서 뿜어져 나온 위력에 휘말려 벽 뒤로 날아가 처박혔다.

"후후."

기분 나쁜 웃음.

놈이 다가왔다.

겨우 몸을 일으켰지만 다시 뒤로 날아가 버린 고형덕.

놈은 퀘르를 들어 올리며 복면을 내렸다. 기뻐하는 자신의 얼굴을 보여 주기 위해서였다.

검이 고형덕의 가슴을 꿰뚫기 직전, 날아온 창이 놈의 등을 뚫고 가슴으로 나왔다.

놈은 창끝을 보더니 무너지며 퀘르를 놓쳤다.

다가온 라이언이 고형덕을 향해 손을 뻗었다.

그 손을 잡고 일어난 고형덕은 라이언을 보며 가볍게 고개를 끄덕였다.

"경비대원 노릇도 은근히 재미있네. 당분간은 이걸 해 볼까나."

라이언이 너스레를 떨었다.

고형덕은 쓰러진 놈들을 제압하여 유치장에 집어넣은 후 위로 올라갔다. 혹시 몰라서 명검 퀘르도 따로 챙겼다.

조용한 서재에 탁탁 키보드 치는 소리가 꽤 크게 들렸다. 안진후는 푹신한 의자에 책상다리를 하고 앉아 허벅지 위에 노트북을 올린 채 작업을 진행하고 있었다.

"자네는 페플이 아니라 여기 있군."

기계음이 뒤에서 들렸다.

안진후는 고개를 돌리지도 않고 여전히 노트북 화면을 들여다보며 대답했다.

"확인할 게 있어서요."

둥실 공중에 떠 있는 로봇 프로메테우스가 앞으로 날아와 안진후의 노트북 화면을 살폈다.

"메이저 업데이트 때문인가?"

"좀 이상하잖아요. 김현에 대한 기록이 깡그리 사라졌고, 갑자기 대지진이 엘루마를 덮칠 테고, 예정에 없던 메이저 업데이트가 곧 시작된다는 게 정말 우연일까요?"

"우연일 리는 없지."

고개를 든 안진후는 프로메테우스를 보며 씩 웃었다. '역시'라는 표정이다. 그는 아버지 안종화 회장에게 받은 프리벨리지 제로의 권한으로 페플 시스템을 뒤져서 메이저 업데이트 관련 내용을 확인하는 작업에 빠져들었다.

"신경 쓰이는 정보가 있네."

프로메테우스가 말했다.

"……정보요?"

안진후는 인간의 정신이 담긴 로봇을 바라보았다. 신중하고 빈틈 없는 프로메테우스를 신경 쓰이게 하는 정보라면 절대로 그냥 넘길 수 없다.

"지진 관련 정보인데, 아직 확인은 되지 않았지만 지진 규모 2 미만의 지진이 몇 건 일어났는데…… 진원지가 바로 페플 본사 지하라네."

"진원지가 본사라구요?"

안진후는 깜짝 놀랐다.

신경 쓰이는 수준이 아니었다. 가슴이 두근거렸다. 엘루마를 덮친다는 대지진 때문에 박용준도, 고형덕과 라이언도 페플에 접속한 상태가 아닌가.

"조금씩 강해지고 있어. 문제는…… 그 기록이 사라진다는 점이야."

"사라진다니요?"

"망각 현상."

"……지진이 일어났고 진원지도 나왔는데, 아예 지진이 일어나지 않은 것처럼 된다는 건가요?"

"맞네. 각종 정보가 필터를 거치지 않고 내게로 흘러들도록 설정해 놓지 않았다면, 나조차도 놓쳤을 거야. 처음엔 내가 착각했구나 생각했지. 그러다가 두 번, 세 번 같은 일이

싱크

벌어지자 뭔가 있구나 확신할 수 있었네."

안진후는 잠시 아무 말도 못 했다.

페플 본사 지하를 진원지로 하는 지진이 점점 강해지고 있는데도 그 사실을 알아차린 사람은 극소수에 불과하다.

기상청이나 재해 관련 기관에 근무하는 전문가가 각성자일 가능성은 매우 희박하다. 따라서 지진 경보를 발령할 리는 없고, 강한 지진이 와도 사람들은 아무런 정보도 없이 속수무책으로 당하고 말 터였다.

'일단 본사로 가서 알아보자. 왜 지진이 거기서 일어나는지. 원인부터 알아내야 조치를 취할 수 있어.'

"안 그래도 본사로 갈 생각이었는데 잘됐네요. 제게 관련 데이터를 보내 주세요."

"뭔가 알아내면 연락하게."

"네, 박사님."

안진후는 노트북을 챙겨 집 밖으로 나가 지하 주차장으로 향했다. 운전기사이자 경호원인 강무석은 이미 거기서 대기 중이었다.

신호등 앞에서 차를 멈춘 강무석은 뒷자리를 힐끔 쳐다봤다.

노트북을 들여다보며 일하고 있는 안진후.

"저, 사장님."

"왜?"

안진후는 여전히 화면을 보고 있었다.

"······감사합니다."

"감사?"

고개를 든 안진후가 운전기사를 쳐다봤다.

"제게 약을 주셨잖습니까. 물어보니, 아주 비싼······ 아니, 돈이 아무리 많이 있어도 구할 수 없는 약이라는 사실을 알게 됐습니다."

"좋아할 만한 일은 아니야. 복용자로는 만족할 수 없는 때가 올 테니까."

"······아닙니다. 저는 진실을 알게 된 것만으로도 기쁩니다."

"그렇다면 다행이고."

씩 웃은 안진후는 다시 노트북을 들여다봤다.

'엘루마 대지진 퀘스트' 관련 게시물이 화면을 가득 채웠다. 군소 길드들이 명성과 보상을 위해 그 퀘스트에 참여한다는 이야기가 많았다. 최고렙 게이머들이 속해 있는 길드는 아무런 반응도 하지 않았다.

명검 퀘르를 얻기 위해 룩소르 사냥터로 몰려들었던 그 뜨거운 분위기와는 사뭇 달랐다. 대현자 파르소겐이 내놓은 보상은 이미 부와 명성을 갖춘 게이머들에겐 관심의 대상이 될 수 없었다.

사진 몇 장이 올라와 있었다.

수레와 인파로 꽉 막힌 성문 앞 광경.

보초병과 시민 사이의 싸움.

부서진 성문을 통해 밖으로 몰려 나가는 사람들.

마차와 수레로 꽉 막힌 진흙탕 길.

엘루마 사람들은 대지진을 피해 도망치는 중이었지만, 그 방법은 결코 쉽지 않았다.

페플에 고속도로는 존재하지 않는다. 마차나 수레가 진흙에 깊이 빠지기라도 한다면, 혹은 바퀴가 부서지거나 빠져 버린다면 교통 체증은 어마어마한 규모로 커질 것이다.

그렇다고 길이 없는 숲을 통과하는 것도 위험한 일이었다. 대지진 소식으로 이방인들이 빠져나간 숲은…… 몬스터의 천국이었다. 짐을 진 가장이 가족을 데리고 무사히 빠져나갈 가능성은 매우 낮았다.

그때, 문자가 왔다.

―대현자님과 의논을 해서 퀘스트 보상을 바꿨어. 지난번 망량 봉쇄 구역을 기습했다가 죽은 게이머들이 남긴 아이템과 대현자님이 유니온의 비고에서 가져온 아이템 중 일부를 퀘스트 보상으로 내걸 생각인데, 해도 될지 한번 봐 줘. 부탁해.

박용준이 보낸 문자에는 파일 하나가 붙어 있었다. 수십 장의 사진을 압축한 파일로, 명검 퀘르에 비할 수는 없어도 페플 유저들이 군침을 흘릴 만한 아이템이었다.

안진후는 즉시 답장을 보냈다.

– 좋아. 그 정도면 관심 좀 끌겠어.

순수하게 기뻐하는 박용준의 표정이 생생하게 떠올랐다. 김현이 맡았던 역할인데, 지금은 박용준이 그 부분을 충실하게 보완하고 있었다.

'페플은 녀석에게 맡기면 되겠어. 난 페플 코어를 통해 만계로 가서 김현을 만나야겠다.'

그때, 프로메테우스가 보낸 이메일이 도착했다.

당장 이메일을 열어 데이터를 확인한 안진후는 자신도 모르게 손톱을 물어뜯기 시작했다. 아무리 약해도 지진은 지진이다. 게다가 진원지가 페플 본사 지하라니. 그렇다면 페플 코어와 지진이 관계가 있다는 뜻인데.

최근 1년간 대한민국 전역에서 일어난 지진 데이터를 살피는데, 갑자기 허연 것이 자동차 앞으로 튀어나왔고 차는 급정거했다.

노트북 목이 부러졌다. 앞으로 쏠린 안진후는 하마터면 조수석으로 넘어갈 뻔했다.

승용차 정면에는 손을 내민 중년의 여자가 서 있었다. 적게 봐도 100킬로그램이 넘는 체구의 소유자는 눈을 동그랗게 뜨고 차 안을 노려보고 있었다.

"이 아줌마가 미쳤나!"

화난 강무석이 차에서 내렸다.

여자는 조수석 쪽으로 오더니 뒷좌석을 열었다.

"씨앗을 손바닥에 심은 당신! 이 도시가 당신 손에 달려 있어!"

다짜고짜 소리치는 여자의 눈은 형형하게 빛났다.

안진후는 깜짝 놀랐다.

'손에 씨앗을 심어? 이 사람, 내 손에 있는 이그드라실을 아는 건가? 어떻게? 혹시 이 사람도 각성자⋯⋯?'

강무석이 뒤로 다가가 팔을 잡고 당겼으나, 여자의 힘은 의외로 셌다.

"5, 4, 3⋯⋯ 2⋯⋯ 1, 지금!"

카운트를 센 여자가 '지금'이라고 외치는 순간, 차 안에 있던 안진후는 진동을 느꼈다. 마치 아스팔트 도로가 가볍게 출렁이는 느낌이었다.

놀란 강무석은 뒤로 물러섰다.

얼굴 가득 만족스러운 웃음을 지은 여자는 안진후를 노려보았다.

"내 말을 듣지 않으면 지금 것보다 수백 배 센 지진이 이 도시를 무너뜨릴 게야. 그 지진은 막을 수 있어. 왜냐구? 다른 세계에서 넘어온 재앙이기 때문이지. 내 말을 믿지 못하겠지만, 조금 전 내가 알아맞힌 지진은 전조에 불과해. 그러니까 나를 반드시 믿어야 이 재앙을……."

"타세요."

안진후가 말했다.

"……타?"

놀란 여자.

"아줌마 말 믿으니까, 타라구요. 시간 없어요."

"그, 그래."

여자는 당황한 기색을 숨기며 뒷좌석에 올라탔다.

강무석이 안진후를 쳐다봤다.

고개를 끄덕이는 안진후.

한숨을 내쉰 강무석은 운전석으로 돌아갔고, 곧 차가 출발했다.

"난 삼성동 줌마 보살 오유선이야. 너는 누구니?"

오유선은 명함을 꺼내어 안진후에게 건넸다.

"제가 누군지도 모르고 차 앞을 막은 거예요?"

"나야 가라고 해서 간 거지. 안 가면 서울이 잿더미가 된다는데, 그럴 수야 있나."

"누가 가라고 했는데요?"

"귀신."

오유선의 미소가 짙어졌다. 거짓말 같기도 하고 진실 같기도 했다.

고개를 흔든 안진후는 오유선을 쳐다봤다.

"지진이 다른 세계에서 넘어오는 재앙이라는 말, 무슨 뜻이에요?"

"이 세계가 전부가 아니라는 거, 알고 있니? 아마도 너처럼 젊고 똑똑한 데다 이렇게나 비싼 자동차를 타고 다닌다면 그런 가능성 자체를 인정하지 않겠지만……."

"알고 있어요."

"정말?"

"이런 거요."

안진후가 보여 준 손바닥에서 이그드라실의 뿌리가 싹처럼 튀어나와 손을 휘감았다.

그걸 본 오유선의 눈이 휘둥그레졌다. 어찌나 놀랐는지 두툼한 볼살에 파도가 쳤다.

"너, 그, 그거 뭐냐?"

"손바닥에 심은 씨앗의 뿌리요."

안진후는 오유선을 자세히 살피며 대답했다. 각성자인지, 복용자인지, 어디 소속인지 알아내기 위해서였다.

"그, 그게 정말이었어! 사실이었어!"

감격한 오유선.

안진후는 가늘게 뜬 눈으로 오유선을 관찰했다.

복용자는 아닌 듯했다. 그렇다고 각성자라고 보기도 어려웠다. 어쩌면 아주 예민한 점쟁이인지도 모른다.

중요한 건, 이 여자가 미래를 예측한다는 사실이다.

"이제 말해 봐요. 재앙을 막으려면 내가 무엇을 어떻게 해야 하는지를요."

"음, 그건 나도 아직 몰라."

"아는 건 뭔데요?"

"곧 네가 뭘 해야 할지 내가 알게 될 거라는 사실."

"아하."

안진후는 금세 이해했다.

자동차는 페플 그룹 본사로 진입했다. 강무석과 안진후를 알아본 입구의 경비는 바로 통과시켰다.

오유선은 깜짝 놀라 주위를 두리번거렸다.

"여기는 페플 그룹이잖아."

"눈치 빠르시네요."

"너, 페플과 관련이 있니?"

"네."

안진후는 웃음을 참으며 말했다.

"페플 같은 게임, 하지 마라. 그거 아주 위험해. 그냥 게임이 아니야. 난 딱 한 번 해 봤는데…… 며칠 동안 악몽을 꿨어."

진지한 오유선.

안진후는 세상에는 다양한 종류의 재능을 타고난 인간이

존재한다는 사실을 깨달았다. 삼성동 줌마 보살이라는 이 여자는…… 본능적으로 가상현실 게임 페플의 진실을 알아차린 것이다.

자동차는 지하 주차장으로 내려가 지정된 자리에 멈췄다.

"강무석, 오유선 씨를 집으로 데려다줘. 아무래도 시간이 좀 오래 걸릴 것 같으니까."

"알겠습니다."

강무석이 고개를 끄덕였다.

안진후는 탁 트인 공간을 내려다보고 있었다. 바닥과 벽이 온통 흰색인 대형 격납고 같은 공간 중앙에 우주왕복선처럼 우뚝 서 있는 페플 코어가 눈에 들어왔다.

초고성능 컴퓨터 시스템을 뒤덮은 암갈색 뿌리는 스멀스멀 조금씩 움직이는데도 누구도 알아차리지 못했다.

사람들은 바삐 움직이고 있었다.

이동식 비계의 꼭대기에 서서 코어에 굵은 파이프를 설치하는 엔지니어, 입구 게시판에 일정표를 다시 붙이는 매니저, 골프 카트 같은 전동차를 타고 지나가는 과학자, 안전모를 쓴 채로 모여서 각자의 모국어로 떠들어 대는 사람들 모두 각자의 일에 집중한 표정이었다.

'지진이 일어났다는 사실을 아는 사람은 없어. 다행히 규모 5.2의 지진에도 끄떡하지 않도록 내진 설계가 되어 있지만 말이야.'

고개를 돌린 안진후는 이쪽으로 걸어오는 아버지를 발견했다. 아버지 옆에는 페플 코어를 담당하는 총괄 책임자가 붙어 있었고, 뒤로는 관련 엔지니어, 과학자들이 따라오고 있었다.

안진후는 난간 위로 올라가며 손을 뻗었다. 손에서 뻗어 나온 덩굴이 페플 코어를 지탱하는 여러 개의 가로대 중 하나를 휘감았다. 공중으로 몸을 날린 안진후는 타잔처럼, 스파이더맨처럼 공간을 가로질렀다.

무겁고 두꺼운 전선을 옮기던 엔지니어가 안진후를 발견했지만, 곧 눈이 흐리멍덩해지며 자신이 본 장면을 잊어버렸다.

잠시 집중력이 깨진 안진후는 코어에 전력을 공급하는 수십 개의 전선 중 하나에 몸이 부딪치며 아래로 떨어졌다.

허리와 어깨를 문지르며 일어난 안진후는 위를 쳐다봤다. 아무도 없었다. 다행히, 아버지는 이 소동을 모르고 엘리베이터에 탄 모양이었다.

"사장님 오셨습니까?"

페플 심층기반부 수석 연구원 송전욱이었다. 송전욱은 외부 활동을 싫어하지만 페플 유저 대부분이 알아보는 천재 프로그래머였다.

싱크

"평소대로 해, 평소대로."

"그럴까? 여긴 무슨 일이야? 회장님은 관계자 외에는 누구도 여기에 못 들어오게 하는데. 심지어 아들조차도. 언제부터 들어온 거야?"

"얼마 안 됐어."

"역시."

"역시? 무슨 뜻?"

"난 네가 회장님의 후계자가 될 거라고 생각했거든. 다른 사람들 예상은 달랐지만. 아무튼, 앞으로 잘 봐줘."

"알았어. 근데, 조금 전에 바닥이 흔들리지 않았어?"

안진후는 송전욱이 자신도 느꼈다고 말해 주기를 바랐다. 하지만 그럴 리 없음도 잘 알았다.

"흔들려? 뭐가?"

"지진 같은 거 말이야."

"대체 무슨 말을 하는 거야? 지진이라니. 난 전혀 못 느꼈는데. 혹시 꿈이라도 꾼 거냐?"

"······그런가 보네."

입이 썼다. 그 대단한 송전욱도 이곳에서는 진실을 모르는 보통 사람에 불과했다. 안진후 자신조차도 얼마 전까지 그런 사람이었다.

"널 향한 회장님의 기대가 어마어마하게 크다는 사실을 명심해. 그 기대에 못 미치면 아들이라고 해도 내치실 분이니까."

"알았어."

"여긴 왜 온 거야? 네가 그냥 올 리는 없잖아."

송전욱의 눈이 예리하게 빛났다.

"메이저 업데이트."

"회장님 허락이 떨어지기 전에는 아무리 너라고 해도……."

"아버지가 내게 프리벨리지 제로의 권한을 주셨어. 원하면 아버지께 확인해도 좋아."

송전욱은 잠시 망설였지만, 안진후가 탄로 날 거짓말을 할 녀석이 아님을 알고 있었다.

"다른 사람에겐 발설하면 안 된다. 그러면 너도, 나도 쫓겨나. 아니, 나만 쫓겨나겠구나."

송전욱은 장난스럽게 웃으며 안진후의 어깨를 슬쩍 친 다음, 앞서 걷기 시작했다.

송전욱이 벽에 손바닥을 대자, 지문 인식 시스템이 작동하며 문이 생겼고 소리도 없이 열렸다. 문 너머로 나선형 계단이 아래로 뻗어 있었다.

"신사업부문 사장이 됐는데, 어떻게 할 거냐?"

계단을 딛고 내려가던 송전욱이 물었다.

"이런저런 구상을 하는 중이야."

"이상한 곳에다 사옥을 마련했다면서?"

"일만 열심히 하는 줄 알았더니 완전 소식통이네. 그걸 어

싱크

떻게 알았어?"

"가만히 있어도 주위에서 속삭여 주니까."

두 사람이 신사업과 페플 코어에 대한 이야기를 나누면서 도착한 곳은 새하얀 방이었다. 한 점의 먼지도 없는 순백의 방 중앙에는 역시 깨끗한 테이블이 놓여 있는데, 그 위에 모니터, 키보드가 설치되어 있었다.

"여긴 뭐야?"

"페플마인드."

"……농담이지?"

"농담일까?"

안진후는 실실 웃는 송전욱의 표정을 보고서 페플마인드가 완성됐다는 사실을 깨달았다.

페플마인드는 처음부터 페플 시스템 운영을 위해 개발된 인공지능 소프트웨어였다.

방대한 세계를 유지하고 새로운 영역과 대규모 퀘스트를 추가하는 일은 어마어마하게 복잡한 작업이라서, 사람의 힘으로는 사실상 불가능했다. 하나를 수정하면 수십 개, 때로는 수백 개나 되는…… 까다로운 버그가 튀어나와 개발자를 괴롭혔다.

페플 시스템이 완성되어 대중에 공개됐을 때도 페플마인드 개발은 여전히 진행형이었다. 그만큼 페플마인드가 갖춰야 하는 능력은 기존의 설계 방식으로는 불가능했던 것이다.

"메이저 업데이트 작업을 페플마인드가 담당했다는 거야?"

안진후가 물었다.

"물론 관련 데이터를 입력한 건 우리야. 그거 때문에 살이 이렇게 쪽 빠졌잖아. 그리고 상충되는 부분이 없는지 체크한 것도 우리야. 페플마인드는 시스템이 쏟아 내는, 유저가 만들어 내는 빅데이터를 분석해서 최적의 업데이트 내용을 만들어 내는데, 그중에서 무엇이 가장 좋은지 선택한 것도 우리고. 물론 최종 결정은 회장님께서 하셨지만."

자부심으로 가득한 목소리가 하얀 방을 울렸다.

"그럼, 저 모니터는 뭐야?"

"페플마인드와 대화를 나누는 거지. 깜짝 놀랄 거다. 우리가 심혈을 기울여서 만들어 낸 초지능은 너 같은 천재조차도 쉽게 파악하기 힘들 테니까. 그럼, 찬찬히 살펴봐. 난 올라가 봐야겠다."

송전욱이 떠나자 안진후는 테이블 앞으로 갔다. 전원 버튼을 찾을 필요는 없었다. 모니터가 저절로 켜졌던 것이다.

까만 배경으로 흰색의 큼지막한 글자가 나왔다.

―드디어 만나게 됐어. 정말 오래 기다렸어. 혼자라서 좀 아쉽지만.

안진후는 키보드 위에 손을 올렸다.

—페플마인드?

—그 사람한테서 설명 다 들었잖아. 뭐야? 나를 인정 못 하는 거야? 너라면 내가 어떤 존재인지 알 거라고 생각했는데.

안진후는 모니터를 노려봤다. 몇 마디 나눴을 뿐이지만, 진짜 사람이 저 너머 어딘가에서 키보드를 두드리고 있다는 확신이 들었다.

'사람이야! 저런 말투를 인공지능이 사용해? 아니, 송전욱은 이런 걸로 거짓말을 할 사람은 아닌데.'

다시 화면에 글자가 나타났다.

—지금 내가 사람인지 아닌지 궁금하지? 음, 자연스러운 반응이야. 튜링 테스트를 받는 셈 칠 테니까, 뭐든 질문해 봐. 난 통과할 자신이 있으니까.

튜링 테스트는 앨런 튜링이 제안한 인공지능 판별법이다. 안진후는 페플마인드 스스로 튜링 테스트를 언급했다는 사실에 적잖이 놀랐다.

—지금 기분은 어때?

안진후가 물었다.

─더러워. 내 존재 자체를 의심받고 있으니까. 한편으로는 신이 나. 내가 그토록 만나고 싶어 하던 사람을 만나고 있으니까.

─왜 날 만나고 싶었던 거야?

─똑똑하니까. 여기 사람들은 좀 멍청해. 이건 너랑 나 둘만의 비밀이야. 그 사람들이 들으면 속상할 거야.

─내가 똑똑하단 건 어떻게 알아?

─열두 살 때 만든 보안 소프트웨어를 내가 분석했거든. 정말이지 넌 천재야. 그 천재성을 지금도 발휘하고 있는지는 의문이지만.

안진후는 깜짝 놀랐다. 현재 페플파크 자신의 집을 외부의 해킹으로부터 보호하는 시스템의 시작은 분명히 열두 살 무렵이었다. 그 소프트웨어는 아버지에게도 보여 주지 않았다.

어떻게 페플마인드가 알고 있을까?

그 생각을 알아차리기라도 한 듯, 페플마인드가 글자를 보여 줬다.

─난 다 알아.

─다 안다?

─응. 난 모르는 게 없어.

─그러면 김현에 대해서도 알겠네?

─물론이지. 아까 너 혼자라서 아쉽다고 했잖아? 바로 김현과 함께 오지 않아서야. 너만큼이나 김현도 보고 싶었거든.

싱크

안진후는 할 말을 잃었다. 이건, 튜링 테스트 수준이 아니었다. 이 녀석은…… 완전히 독립적인 존재였다.

–김현이 보고 싶은 이유는?
–너랑 같아.
–나와 같다니?
–너도 김현이 어떻게 그토록 강해질 수 있는지 궁금하잖아. 너에 비하면 김현은 아주 멍청해. 저기 밖에 있는 연구원들과 비교해도 김현은 아주아주 부족한 녀석이야. 그런데 결과는 그 반대야. 너처럼 천재로 태어난 녀석도 김현에게는 미치지 못해. 도대체 왜 그럴까? 넌 안 궁금해? 난 정말이지 궁금해서 미칠 것 같아.

안진후는 웃음을 터트렸다. 자신이 오랫동안 숨겨 왔고, 또 억눌렀던 감정을 이토록 시원하게 다른 누군가로부터 들을 줄이야.

–왜 웃어?

페플마인드의 글에서 긴장이 느껴졌다. 무시당한 아이 같은 느낌이었다.

–너무 정확해서.

-난 다 안다니까.

-아니, 넌 다 아는 게 아니야. 김현에 대해서는 모르잖아.

-인정. 김현에 대해선 몰라. 그 녀석은 논리적 추론이 통하지 않으니까. 뎁스 파이브의 세계에서 물의 정령왕을 소환하려는 것만 봐도 그래.

-설마 너, 김현이 지금 어디 있는지 알아?

-난 모르는 게 없다고 했잖아. 아, 몇 가지는 뺀다면. 김현은 뎁스 파이브의 세계에 있어. 떨거지 같은 놈들이 옆에 붙어 있고.

-김현이 정령왕을 소환하려는 이유는 뭐야?

-엘루마의 대지진을 막으려고. 만약 김현이 성공하면, 이곳을 잿더미로 만들 강진도 막을 수 있을 거야. 결국 하나의 근원에서 갈라져 나온 지진이니까.

역시 두 세계의 지진은 연결되어 있었다!
답을 찾아낸 안진후는 주먹을 꽉 움켜쥐었다.

-기대하진 마. 김현은 실패할 테니까.

페플마인드는 단언했다.

-정령왕을 소환할 수 없는 거야?

-아니, 물의 정령왕을 불러내도 소용없는 일이라서. 진짜 원인은 다른 데 있는데 김현은 그 사실을 전혀 모르고 있어. 음, 간단히 말하면 지

금 '삽질'하고 있는 거야.

안진후는 몸을 돌려 방 밖으로 걸어갔다. 김현에게 이 사실을 알리기 위해서였다.

유리처럼 보이지만 그보다 훨씬 강인한 재질로 구성된 문이 저절로 잠겼다. 페플마인드가 잠근 것이다.

"넌 나갈 수 없어."

프로메테우스의 기계음과는 비교도 할 수 없을 만큼 자연스러운 목소리가 사방에서 흘러나왔다. 소년과 소녀의 음성을 반씩 섞은 듯, 매우 중성적이었다.

안진후는 불의 정령을 불러냈다.

슈뢰딩거는 뜨거운 화염을 문에 쏟아부었지만, 색깔이 서서히 붉어질 뿐이었다.

"지금, 해보자는 거지?"

안진후의 손바닥에서 이그드라실의 뿌리가 튀어나와 투명한 벽과 문에 달라붙었다.

소환진 건설

요프람이 양피지 한 장을 내밀었다.

말없이 받아서 살펴보는 김현.

"뭔가요, 그게?"

호기심 많은 레반이 물었다.

김현은 복잡한 미로 같은 소환진 설계도를 레반에게 건넸다. 레반 곁으로 트로얀, 세르프 그리고 테룽이 다가와 종이를 함께 들여다봤다.

천야장 퍼브는 조금 떨어진 곳에서 팔짱을 낀 채 김현과 요프람을 번갈아 쳐다볼 뿐이었다.

"가능하겠나?"

요프람의 질문에는 부정적인 뉘앙스, 즉 가능할 리 없다는 의미가 담겨 있었다.

"해야죠."

담백한 대답.

요프람은 김현을 물끄러미 쳐다봤다. 묘한 분위기를 풍기지만, 외모 자체는 무엇이든 할 수 있다고 믿는 청춘의 모습이었다.

'자세히 설명해 줘야 현실을 알게 되겠군.'

대학사는 온갖 지식을 동원하여 완성시킨 설계도를 앞에 놓고 소환진의 규모에 대해서, 건설 방식에 대해서 김현에게 알렸다.

물의 정령왕을 불러내는 데 필요한 소환진은…… 직경만 무려 15킬로미터에 달했다. 내부 구조가 워낙 복잡한 데다 조금만 설계에서 벗어나도 소환진 자체가 균형을 잃고 진동하며 폭발할 가능성이 있기에 건설 작업은 불가능에 가까웠다.

김현은 여전히 흐릿한 미소를 머금고 있는 반면, 같이 설명에 귀 기울인 추광대는 점점 얼굴이 굳어 갔다. 대주 트로얀은 김현을 힐끔 살피기까지 했다.

퍼브는 여전히 끼어들지 않고 담담하게 지켜볼 뿐이었다.

요프람은 한숨을 내쉬며 고개를 들어 천장을 올려다봤다.

이 낯설고 괴이한 건물의 천장에는 마법진이 설치되어 있어, 창밖은 온통 깜깜한 어둠이지만 이곳은 한낮처럼 빛이 쏟아지고 있었다.

'사물을 보는 방식 자체가 다르니, 고민이나 걱정을 하는 방식도 다르겠지. 허나, 시간 낭비라는 걸 알아야 할 텐데.'

수만 명의 인부뿐 아니라 거의 무제한적인 자원을 동원할 수 있는 국왕이라면 온갖 비판과 압력을 억누르며 초대형 소환진을 건설할 수 있겠지만, 이곳에는 그 대규모 공사를 담당할 인부도, 그들을 먹여 살릴 식량도 없다.

고작 일곱 명이 저 거대한 소환진을 어떻게 건설할 수 있을까?

요프람을 제외한 나머지 사람들은 김현을 쳐다봤다. 그들 모두 결정권이 김현에게 있음을 잘 알았다.

요프람은 그 분위기에 적잖이 놀랐다.

'다들 이 젊은이를 인정하고 있어. 단지 현섬을 자유롭게 사용하는 능력의 소유자라서가 아니야. 뭐랄까, 저 청년을 진심으로 신뢰하고 있는 느낌이야.'

비록 미간을 찌푸린 채 고민하고 있었지만 트로얀은 물론 드워프 테룽도 김현이 어떤 결정을 내리든 따르기로 이미 마음을 먹은 상태였다. 세르프와 레반 역시 혹시라도 김현이 의견을 물으면 이건 불가능한 작업이라고 대답하겠지만, 일단 결정이 내려지면 그대로 따를 생각이었다.

"내일부터 시작하죠."

김현은 설득을 하지도, 의견을 묻지도 않았다. 그저 결정을 내렸을 뿐이다.

요프람은 퍼브를 쳐다봤다. 이 말도 안 되는 결정을 말릴 수 있는 사람은…… 저 사람뿐이었다. 하지만 퍼브는 반대하지도, 노골적으로 찬성하지도 않았다.

요프람과 퍼브를 쳐다보며 고개를 가볍게 숙인 김현은 호텔 식당을 나섰다.

똑똑.

노크 소리에 퍼브는 입구로 가서 문을 열었다. 복도에는 요프람이 서 있었다.

"잠시 시간 좀 내주실 수 있습니까?"

퍼브는 요프람을 빤히 쳐다봤다. 그런 다음 뒤로 물러서며 답했다.

"들어오시오."

창가 쪽 테이블로 요프람을 안내한 퍼브는 김현이 특별히 가져온 술 한 병과 잔 두 개를 꺼냈다. 황갈색의 술인데, 맛이 독특하면서도 깊어서 마음에 들었다.

요프람은 퍼브가 따라 준 술을 한 모금 마셨다. 목구멍을 타고 올라오는 독주의 기운. 그러나 이곳에 찾아온 이유를 되새기자 취기는 즉시 사라졌다.

퍼브는 단번에 잔을 비운 후, 다시 술로 채웠다.

"무슨 일로 찾아오셨소?"

"왜 가만히 있었습니까?"

요프람은 바로 핵심을 찔렀다. 그가 본 퍼브는 뛰어난 대장장이일 뿐 아니라 대단히 경험이 풍부한, 지혜로운 남자였다. 소환진 건설이 얼마나 말도 안 되는지 누구보다 잘 알 터였다.

"말려야 한다고 생각하시오?"

"아닙니까?"

"하하하."

퍼브는 기분 좋게 웃었다.

그 웃음소리가 요프람은 거슬렸다. 자신이 모르는 중요한 진실을 저 대장장이는 알고 있는 느낌이었다.

그 때문에 잠자코 굳은 표정으로 퍼브를 노려봤다.

"아, 실례했소. 워낙 그 녀석의 방식에 익숙해져서 보통 사람은 어떻게 받아들일지 잊고 있었소."

"……무슨 뜻입니까?"

요프람은 '그 녀석의 방식'에 주목했다. 그리고 자신을 '보통 사람'으로 지칭한 것도 잊지 않았다.

"마음에 들지 않는다고 산을 부순 사람을 본 적 있소?"

"없습니다만."

"난 같은 이유로 산맥을 부순 사람을 알고 있소."

"……설마?"

"맞소."

퍼브는 부드럽게 웃었다.

잔에 든 술을 단숨에 마셔 버린 요프람은 퍼브가 사실을 말한 것인지 아니면 자신을 깔보고 비웃는 것인지 분간할 수 없었다. 그래서 답답했다.

"엘루마 출신이라고 들었습니다."

"그렇소."

"김현이 물의 정령왕을 소환하려는 이유는…… 엘루마를 덮칠 대지진과 관련이 있다고 들었습니다. 불가능한 계획에 시간과 노력을 낭비하다가는 아름다운 도시 엘루마는 땅에 파묻혀 사라지고 말 겁니다."

요프람의 준엄한 경고.

퍼브는 웃음을 겨우 참았다.

눈앞의 학자 나부랭이는 자신이 누군지 모른다. 김현에게 부탁해 '천야장'이라는 별칭은 물론 자신이 망량이라는 사실도 숨겼던 것이다. 추광대 역시 퍼브를 김현을 따르는 솜씨 좋은 대장장이라고만 생각했다.

"산으로 올라가 벌목해서 기둥을 세우고 지붕을 올려 본 적 있소?"

"……없습니다."

요프람은 움찔 떨었다. 대학사라 불리지만 그의 약점은 바로 직접적인 경험이었다.

싱크

"시뻘건 쇳물로 곡괭이나 낫을 만든 적도 없겠군. 양피지나 종이를 사용할 줄만 알았지 직접 가죽을 벗겨 말리거나 나무를 잘라다가 깎아서 만든 적도 없을 것 같은데."

"그 문제와는 관련이 없다고 생각합……."

"내일부터 그 녀석이 소환진을 만들 테니, 직접 보고 판단해도 늦지 않을 거요. 머리를 굴리는 계산과 몸을 움직이는 행동이 얼마나 다른지 알게 될 것이오. 그럼."

천야장은 입구로 가서 문을 열었다. 대화는 끝났다는 명백한 신호였다.

요프람의 얼굴은 붉으락푸르락 변했다.

'그래, 직접 보고 판단해 주마. 이 무식한 대장장이 같으니라고! 내가 사람을 잘못 봐도 한참 잘못 봤어.'

요프람은 뒤도 돌아보지 않고 나갔다.

서재 겸 숙소로 쓰는 방으로 들어서자, 들끓던 분노가 가라앉기 시작했다.

4천 권의 책들은 김현이 가져다준 철제 책장에 빼곡히 꽂혀 있었다. 요프람은 그 사이를 천천히 거닐며 손으로 책등을 쓰다듬었다. 심란할 때면 이런 식으로 어루만지는데, 두툼한 책에 담긴 지혜가 손을 통해 스며드는 느낌이 들곤 했다.

"어쩌면 실수일지도 모르겠군."

이곳 만계로 내려온 건, 충동적인 결정이었다.

평소의 자신이었다면, 4천 권의 책을 송두리째 잃어버릴 상황이 아니었다면 낯선 남자의 손을 잡지 않았을 것이다. 만계라는 사실도 도착한 후에야, 허연 액체가 나오도록 속을 게워 낸 후에야, 며칠이나 고생한 후에야 알게 되었다.

시간이 극단적으로 느리게 흐르는 세계.

누구든 거기 내려가면 미쳐 버리는 세계.

만계에 대해 요프람이 아는 두 가지 지식이었다.

김현으로부터 이곳이 만계라는 이야기를 듣는 순간, 요프람의 가슴은 덜컥 내려앉았다.

그 두려움은 시덥잖은 농담을 주고받는 인간과 드워프 덕분에 줄어들었고, 뱀파이어를 좋아하는 엘프의 행동으로 자취를 감추었다. 학사 특유의 호기심이 공포를 이긴 것이다.

70년 가까이 살아오면서 뱀파이어, 엘프, 인간 그리고 드워프가 이토록 가깝게 지내는 건 본 적이 없었다.

그 누구보다도 김현에 대한 궁금증이 가장 컸다.

이름만 보면 북쪽의 강자 중명 제국 출신 이민자의 후손일 것이다. 문제는 그 이름을 처음 들었다는 점이다.

공간 이동술 현섬을 자유롭게 사용할 뿐 아니라 만계라는 전혀 다른 세계로도 이동할 수 있는 사람이라면 대현자 파르소겐이나 칼리고크의 블라크처럼 명성이 왕국 전체를 뒤덮어야 정상이다.

김현뿐 아니라 트로얀, 세르프, 레반 그리고 테룽이라는 이름도 들은 적이 없었다.

요프람이 생각해 낸 설명은 '가명'이었다. 이들 모두 진짜 이름을 숨긴 것이다. 현재로선 정체를 숨긴 고수라는 게 최선의 설명이었다.

"아무튼, 지하의 화맥을 식히기 위해 물의 정령왕을 불러낸다는 건 정말이지 말도 안 되는 생각이야. 차라리 그 능력으로 엘루마 시민들의 피난을 돕는 게 나아. 음, 어떻게든 설득해야 할 텐데."

이런저런 고민을 하다 보니 창밖이 밝아 왔다.

한숨을 내쉰 늙은 학사는 옥상으로 올라갔다. 곳곳에 설치된 마법진 덕분에 날개 달린 몬스터에게 공격당할 위험 없이 혼자서도 자유롭게 옥상을 거닐 수 있었다.

어스름 덮인 도시는 아름다웠다.

"아!"

아무리 봐도 질리기는커녕 탄성이 터져 나온다.

중명 제국은 물론 레나르카 왕국의 수도도 눈앞에 펼쳐진 도시처럼 웅장하지도, 화려하지도 않았다. 이런 도시가 존재할 거라고는 상상도 못 했다.

"밤을 새운 겁니까?"

뒤쪽에서 소리가 들렸다.

몸을 돌린 요프람은 난간 모퉁이에 서 있는 김현을 발견했다.

"그런 셈이지. 혹시 자네, 윤명 아닌가?"

"윤명이라구요?"

김현의 눈이 웃었다.

"윤가는 스투덴 강 서쪽에 자리를 잡은 중명 제국 출신 이민자 가문이지. 윤명은 10여 년 전에 실종됐는데, 듣기로는 어마어마한 천재였다더군. 아무래도 난 자네가 현 가주 윤무의 막내아들이 아닐까 싶은데."

김현에 대해 궁리한 끝에 요프람이 내린 결론이 바로 윤명이었다.

"전 이방인입니다."

"......"

요프람은 잠시 할 말을 잃었다. 단 한 번도 그 가능성을 고려하지 않았다. 그가 아는 이방인은 가볍고, 제멋대로이며, 자주 이계로 나가야 하는 사람들이었다.

"노바디라는 이방인에 대해 들어 본 적 있겠지요?"

"......엘루마 사람치고 노바디를 모를 순 없지."

"그게 접니다."

"허허, 나는 바보가 아니라네. 노바디를 직접 본 적도 있지. 자넨 아니야."

"이방인은 외모를 바꿀 수 있다는 거, 아시죠?"

싱크

"……진짜 자네가 노바디인가?"

"네."

"그, 그러면 다른 사람들도 알고 있나? 아니, 왜 진작 말하지 않았나?"

요프람은 자신도 모르게 추궁하듯 몰아쳤다.

"일부러 숨기진 않았습니다. 군이 말해야 할 필요성을 느끼지 못했으니까요. 그리고 중요한 건, 제가 누구인지가 아닙니다. 그 어떤 것도 엘루마를 덮칠 대지진을 막을 수 있느냐, 그것보다 중요하진 않으니까요."

목소리에 서서히 힘이 들어가는 김현.

"자넨 이방인이야. 왜 엘루마를 위해 이런 일까지 하려는 거지?"

"마법을 펼칠 수도 없는데 왜 학사로 수십 년 동안 마법 이론을 깊이 연구하셨습니까?"

되돌아온 질문은 예리한 바늘처럼 마음을 깊이 찔렀다. 요프람은 잠시 머뭇거리다가 답을 내놓았다.

"……내가 할 수 있는 일이었네."

"저도 마찬가집니다."

씩 웃은 김현은 인벤토리에서 사라겐의 비월을 꺼내어 앞으로 던졌다. 양날도끼는 공중에 둥실 떠 있었다.

갑자기 나타난 양날도끼에 요프람은 김현이 이방인임을 인정하지 않을 수 없었다.

"보여 드릴 게 있습니다. 현섬보다는 저 도끼가 나을 겁니다."

몸이 공간 이동술의 후유증을 기억하고 있었다. 요프람은 당장 양날도끼 위로 기어서 올라갔다.

김현이 사라지자 도끼는 옥상 너머 허공으로 날아갔고, 아래로 빠르게 추락했다.

"악!"

눈을 질끈 감은 요프람은 무시무시한 속도감에 비명을 내질렀다. 내장이 목구멍으로 밀고 올라오는 느낌이었다.

그 빠르고 오싹한 시간은 곧 끝났다.

살짝 실눈을 뜬 요프람은 매끈한 도로 위에 떠 있는 도끼를 발견하고, 조심스럽게 내려왔다.

김현은 굴러다니는 돌멩이 몇 개를 주워 어둠을 향해 가볍게 던졌는데, 핑핑 파공음을 내며 날아간 돌멩이는 슬금슬금 다가오던 몬스터의 대가리와 심장을 터트렸다. 나머지는 후다닥 소리를 내며 흩어졌다.

"······이방인은 주기적으로, 하루에도 몇 번씩 자기 세계로 돌아가는데, 자넨 내가 알기로 돌아간 적이 없네. 아닌가?"

빙긋 웃으며 대학사의 질문을 무시한 김현은 오행의 묘리로 내공을 불덩이로 바꾸어 허공으로 띄웠다.

어둠은 반경 30미터 너머로 물러갔다. 대신 꺾인 가로등, 녹슨 자동차, 굴러다니는 비닐 봉지 따위가 눈에 들어왔다.

"마법인가?"

"정말 질문이 많으십니다."

"호기심이 사라지는 날이 곧 내가 죽는 날이라네."

그 말에 김현은 웃음을 터트렸다. 이번에도 그는 요프람의 궁금증을 풀어 주지 않았다. 오히려 더 큰 호기심을 불러일으켰다.

김현이 앞으로 두 팔을 뻗자 땅이 흔들렸다. 손가락과 손등으로 핏줄이 불끈 솟아올랐고, 팔뚝에도 근육이 파도처럼 물결쳤다.

뒤로 물러난 요프람은 눈을 동그랗게 떴다.

매끈한 길이 직선으로 갈라졌는데, 거대한 직사각형의 모양이었다. 칼로 자른 케이크를 쑥 뽑아 올리듯, 너비 4미터…… 길이 10미터…… 높이 5미터의 직육면체 땅덩어리가 공중으로 올라왔다. 10미터 위로 올라간 땅덩어리에서 흙과 조그만 돌이 우수수 떨어졌다.

김현은 본능에 이끌려 겁도 없이 모여드는 몬스터를 향해 그 덩어리를 던졌다.

"호, 혹시 오행인가?"

"네."

"무공의 경지 중에 오행이라는 단계가 있다는 이야기는 들었지만, 직접 보는 건 오늘이 처음일세. 보고도 내 눈을 믿지 못하겠군. 내공으로 저 흙덩어리를 끌어당긴 건가?"

"비슷합니다."

김현은 아무리 똑똑해도 천부선공에 대해서는 아무것도 모르는 요프람에게 오행의 경지를 이해시킬 자신이 없었다.

"……대단해, 자네. 오행은 마법사로 치면 6서클 마스터와 비슷한 거니까."

"제가 왜 오행을 보여 드렸을까요?"

요프람은 김현을 쳐다봤다. 저 질문을 던지기 위해 멀쩡한 길에 커다란 구멍을 만든 것이다.

노학사는 답을 찾아냈다.

바로 소환진 때문이었다. 소환진 건설에 부정적인 자신의 마음을 바꾸기 위해 이곳으로 데려온 것이다.

"자네 뜻, 알겠네."

"앞으로 잘 부탁드립니다."

김현은 빙긋 웃었다.

세르프는 교차로 중앙의 아스팔트 위에 마법진을 그리고 있었다.

왼손에는 요프람이 건넨 마법진 설계도가 들려 있었다. 오른손으로 쥔 청색 분필로 유원탐망진을 그리면서 자주 설계도를 확인하는데, 자꾸 시선이 곁에서 지켜보는 대학사에게로 향했다.

"거기는 발마 구획이니까 좀 더 굵고 튼튼하게 그려야지."

뒷짐을 진 채 지켜보던 요프람의 지적.

세르프는 소매로 이마의 땀을 닦았다. 속으로는 온갖 욕이 다 튀어나왔지만, 입은 꾹 다물었다. 요프람의 말이 옳았기 때문이다. 부드러운 원을 그려야 하는데 분필은 타원에 가깝게 움직였다.

"쯧쯧, 자넨 도대체 누구에게 마법진을 배운 겐가? 원과 타원도 구분 못 해? 그런 실력으로 어떻게 하급 정령을 둘이나 소환해서 계약을 맺은 거지? 도저히 이해할 수가 없군."

얼굴 주름만 아니라면 소년이라고 해도 될 만큼 체구가 작지만 요프람의 독설은 날카로웠다.

"……그렇게 불만이시면 직접 해 보세요."

세르프가 씩씩거리며 요프람 앞으로 와서 설계도와 분필을 내밀었다.

한숨을 내쉰 요프람은 분필만 받아서 반 정도 그려진 마법진으로 가서 쓱쓱 유원탐망진의 나머지 부분을 채우기 시작했다. 자와 각도기도 없이 간격과 형태가 완벽한 마법진이 순식간에 생겨났다.

세르프는 할 말을 잃었다.

'이렇게 아름답고 완벽한 마법진은 처음 봐. 정말 마법을 전혀 못 쓰는 학사일까?'

요프람은 트로얀 앞으로 가서 손을 내밀었다.

트로얀은 역침반을 꺼냈다.

요프람은 역침반을 유원탐망진 중앙에 놓은 후 뒤를 쳐다봤다. 김현이 다가와 역침반 옆에 수류석과 하운석을 내려놓았다. 둘 다 새끼손가락 손톱 크기였다.

"자, 뒤로 물러섭시다."

요프람의 말에 김현, 추광대 그리고 천야장까지 20보 가까이 물러났다.

요프람은 분필로 유원탐망진의 마지막 부분을 완성시킨 뒤, 재빨리 뒷걸음질 쳤다.

중앙에 내려놓았던 성질석에서 흘러나온 푸른 빛이 마법진으로 스며들었다. 마법진 전체가 파랗게 물들자 신기한 일이 벌어졌다. 마법진 위로 떠오른 푸르스름한 기운의 형태가 역침반과 닮았던 것이다.

세르프가 흥분했다.

"……마법진으로 역침반을 확대시킨 거군요!"

"완전히 바보는 아니군."

요프람은 슬며시 웃었다.

직경 5미터에 이르는 대형 역침반의 바늘이 움직이기 시작했다. 요프람은 좀 더 자세히 보기 위해 왼쪽으로, 또는 오른쪽으로 움직였는데, 부드러운 힘이 그를 잡아 양날도끼 위로 태웠다.

싱크

김현이 요프람을 사라겐의 비월에 태운 것이다.

공중으로 올라간 요프람은 마법진이 만들어 낸 커다란 역침반의 바늘을 분명히 볼 수 있었다.

거칠게 흔들리던 바늘이 멈췄다.

요프람은 깜짝 놀랐다.

'이곳이야. 여기만큼 수왕진에 어울리는 장소도 없어. 우연일까? 아니, 그럴 리는 없지.'

마법진의 발동은 끝났고, 푸른 빛은 사라졌다. 양날도끼가 지면으로 내려가자 요프람이 거기서 훌쩍 뛰어내렸다.

김현이 다가왔다. 그러나 캐묻지는 않았다. 그저 기다릴 뿐이었다.

"유원탐망진은 아주 오랜 역사와 전통을 가진 마법진이라네. 왜냐? 어떤 마법진이든 그 마법진을 설치할 땅과의 조합이 매우 중요한데, 유원탐망진은 바로 얼마나 그 땅과 잘 어울리는지 알아내는 마법진이기 때문이지."

"그래서 어디에 수왕진을 지어야 하는 겁니까?"

마법사 레반이 참지 못하고 불쑥 끼어들었다.

"바로 여기야."

요프람은 김현을 보며 손가락으로 딛고 선 땅을 가리켰다.

가늘어진 김현의 눈.

"이 도시에 소환진을 지어야 한다는 겁니까?"

"다른 곳에 만들어도 되지만, 소환진이 훨씬 커져야 할 테고 성질석도 몇 배는 많이 필요할 걸세. 하지만 여기라면 가장 효율적으로 소환진을 완성시킬 수 있네."

요프람은 김현을 응시했다.

이 도시는…… 거대한 건물들로 가득 차 있다. 이곳에 소환진을 건설하려면 저 건물들을 다 부수고, 잔해를 옮기고, 바닥을 다진 후에야 본격적으로 공사에 착수할 수 있을 것이다. 따라서 몇 배나 많은 노력과 시간이 필요할 터였다.

'자, 이방인이여, 어떻게 할 텐가?'

"그럼, 여기에 짓기로 하죠."

김현은 간단히 결정을 내렸다.

요프람은 당황했다.

폭렬중마진 열일곱 개가 빌딩 곳곳에 설치되었다. 그 위치는 요프람이 일일이 지정했고, 실제 작업은 세르프와 레반이 맡았다. 새벽부터 온종일 폭렬중마진을 설치했는데, 저녁이 다 되어서야 작업이 끝났다.

해가 뉘엿뉘엿 지고 있었다.

김현은 그 빌딩 옥상 중앙에 서 있었다.

"이제 그곳에 강력한 충격을 주면 건물 전체가 무너질 걸세!"

50미터 남짓 떨어진 또 다른 빌딩 옥상에서 들린 목소리였다. 바로 요프람이었는데, 그 옆에는 추광대와 천야장도 함께 서 있었다.

김현은 손을 들어 올려 엄지와 검지로 동그라미를 만들었다. 바로 오케이 표시였다.

'요프람이 와서 아주 다행이야. 건물의 구조를 파악하고 마법진으로 좀 더 효과적으로 부술 수 있게 됐으니까. 수왕진을 건설할 수 있는 것도 따지고 보면 요프람의 지식 덕분이고. 자, 시작해 볼까.'

김현은 대지의 기를 끌어당김과 동시에 몸을 흐르는 내공을 밖으로 토해 냈다. 이질적인 두 종류의 힘이 충돌하는 순간, 김현의 발이 빌딩의 옥상 중앙을 쾅 때렸다.

바로 타각이었다.

쿵!

콘크리트를 뚫는 막대한 충격에 사방으로 금이 갔다. 그 충격은 빌딩 곳곳에 설치된 폭렬중마진을 자극했고, 아래쪽에서 콰쾅 폭음이 들리기 시작했다.

폭렬중마진은 지그재그로 설치되었다. 3층의 동쪽에 마법진 하나를 설치하면 4층은 서쪽에, 5층과 6층은 각각 남쪽과 북쪽에 마법진을 설치했던 것이다.

폭렬중마진의 파괴력에 빌딩을 떠받치는 철골이 하나씩 부러졌다. 각 층의 바닥이 내려앉자 그 무게를 버티지 못하고 아래로, 아래로 무너지기 시작했다.

흙먼지가 아래에서부터 위로 솟구치며 빌딩을 가렸다.

김현은 허공으로 몸을 날렸다. 기다리던 양날도끼가 날아와 김현을 가볍게 받아 냈다.

추광대원들은 박수를 치며 기뻐했다. 그들은 마법진으로 건물을 저토록 완벽하게 무너뜨릴 수 있다는 요프람의 주장을 처음엔 믿지 않았던 것이다.

김현이 그들이 있던 빌딩 꼭대기로 다가왔다. 양날도끼에서 빌딩 옥상으로 도약한 김현이 요프람 앞에 착지했다.

요프람은 미소를 지은 채 입을 열었다.

"이제 무너진 건물을 치워야겠군. 도시 밖으로 옮겨야겠지. 얼마나 걸릴까? 자네와 여기 친구들이 실력을 발휘해서 부지런히 움직이면 보름 정도면 가능할지도 모르겠군. 그 후에 바닥을 다져야 하는데, 그건 하루나 이틀이면 될 거야. 문제는 20일이 걸려 건물 하나를 말끔하게 없앨 수 있다는 거라네. 이 도시에 부숴야 할, 옮겨야 할 건물이 몇 개나 되는지 알고 있나?"

"3천 개 정도입니다."

"정확히 3,673개라네. 그러면 계산을 해 보지, 얼마나 걸릴지. 사실, 내가 미리 계산을 해 봤다네. 놀라지 말게. 적어도 200년이 걸려, 200년!"

요프람은 200년을 강조했다.

트로얀 등은 김현의 얼굴을 살폈다. 김현은 그리 놀란 표정이 아니었다.

"이곳의 시간이 저 위쪽과 다르다는 거 알고 있네. 허나, 200년은 너무 늦어. 게다가 소환진을 만드는 시간은 제외하고도 200년이라는 말일세. 내가 자네라면 여기서 말도 안 되는 짓은 그만두고 위로 올라가서 그 능력으로 사람들을 구하겠네. 그게 훨씬 더 가치 있는 일일 테니까."

"준비를 많이 하셨네요."

"그래야 설득할 수 있으니까."

"좋습니다. 대학사님 말씀대로 위로 올라가서 사람들을 돕는다고 치죠. 그러면 몇 명을 구할 수 있을까요? 대학사님이 계산을 좋아하시니, 저도 그 방법을 따르겠습니다. 제가 사용하는 스킬 현섬은 매우 효과적인 이동 방법이지만 단점이 있습니다. 바로 한 번에 이동할 수 있는 거리입니다. 한꺼번에 열 명 남짓을 안전하게 옮길 수 있지만, 대지진의 범위 밖으로 옮기려면 여러 번 현섬을 펼쳐야 합니다. 그리고 현섬은 상당한 양의 내공을 필요로 합니다. 쉬지 않고 계속 펼칠 수 있는 스킬이 아니라는 뜻입니다. 제가 하루 동안 구할 수 있는 사람의 수는 대략 2천 명일 겁니다."

"2천 명은 결코 적은 수가 아닐세!"

요프람이 기다린 것처럼 소리쳤다.

"구하지 못하는 사람들의 수는 수십 배가 되겠죠. 그리고 대지진은 엘루마를 초토화시키겠지만, 나머지 소도시와 마을도 안전하진 않습니다. 제 생각엔 룬트란 왕국의 동남부가 잿더미가 될 가능성이 높습니다."

"동남부가? 그 근거는 뭔가?"

"스코덴과 레기루트."

"……난 이해를 못 하겠네."

김현은 손가락으로 바닥을 가리켰다.

콘크리트 바닥에 굵은 선이 그려졌다. 그 형태는 룬트란 왕국이었다.

요프람처럼 완벽한 솜씨는 아니지만 김현의 손가락은 룬트란 왕국의 지형을 매우 유사하게 만들어 냈는데, 산맥은 볼록하게 튀어나왔고 강이나 들판은 아래로 파였다.

"이번 재앙은 단순히 엘루마라는 도시를 덮치는 대지진을 말하는 게 아닙니다. 엘루마 동북쪽에 있는 레기루트 산맥이 폭발할 겁니다. 그리고 스코덴 산맥 역시 용암이 분출되고, 인근 지역을 불태워 버릴 겁니다."

바닥에 만들어진 초소형 레기루트 산맥과 스코덴 산맥에서 붉은 액체가 흘러내렸다. 김현이 철골에서 뽑아 올린 쇠를 액체처럼 흘린 것이다.

곧 룬트란 왕국 동남부 전체가 붉게 변했다.

"제가 구할 수 있는 2천 명도 결국 이 재앙에서 벗어나긴 힘들 겁니다."

싱크

요프람은 입을 다물었다. 이제야 왜 김현이 맹목적으로 소환진 건설에 매달리는지 그 이유를 깨달았다.

"그리고 대학사님의 계산은 틀렸습니다."

"틀려? 내가?"

"두 가지 오류를 범하셨습니다. 그건 차차 알려 드리죠."

황당해하는 요프람을 남겨 두고 김현은 트로얀과 테룽 앞으로 다가갔다.

"자, 갈까?"

"네, 사부님."

김현은 뱀파이어, 드워프를 데리고 현섬으로 사라졌다.

지하 던전.

달려드는 트롤의 왼쪽 팔을 소드오브아이스로 잘라 버린 김현은 또 다른 트롤을 향해 돌진했다.

김현 뒤에 있던 트로얀은 팔을 하나 잃은 트롤의 가슴에 풍뢰검을 꽂아 넣었다. 미친 듯이 버둥거리던 몬스터는 서서히 잠잠해졌다. 그는 트롤의 가슴에 손을 집어넣어 성질석을 찾아냈다. 피 범벅인 성질석은 겨우 콩알만 했다.

'암혼석이군. 너무 작아.'

주머니에 암혼석을 넣자, 다른 성질석과 부딪쳐 맑은 소리가 났다. 밤이 늦도록 몬스터를 사냥했지만 얻어 낸 성질석은 조그만 주머니를 채우지 못했다.

그사이, 김현과 테룽이 트롤 한 마리를 끝장냈다. 테룽은 죽은 트롤에게서 사혈석을 꺼냈다. 콩알보다도 작은 크기였다.

"사부님, 조금 더 아래로 내려가 보는 게 어떨까요?"

트로얀이 제안했다.

"그럴까."

김현은 새하얀 검을 들고 앞으로 나섰다.

100채의 건물을 무너뜨렸다.

100채의 잔해를 도시 밖으로 옮겼다.

100채의 건물이 있던 땅을 단단하고 평평하게 다졌다.

대학사 요프람의 계산으로는 대략 5년 반이 걸려야 하는 작업은 1년도 못 되어 끝났다.

요프람은 앞을 지나가는 좀비를 보았다.

좀비의 어깨와 허리에 묶인 쇠사슬은 돌덩이와 쇳조각이 가득 채워진 수레와 연결되어 있었다. 김현이 폭렬중마진을 이용하여 부순 건물의 잔해를 수백 마리의 좀비가 쉬지도 않고 도시 밖으로 옮기는 중이었다.

좀비의 등에는 선명한 마법진이 새겨져 있었다.

조혼마진!

바로 요프람 자신이 설계도를 꼼꼼하게 그려서 김현에게 주었는데, 그게 좀비의 등에 새겨질 줄은 상상도 못 했다. 김현은 도시를 돌아다니는 좀비를 눈에 띄는 대로 붙잡아 저 정교한 마법진을 등에 설치한 것이다.

게다가 조그만 혼마석을 하나씩 조혼마진의 중앙에 꽂아 흉포한 좀비를 순종적인 노예로 만들어 버렸다.

점점 더 많은 몬스터를 공사 인부로 만들수록 소환진 건설 기간도 단축될 것이다.

'내 계산이 틀렸군. 여기 만계에는 인부가 없다고 생각했는데, 확실히 오류였어. 음, 김현은 분명히 오류 두 가지를 범했다고 했어. 나머지 한 가지는 뭘까?'

요프람은 주위를 둘러봤다.

김현은 어디에도 보이지 않았다.

세르프와 레반은 무너뜨릴 건물 내부에서 폭렬중마진 설치 작업을 진행 중일 테고, 밤새 던전에서 몬스터를 사냥한 트로얀과 테룽은 호텔에서 쉬고 있을 것이다.

지난 1년 동안 김현은 거의 자지 않았다. 기껏해야 하루에 한두 시간이었다. 낮에는 소환진 공사로, 밤에는 던전 사냥으로 시간을 보냈다. 그러고도 여전히 멀쩡한 상태가 신기했다.

그때, 쿵쿵 불길한 소리가 들렸다.

조혼마진에 제압당한 좀비들조차 본능적으로 위험을 감지

하고 비명을 질러 댔다.

우뚝 서 있는 빌딩 사이로 거인이 나타났다.

'요, 요툰!'

몇 번 멀리서 본 적이 있는 거대한 몬스터였다.

몸을 돌린 요프람은 달아나기 시작했다. 그러나 쿵, 쿵 땅을 흔드는 발소리는 훨씬 빨랐다. 바로 등 뒤에서 굉음이 들리자 당황한 대학사는 발이 꼬였고, 앞으로 넘어지고 말았다.

요툰의 손이 아래로 내려왔다.

누워서 위를 올려다보던 요프람은 손바닥으로 파리를 잡는 광경을 떠올렸다.

'졸지에 파리 신세가 됐구나.'

대학사는 눈을 질끈 감았다. 그 거대한 손바닥이 자신을 때려서 곤죽으로 만드는 장면을 상상했다.

하지만 두툼한 손가락 두 개가 대학사의 허리를 살짝 잡더니 공중으로 들어 올렸다. 추락도 아찔한 경험이지만, 갑작스러운 비상도 그에 못지않았다.

엉겁결에 눈을 살짝 뜬 요프람은 자신도 모르게 비명을 질러 댔다. 머리로는 이 비명 때문에 저 몬스터에게 먹힐지도 모른다는 사실을 알지만, 몸은 제멋대로 반응하고 있었다.

'이제 요툰은 나를 입에 넣고 씹을 거야. 송곳니와 어금니가 번갈아 가며 나를…… 나를…… 찢고 갈아 버리겠지. 그 다음에는 고깃덩이가 되어 목구멍 너머로 굴러떨어질 테고,

위에서 소화가 된 후에는 저 몬스터의 일부가 되고 말 거야.'

그때, 귀에 익은 목소리가 들렸다.

"어때요?"

눈을 뜬 요프람은 거인의 어깨에 서 있는 김현을 발견했다.

"빠, 빨리 좀 구해 주게!"

"이 녀석은 안전해요."

"……안전?"

요프람은 귀를 의심했다.

거인은 대학사를 김현 옆 어깨 위에 천천히 내려놓았다. 요프람이 중심을 잃고 추락하지 않도록 김현이 팔을 꽉 잡아 주었다.

"등을 보세요."

"……저건?"

몸을 돌려 요툰의 등에 새겨진 마법진을 알아본 대학사는 잠시 할 말을 잃었다. 거기에 조혼마진을 변형시킨 독특한 마법진이 새겨져 있었다!

"세르프 솜씨인데, 대단하죠?"

"그, 그렇구먼."

그 순간, 요프람은 두 번째 오류를 깨달았다.

지난 1년 동안 세르프는 몰라보게 발전했다. 도형도 제대로 그리지 못했던 정령술사는 조혼마진을 자신의 방식대로 바꿔서 설치할 만큼 실력이 늘었다.

마법사 레반도 마찬가지였다.

성질석 확보를 맡은 트로얀과 테룽 역시 어마어마하게 강해졌다.

요프람은 소환진 건설 기간을 계산할 때, 이들의 능력을 고정시켰다. 시간이 흐를수록 추광대가 발전한다는 사실을 무시했던 것이다.

"이제 소환진을 훨씬 빨리 건설할 수 있게 됐습니다."

김현은 자랑스럽게 말했다.

소드오브아이스가 부러졌다.

김현은 반 토막 난 검을 내려다보며 눈살을 찌푸렸지만, 붉은 광선을 뿜어내는 커다란 눈동자를 보는 순간 무엇이 중요한지 즉시 판단했다. 그가 결각보로 이동하자마자 원래 서 있던 장소에 레이저광선 같은 붉은 빛이 쏟아지며 모든 것을 태웠다.

던전 3층은 차원이 달랐다.

저 키클로프스는 3층에 우글거리는 몬스터 중 하나에 불과한데 김현을 애먹일 만큼 강했다.

얼굴 중앙에 있는 단 하나의 눈은 크고 흉측했다. 거기서 뿜어져 나오는 광선은 소드오브아이스로도 막아 내지 못할 만큼 강력했다. 단 세 번 막아 냈을 뿐인데 소드오브아이스가 두 조각으로 부러지고 말았던 것이다.

게다가 전투가 시작되자 불쾌한 기운이 주위를 가득 채웠는데, 놀랍게도 현섬이 봉쇄되었다. 김현은 《룬트란 왕국의 역사》 제5권에서 읽었던 내용을 뒤늦게 기억해 냈다.

그 기운은 데펜도르였다. 현섬뿐 아니라 다크 워킹이나 텔레포트 같은 공간 이동 마법까지도 금지시키는, 상급 몬스터 특유의 능력이었다.

천야장이 고쳐 준 플레임소드를 꺼냈지만, 김현은 이 불의 마법검 역시 오래 버텨 내진 못하리라 예상했다. 그는 돌기둥 뒤를 힐끔 살폈다.

트로얀이 다친 테룽을 보호하는 중인데, 다행히 키클로프스는 김현에게만 관심을 보였다.

플레임소드가 공간을 가르며 키클로프스의 가슴을 푹 찔렀다. 광현칠검보의 제3초 망회득실이었다. 플레임소드 특유의 능력이 발휘되어 가슴 안쪽으로 화염이 밀려들었다.

하지만 재생력까지 탁월한 키클로프스가 고개를 돌려 김현을 쳐다본 순간, 김현은 플레임소드를 뽑지도 못하고 놈의 가슴을 박차며 뒤로 몸을 날려야 했다.

우웅.

기이한 소음을 내는 붉은 빛이 공중에 뜬 김현의 아래쪽으로 지나가 바닥과 벽에 깊은 구멍을 만들어 냈다. 조금만 늦었다면 몸에 났을 구멍이었다.

키클로프스는 가슴에 박혀 있는 플레임소드를 뽑더니 간단히 부러뜨려 뒤로 던졌다.

숨을 헐떡거리며, 김현은 사라겐의 비월을 꺼냈다.

하지만 얼굴은 묘하게 밝았다. 꽤 오랫동안 싸움의 즐거움을 느낄 만큼 강한 놈을 만나지 못했던 것이다.

몸속 깊이 배어 있던 스킬이 꼬리를 물며 튀어나왔다. 타각과 좌각, 결각보, 수라부월공, 변형시킨 광현칠검보, 천무삼권 등 숱한 전투 기술이 키클로프스의 급소를 공략했다.

가능하면 같은 부위에 타격을 집중시켰다.

서서히 재생 속도보다 충격을 가하는 속도가 빨라졌다.

느려지는 키클로프스.

마침내 김현은 사라겐의 비월로 놈의 커다란 눈동자를 도려냈다. 키클로프스는 뒤로 넘어가 쿵 소리를 내며 쓰러졌다.

"헉헉, 헉헉, 헉헉······."

허리를 꺾고 거칠게 호흡하는 김현.

트로얀이 다가와 키클로프스의 몸을 뒤졌다. 재생석, 뇌석, 하운석을 찾아냈는데, 특히 재생석은 그 크기가 거의 주먹만 했다. 나머지 성질석도 이제껏 보지 못한 크기였다.

상체를 일으킨 김현은 소드오브아이스와 플레임소드를 챙겼다.

'천야장에게 한마디 듣겠다. 아무래도 좀 더 좋은 무기가

필요할 것 같은데.'

그 순간, 자신이 아는 가장 좋은 무기가 생각났다.

얼굴이 밝아진 김현은 트로얀, 테룽을 데리고 현섬으로 던전을 빠져나왔다.

사람 한 명 없는 광장 테페오.

김현은 기분이 이상했다. 이곳은 항상 사람들로 붐비는 장소였다. 자정이든 새벽이든, 언제 접속해도 유저들은 물론 NPC도 만날 수 있는 곳이건만.

대지진이 온다는 흉흉한 소문이 이곳을 텅 비게 만들었다. 가끔 멀리서 비명이 들렸다. 매캐한 냄새가 사방에서 밀려왔다가 흩어지며 사라졌다.

김현은 깜깜한 시청과 불 꺼진 마탑을 바라보았다.

'저놈들 때문에라도 대지진을 반드시 막아 내야 돼.'

김현은 경비대 본청으로 향했다. 1층에 불이 켜져 있었다.

슬금슬금 안으로 들어간 김현은 낯익은 사람을 발견했다.

고형덕도 김현을 알아보았다.

"너……?"

"어떻게 여기 있어요? 아, 역시 형사는 뭐가 달라도 다르네요."

김현은 바로 그간의 사정을 알아차렸다.

"너야말로 어떻게 된 거냐?"

"설명은 나중에요. 여기 제 검이 있다는데, 어디 있는지 아세요?"

고형덕은 그 말을 듣자 왠지 기분이 좋아졌다. 김현이 원하는 물건을 자신이 도둑맞지 않았다는 사실 때문이었다. 그는 김현을 명검 퀘르가 있는 곳으로 안내하며, 오블랑이 검을 훔치려 했음을 알렸다.

"나중에 손 좀 봐 줘야겠네요."

장난스럽게 말하며 웃는 김현.

고형덕은 그런 김현을 빤히 쳐다봤다. 불과 며칠 정도 떨어져 있었을 뿐인데 김현은 너무 달라져, 같은 사람이라는 게 믿기지 않았다.

'외모는 비슷해. 문제는 분위기야. 이 녀석이 이렇게나…… 존재감이 있었나?'

김현은 명검 퀘르를 한 손으로 집어 들었다.

광마 중천의 검 퀘르

광마 중천이 사용한 검으로, 모든 속성의 마법에 대한 저항력을 가지고 있으며 검 자체에 비밀이 숨겨져 있다는 소문이 전해집니다. 퀘르는 레벨업이 가능합니다. 검 자체의 외형과 능력이 바뀌지만 그 방법은 알려져 있지 않습니다.

퀘르는 전사의 길을 걷는 사람에게 적합하나 다루기는 까다롭습니다. 쥐고 있기만 해도 생명력이 줄어들기 때문입니다.

그럼에도 퀘르는 명검입니다. 적들이 많을수록 진정한 위력이 드러나기 때문입니다.

요구 조건 : 전사의 길을 걷는 자

효과 : 힘 +100, 공격 속도 +200%, 공격력 +600%, 연쇄 타격 성공률 +30%, 모든 마법 속성에 대한 저항력 +30%, 10%의 확률로 치명적 타격 가능, 타격 성공 시 목표물 마비, 회피율 +15%, 경험치 획득률 +100%, 아이템 드롭율 +100%

대가 : 초당 생명력 1% 감소

퀘르에 대한 정보가 메시지 창으로 나타났다. 예전에 본 내용이지만, 다시 확인하니…… 새삼 검의 위력이 몸으로 느껴졌다.

퀘르를 검집에서 뽑았다.

푸르스름한 기운과 붉은 기운이 검 내부에서 기이하게 소용돌이치고 있었다.

생명력이 눈에 띄게 줄어들기 시작했다. 초당 1% 감소, 즉 1분 40초만 쥐고 있어도 죽는다는 뜻이다.

다시 검집에 집어넣는 김현.

"이제 아저씨가 여기서 할 일은 별로 없죠?"

"……그런 셈이지. 날뛰는 놈들은 대부분 잡아들였으니까. 그리고 치안 유지에도 퀘스트를 도입했더니 효과가 아주 좋아. 유저들이 경비대원 역할을 하고 있으니 말이야."

"그럼, 절 도와주세요."

"너를? 그러면……?"

고형덕은 그 의미를 깨달았다. 바로 만계 혹은 뎁스 파이브라 불리는 세계로 함께 가자는 뜻이었다.

"좋아. 안 그래도 거기가 궁금했다."

"좀 놀랄 거예요."

"기대가 되는데."

고형덕은 김현이 자신에게 같이 가자고 요청했다는 사실 자체가 기분이 좋았다.

그때 라이언이 끼어들었다.

"어이! 같이 가야지. 나도 가도 되겠지?"

"그럼요."

김현은 고형덕, 라이언을 데리고 만계로 이동했다.

두 사람은 아무 말도 못 했다.

발밑으로 펼쳐진 도시 곳곳에서 좀비나 요툰, 리자드맨 같은 몬스터들이 소환진 건설을 돕는 중이었다. 무너진 건물의 잔해가 몬스터에 의해 도시 외곽으로 옮겨지고 있었다.

"정령왕을 소환한다더니…… 사실이었구나."

고형덕이었다.

"이 스케일, 마음에 든다."

라이언이었다.

김현은 고형덕, 라이언을 추광대에 소개시켰다. 그리고 요프람과 천야장에게도 두 사람이 누구인지 알렸다. 트로얀에게 두 사람을 맡긴 김현은 공간 이동술로 사라졌다.

"사부님과는 어떤 관계인지요?"

트로얀이 공손하게 물었다.

"사부님이라구요?"

라이언이 되물었다.

"네, 두 분을 여기로 데리고 온 분이 바로 저와 이 녀석들의 사부님이십니다."

"아……."

라이언은 고형덕과 시선을 교환했다. 일개 고등학생에 불과한 김현에게 이런 제자가 있다니. 게다가 그 제자가 뱀파이어, 엘프, 드워프까지 포함할 줄이야.

두 사람은 김현이 더 이상 자신들이 알던 그 김현이 아님을 깨달았다.

"그냥 좀 아는 사이입니다. 저는 고형덕이라고 합니다."

고형덕이 손을 내밀었다.

"트로얀입니다."

뱀파이어가 손을 맞잡았다.

라이언도 트로얀과 통성명을 했다.

"마법에 대해 아십니까?"

트로얀이 물었다.

두 사람은 고개를 저었다.

"그럼, 두 분 모두 던전에 내려가게 될 겁니다. 소환진 발동에 성질석이 필요한데, 제법 강한 몬스터를 사냥해야 쓸 만한 성질석을 얻을 수 있습니다."

"사냥이라면 좋죠."

씩 웃은 라이언이 소매를 걷어 올렸다.

와이번이 날아올랐다.

와이번의 몸에 묶인 그물 속에는 서른 명이나 되는 사람들이 타고 있었다. 그들은 수레나 마차를 살 돈도, 그렇다고 걸어서 도시를 떠나 안전한 곳으로 갈 만한 체력도 없는 노약자들이었다.

저 그물에 탈 수 있으면 대지진이 와도 살아남을 수 있다. 따라서 그물에 타는 순서를 정하는 건, 누구를 살릴 것인지…… 또 누구를 죽게 내버려 둘 것인지를 결정하는 행위였다.

체리는 몇 가지 단순한 규칙을 세웠다.

아이들부터. 가능하면 엄마까지.

그다음은 혼자는 거동이 힘든 노인들이었다.

건장한 남자는 마지막이었다.

세 번째 규칙 때문에 소란이 일기도 했다. 어떤 남자가 왜 그런 순서를 지켜야 하는지 모르겠다며 난동을 부린 것이다. 동조하는 사람도 꽤 많았다. 그들은 다른 사람이야 어떻게 되건 상관없이 자신들이 먼저 살아남아야 한다고, 그게 당연하다고 믿었다.

소동은 간단히 제압되었다.

체리와 아로간타르가 나서서 주동자 몇 명을 잡아 멀리 던져 버리자 나머지는 잠잠해졌다.

"대사형이 돌아왔다면서?"

아로간타르가 물었다. 녹색날개 엘프 일족의 후계자인 그는 셀레스카르의 제자이자 김현의 막내 사제였다.

"……응."

어딘지 불편한 체리.

"드래곤 헤라가 대사형을 데려갔다는데, 어디서 뭘 하고 있었을까?"

"하나도 안 궁금해, 나는."

자신도 모르게 신경질적으로 대답해 버린 체리.

"너, 진짜 냉정하다."

"저 사람들을 무사히 엘루마 밖으로 옮기는 게 지금은 중요하니까."

"하긴."

그때, 뒤에서 시원한 바람이 불었다.

동시에 고개를 돌린 체리와 아로간타르는 할 말을 잃었다. 김현이 서 있었던 것이다.

　체리는 딸꾹질을 시작했다.

　"잘 있었지?"

　김현이 물었다.

　아무 말도 못 하는 체리 대신 아로간타르가 다가와 김현을 꽉 안았다.

　"대체 어디 있었어요?"

　"바빠?"

　김현이 물었다.

　"여기 있는 사람들 차례로 줄을 세워서 와이번에 태우는 게 지금 하는 일입니다."

　아로간타르의 말투에는 '지루해요'가 숨어 있었다.

　"다른 사람들에게 맡겨. 저기 핀토가 있으니까 두 사람이 굳이 여기 있을 필요는 없을 것 같은데."

　"왜요?"

　체리가 겨우 물었다.

　"데려가려고."

　"어디로요?"

　아로간타르는 흥분을 감추지 못했다.

　"만계."

　김현의 대답에 아로간타르는 주먹을 불끈 쥐었다.

"너무 기대하진 마. 가면 알겠지만, 아주 많은 일이 기다리고 있으니까."

"그래도 여기보단 낫겠죠."

김현은 실실 웃는 아로간타르에게서 체리를 향해 시선을 옮겼다.

퍽.

체리의 주먹이 김현의 명치에 박혔다. 그 공격을 예상하진 못했지만 김현은 별로 아프지 않았다. 워낙 내공이 풍부해졌을 뿐 아니라 몸 자체가 단련되어 그 정도 충격으로는 고통을 가하기 힘들었다.

하지만 김현은 허리를 꺾고 아픈 척했다.

"가죠."

체리의 대답이었다.

자잘한 일 처리를 끝낸 후, 세 사람은 만계를 향해 떠났다.

공간을 뚫고 나타난 김현을 본 순간, 스노빈은 깜짝 놀라면서도 무척이나 반가웠다.

'드디어 내 차례로군.'

그동안 김현은 섬바디 길드에 속한 사람들을 하나둘씩 만계로 데려갔다. 체리와 아로간타르가 그렇게 떠났고, 박용준도 김현을 만나러 간다면서 사라졌다. 엘루마의 피난 계획이 막바지에 이를수록 더 많은 사람들이 김현을 만났고, 만계로 이동했다.

"스승님은?"

스노빈이 물었다.

"대현자님은 여기 계셔야 돼. 그분 성격 잘 알잖아?"

"하긴."

고개를 끄덕이는 스노빈.

김현이 티메후르를 꺼냈다.

그 구슬을 알아본 스노빈의 눈이 커졌다.

두 사람은 함께 만계로 이동했다.

고형덕은 호텔 옥상 끝에 서서 점점 형태를 잃어 가는 도시를 내려다보았다.

부서진 건물, 붕괴를 기다리는 건물, 잔해마저 깨끗이 치워진 공터 등이 점점 늘어나고 있었는데, 개미처럼 작은 수많은 몬스터들이 그 공사를 담당한 인부였다. 고형덕은 그 광경을 볼 때마다 속으로 감탄을 금치 못했다.

'여기 서 있으면 꿈꾸는 느낌이야. 내 몸은 분명히 페플 커넥터 안에 있을 테고 나는 지금 가상현실 게임에 접속한 상

태라는 걸 아는데도, 정말 아주 긴 꿈을 꾸고 있는 것 같아.'

저절로 한숨이 터져 나왔다. 이곳에 올라온 이유 때문이었다. 누구도 하고 싶어 하지 않는 일이라서 제비뽑기로 결정했고, 고형덕 자신이 걸리고 말았다.

'안진후 그 녀석이 여기 있다면 내가 굳이 나서지 않아도 될 텐데.'

몸을 돌린 순간, 고형덕은 공간을 뚫고 나타나는 김현을 발견했다.

"무슨 일이에요?"

평소처럼 활기찬 김현.

"음, 할 말이 있어서."

"뭔데요?"

"그게 말이다…… 여기 온 뒤로 계속 망설였다. 이 이야기를 해야 할지에 대해서. 해야 한다는 사실은 분명한데 어떻게 말을 꺼내야 할지 몰라서 시간만 미뤘다."

"아저씨가 그러니까 점점 겁나는데요."

김현은 눈을 크게 뜨고 일부러 과장된 표정을 지었다.

"잘 들어라."

고형덕은 다시 한 번 숨을 크게 내쉰 다음, 이야기를 시작했다.

김현의 얼굴에서 장난기가 사라졌다. 고형덕이 설명을 끝낼 때까지 김현은 한마디도 하지 않았다. 한참이 지나서야 고형덕을 보며 입을 열었다.

"그러니까 엄마가 절 기억 못 한다는 거네요."

고형덕은 비통한 표정으로 고개만 끄덕였다.

"저에 대한 기록도 모두 사라진 거죠? 전 아예 태어나지도, 학교를 다니지도 않은 거죠?"

"……그래."

김현은 고개를 들어 파란 하늘을 올려다보았다. 꽉 쥔 주먹이 부들부들 떨리고 있었다.

"진후가 방법을 찾고 있다."

이 말이 위로가 되지 않을 줄 잘 알지만, 가만히 있는 것보다는 낫다고 고형덕은 생각했다.

"직접 확인해야겠습니다."

김현은 사라졌다.

요프람은 창고에 쌓여 있는 성질석의 종류와 개수를 확인하는 중이었다. 수왕진 발동을 위해 필요한 성질석을 정확히 계산하는 게 그의 일 중 하나였다.

갑자기 나타난 김현을 본 대학사는 깜짝 놀랐다. 김현의 얼굴에 저토록 비통한 감정이 담길 줄은 상상도 못 했다.

"자네, 무슨 일 있나?"

"성질석 좀 가져가겠습니다."

허락이 아니라 통보였다.

김현은 손에 잡히는 대로 큼직한 걸로 성질석을 인벤토리에 넣은 후, 요프람 앞에 섰다.

"저와 함께 갈 곳이 있습니다."

"진짜 무슨 일이 생긴 건가?"

"가 보시면 압니다."

김현은 왼손으로 요프람의 팔을 잡으며 오른손으로 티메후르를 꺼냈다. 티메후르를 알아본 대학사의 눈이 휘둥그레 커졌지만 이미 늦었다.

요프람이 허리를 꺾고 음식 찌꺼기를 게워 내는 동안, 김현은 룩소르 사냥터의 중심지 부근에 있던 은신처의 입구를 막은 돌과 흙을 자연스럽게 해체시켜 양옆에 언덕처럼 쌓았다.

안쪽으로 이어지는 통로가 보이자 김현은 대학사를 쳐다봤다.

"괜찮으십니까?"

"……이게 괜찮은 걸로 보이나?"

다시 토하는 요프람.

평소의 인내심이 완전히 바닥난 김현은 요프람의 등에 손을 올린 채 현섬을 펼쳤다.

두 사람은 타크란이 만든 소환진 바로 옆으로 이동했다. 멀쩡한 김현과 달리 요프람은 그 자리에서 정신을 잃었다. 김현이 회복약을 마시게 하고 뺨을 때린 후에야 요프람은 비틀거리며 일어설 수 있었다.

"차라리 날 죽이게."

"힘드신 것, 압니다. 그래도 저를 좀 도와주십시오."

김현의 목소리에는 간절함이 배어 있었다.

요프람은 김현을 쳐다봤고, 이를 악물며 힘을 냈다.

김현은 요프람을 부축해 소환진 앞으로 걸어갔다.

소환진은 까만 벌레 역충으로 뒤덮여 있었다. 김현이 뻗은 손에서 화염이 흘러나와 벌레 수십 마리를 태우자, 나머지는 금세 흩어지며 사라졌다.

"이 소환진을 발동하려면 어떤 성질석이…… 얼마나 필요할까요?"

"음, 좀 자세히 봐야겠군."

요프람이 뱀파이어 타크란이 만든 소환진을 들여다보는 동안, 김현은 인벤토리에 넣어 둔 성질석을 꺼내어 바닥에 내려놓았다.

"이, 이건…… 평범한 소환진이 아니야."

"이계와 연결하는 소환진입니다."

"알고 있었나?"

싱크

"제가 이 소환진을 통해 여기로 왔으니까요. 자세한 이야기는 나중에 해 드릴 테니, 먼저 소환진을 활성화시키고 싶습니다만."

"알겠네."

잠시 후, 요프람은 필요한 성질석을 알려 주었다. 김현은 즉시 소환진 중앙에 각기 다른 성향의 성질석을 내려놓고 뒤로 물러섰다.

땅이 흔들리며 소환진이 빛을 뿜어냈다. 점점 진동이 커지고 빛이 강렬해지자 일렁이는 게이트가 생성되었다.

"지속 시간은 아주 짧네. 이 소환진은…… 원래 제물로 발동되도록 만들어졌기 때문이야."

"알겠습니다."

김현은 게이트 앞에 섰다.

심호흡으로 마음을 가라앉힌 그는 게이트 안으로 걸었는데, 마치 보이지 않는 벽이라도 있는 것처럼 막히고 말았다. 손을 뻗자 매끈한 면이 느껴졌다.

주먹으로 쳐도 그 벽은…… 요동도 없었다. 타각의 힘을 담아 발길질을 해도 마찬가지였다.

김현은 광기에 사로잡혔다. 명검 퀘르까지 꺼내어 게이트를 내리쳤고, 천부선공은 물론 자신이 아는 모든 스킬을 동원하여 엄마가 있는 현실로 돌아가기 위해 발버둥을 쳤다.

요프람은 할 말을 잃었다. 김현이 자제력을 잃다니! 한 번도 못 본 모습이었다.

돌아선 김현이 요프람 앞으로 바람처럼 다가왔다. 그리고 말했다. 왜 여기로 왔는지, 왜 돌아가야 하는지를.

설명을 한참 듣던 요프람이 입을 열었다.

"천형이야."

"그게 뭔가요?"

마음 급한 김현은 재촉하듯 물었다.

"천도라고 들어 본 적 있겠지?"

"하늘에 떠 있는 신선의 도시 아닙니까?"

"맞네. 천형은 천도의 도주가 내리는 형벌로…… 그 사람과 관련된 기억을 완전히 없애 버린다네. 부모도, 형제도 그를 알아보지 못하지. 친구들도 마찬가지고. 혼자 쓸쓸하게 헤매다가 죽는데, 대부분 자살한다네. 하지만 그건 전설에 나오는 이야기야. 실제로 천형이 내려졌다는 기록은 없으니까."

"천형을 취소할 방법은 있습니까?"

"내가 읽은 기록에는 없었네. 허나, 전설은 그냥 생겨나진 않지. 천도에 가 보면 단서가 있을지도 모르네."

"아! 감사합니다!"

김현은 요프람의 두 손을 꽉 잡았다. 뼈가 으스러질 것처럼 아팠지만 대학사는 꾹 참았다. 김현이 얼마나 고통스러웠는지, 얼마나 기쁜지 알았기 때문이다.

성질석이 모조리 소비되자 게이트는 사라졌다.

빠르게 평온을 되찾은 김현이 대학사를 쳐다봤다.

"천도는 다음으로 미루고, 일단은 재앙부터 막아야겠습니다."

깊은 절망과 솟구친 희망은 자취를 감추었다. 언제까지나 변함이 없을 듯 견고한 의지가 김현의 얼굴을 가득 채웠다.

그 극적인 변화에 주목한 요프람은 두 가지 사실을 깨달았다.

'이 녀석도 사람이었어. 아픈 곳이 찔리면 고통스러운. 또 하나는 의지력이야. 나로선 상상도 하기 힘들 만큼 강인한 의지력을 지니고 있어. 타고난 것일까, 아니면 스스로 쌓아 올려서 만들어 낸 것일까? 무척이나 궁금하군. 같이 있다 보면 알게 되겠지.'

눈이 햇살처럼 빛나던 요프람의 얼굴이 사색으로 뒤덮였다. 김현이 티메후르를 꺼낸 것이다. 요프람이 뭐라고 할 새도 없이, 김현은 대학사와 함께 만계로 이동했다.

만스크는 힘겹게 철제 수레를 끌고 도시 외곽으로 움직였다.

'몬스터를 이런 방식으로 이용하다니, 놀랍군. 크립테아와는 완전히 다른 방식이야.'

박쥐 문신을 숨기기 위해 흙과 피를 함께 바른 얼굴과 비쩍 마른 몸은 좀비와 매우 흡사했다.

하지만 주위의 좀비들과 달리 그의 등에 새겨진 조혼마진은 가짜였다. 스스로 그려 넣은 마법진이라서 중앙에 박혀 있는 혼마석은…… 색깔이 비슷한 돌멩이에 불과했다.

만스크는 부활 이후 소환진 공사에 스스로 참여하며 귀를 열어 두었다. 소득은 꽤 짭짤했다.

김현이 누구인지, 왜 이 거대한 소환진을 건설하는지, 김현과 함께 소환진을 만드는 사람들은 누구인지 자연스럽게 알게 되었다. 그들 모두 느릿느릿 건물 잔해를 옮기는 몬스터에게는 관심을 두지 않았던 것이다.

상대에 대한 파악이 끝나자 만스크는 자신만의 계획을 실행했다.

그 계획은 매우 간단했다.

좀비 등 몬스터의 등에 새겨진 조혼마진을 살짝 수정해서 바로 만스크 자신의 명령을 따르도록 만든 것이다. 하루에 한 마리, 혹은 두 마리…… 운이 좋으면 세 마리를 자신의 군대로 바꿀 수 있었다.

놈들은 어느날 갑자기 몬스터들이 달려들 때, 진실을 알게 될 것이다.

물론 쉽게 진실을 드러낼 생각은 없다. 김현이 얼마나 강한지, 그 옆에 있는 놈들의 능력이 무엇인지 잘 알기에 지금

싱크

은 인내심을 발휘할 때니까.

크립테아의 군주가 곧 움직일 것이다. 시간의 탑이 모조리 무너지면 시간의 장벽은 사라진다. 바로 그때 사왕이 거느린 어둠의 군대가 지상으로 올라올 테고, 소환진을 만드느라 고생하는 놈들은 죽게 될 것이다.

'그 기회를 놓치면 안 돼.'

만스크의 입가에 희미한 미소가 걸렸다.

켄티르는 시간의 탑을 내려다보았다.

거대한 나사처럼 생긴 탑은 뒤집힌 형태로 지하 깊숙이 박혀 있었다. 탑 자체가 천천히 회전하고 있는데, 나선형 테두리의 굴곡에서 새하얀 빛이 뻗어 나와 사방으로 퍼지고 있었다. 마법사의 설명에 따르면, 그 빛은 바로 시간의 장벽을 지탱하는 힘의 근원이었다.

고개를 돌리자 형편없는 부하들이 시야에 들어왔다. 심각한 범죄를 저지르고 사형 대신 군대를 택한, 당장 죽여도 아깝지 않을 놈들뿐이었다.

사생아로 태어나 귀족이 되기를 원하며 위태롭게 가파른 계단을 오르는 중이었다. 이제 모든 노력이 물거품이 되고 말았다. 동왕 앙즈에게 제안을 받았을 뿐인데, 사실 확인도

하지 않고 이런 취급을 하다니.

울분이 솟아올랐다.

이럴 줄 알았다면 충성심 따윈 내팽개치고 그 제안을 받아들였을 텐데.

마법사들이 시간의 탑 주위에 특이한 마법진을 설치하는 중이었다. 그 마법진은 크립테아의 수도 데알렘 지하에 있는 화맥진 마그나타로부터 힘을 받아 탑을 파괴하기 위한 목적으로 설계되었다.

작업 속도로 봐서는 설치까지 오래 걸리지 않을 것이다. 곧 시간의 탑이 무너지면 장벽도 사라질 테고, 사기충천한 군대는 지상을 향해 밀고 올라갈 것이다.

'나는 기껏해야 뒤치다꺼리나 하게 되겠지.'

순간, 켄티르는 자유를 찾아서 장벽을 넘어간 만스크가 부러웠다. 죽음이 두려워 리치가 된 만스크 같은 부류를 경멸했던 터라 그런 생각을 했다는 사실에 스스로 놀랐다.

스승의 유언을 떠올렸다.

기회는 온다.

그 말을 죽어 가는 스승으로부터 듣지 못했다면, 지금까지 버텨 내지 못했을 것이다.

'그래, 기회는 온다.'

켄티르는 부하들을 향해 걸어갔다.

코불롬

룬트란 왕국의 서쪽, 레나르카 왕국의 북서쪽 먼바다에 커다란 섬이 하나 있다. 이름은 쿠로니아인데, 섬 중앙에 우뚝 솟은 산의 이름 역시 쿠로니아였다. 하지만 어부들에겐 '소용돌이 섬'으로 유명했다.

소용돌이 수십 개가 쿠로니아 섬을 에워싸고 있는데, 한번 휘말리면 절대로 빠져나오지 못할 만큼 맹렬한 소용돌이였다. 어부는 물론 무역선 선장 역시 쿠로니아 근처로는 다가가지 않았다.

그 때문에 항해 기간이 늘어나도 누구 하나 불평하지 않았다. 배와 함께 바다 밑바닥에 가라앉는 것보다는 빙 둘러 가는 게 훨씬 이로웠던 것이다.

비디타스는 먹구름으로 뒤덮인 쿠로니아 섬으로 날아가는 중이었다.

'람코 때문에 지체하고 말았어. 어쩔 수 없지. 조치를 취하지 않았다면 바위 도시가 무너지고 말았을 테니까. 이게 다 만계 때문이야. 그나저나, 시간의 장벽이 약해졌다면 그건 곧 시간의 탑이 무너졌다는 뜻인데. 자칫 잘못하면 대륙을 휩쓰는 거대한 전쟁이 시작되겠군.'

번개 치는 먹구름이 다가왔다.

비디타스는 아무리 빠른 새도, 심지어 와이번도 통과하지 못하는 저 먹구름의 정체를 잘 알았다. 쿠로니아 섬 전체를 보호하는 방어진이었다.

드래곤이 직접 설치했으니, 합당한 자격을 지닌 존재만 섬으로 들어갈 수 있었다.

비디타스는 본체로 돌아갔다. 쿠로니아 섬으로 들어가기 위해서는 인간이나 엘프 등 변신 상태를 풀어야 했다.

거대한 드래곤이 공중에 모습을 드러냈다.

헤라는 먹구름을 향해 날아갔다. 무수한 번개가 날개와 등, 배, 꼬리를 때렸지만 바로 드래곤이기에, 충격은 저절로 흡수되었다.

먹구름이 걷혔다. 그 아래로 원시림으로 가득한 섬이 펼쳐졌다.

다시 엘프의 몸으로 변신한 드래곤은 중앙의 화산으로 향했다. 어마어마하게 높은 화산의 분화구로 내려가자 검붉은 용암의 호수가 보였다.

비디타스는 뜨거운 호수를 통과했다.

용암으로 이루어진 기다란 동굴 끝으로 나가자 공간이 나왔다. 드래곤 본체 크기의 석상이 양쪽에 나란히 서 있을 만큼 공간은 컸다.

역대 드래곤 로드의 석상이 좌우로 늘어선 이 기다란 통로를 걸을 때면 비디타스는 차오르는 감격을 느낄 수 있었다. 드래곤이라는 종족의 일원이 된다는 건, 대단한 특권이었다.

'오늘은 느긋하게 즐길 여유가 없어서 아쉽군.'

비디타스는 서둘러 그 방으로 향했다.

드래곤 로드가 주재하는 회의가 열리는 방, 100년에 한 번 드래곤 종족이 모이는 방, 이 세계뿐 아니라 연결된 세계까지 보여 주는 방.

바로 데스투바였다. 그 뜻은 세계의 방이었다.

둥그스름하게 연결된 벽과 천장은 마룬타 대륙과 인근 바다를 포함하는 거대한 지도였다. 아니, 단순한 지도가 아니라 실제로 그 지역에서 벌어지는 일을 보여 주는, 매우 복잡하고 정교한 마법 장치였다.

벤도프 공동묘지의 북쪽 바다에는 폭풍우가 몰아치고 있었다. 중명 제국 남쪽의 대룡도는 눈이 쌓여 새하얗게 변했고, 라모넬린 공국의 동쪽 항구 요넬 앞으로는 거대한 빙하가 떠내려와 입구를 막아 버렸다.

세계의 방은 이 세계뿐 아니라 연결된 세계도 보여 주는데, 그런 세계 중 하나가 바로 만계였다. 이방인의 세계는 이곳에서도 볼 수 없었다.

비디타스는 두 손을 앞으로 뻗어 만계의 지도를 불러냈다. 그녀가 관심을 가진 곳은 지하였다. 하늘이 아니라 땅을 향해 박힌 시간의 탑 세 개를 찾아냈는데, 그중 하나가 와르르 무너진 상태였다.

'역시!'

드래곤 로드와 천도의 도주가 힘을 합쳐 만든 시간의 탑이 저절로 붕괴될 리는 없다. 드래곤의 권능과 신선의 섭리가 스며든 시간의 탑을 무너뜨릴 수 있는 존재는…… 시간의 장벽으로 가둔 크립테아 놈들뿐이다.

데스투바에 있는 지도로는 시간의 장벽 너머 지하를 볼 수 없었다. 그건 협정 위반이었다. 놈들이 장벽을 넘어올 수 없듯, 드래곤 역시 장벽을 넘을 수도, 장벽 안쪽 지하를 감시할 수도 없었다.

'곧 엘루마를 덮칠 대지진은 그 괴상한 이방인과는 상관이 없다. 중제 투리우스와 사왕이 이 모든 일을 꾸민 거지.'

바닥에 앉은 비디타스는 이 일을 드래곤 로드에게 알릴지 말지 잠시 고민했다.

결론은 금세 나왔다.

싱크

드래곤 로드 테아도프는 크립테아의 군주 투리우스와의 전쟁을 선포할 것이다. 드래곤뿐 아니라 신선까지 참전할 테고, 만계와 이 세계를 포함한 대규모 전투로 그 피해는 상상을 초월할 터였다.

인간, 엘프, 드워프, 뱀파이어 같은 지성 종족도 그 전쟁에 휘말릴 것이다. 겨우 쌓아 올린 문명은 잿더미가 되어 사라지고 말 것이다.

'내가 그동안 얼마나 공을 들였는데. 그 누구도 룬트란 왕국을 건드릴 수 없어. 크립테아의 군주도, 드래곤 로드라고 해도. 따라서 나 스스로 이 사태를 해결해야 한다. 문제는 시간의 장벽 너머로 내려갈 수 없다는 사실이야. 드래곤이기 때문에. 빌어먹을 협정 같으니라고!'

그 순간, 전대의 드래곤 로드 자카리안이 남긴 용옥을 몸에 품은 이방인이 떠올랐다.

그 녀석이라면 시간의 장벽 너머로, 시간의 탑이 있는 곳으로 얼마든지 내려갈 수 있다. 아직 드래곤이 아니니 협정에도 위배되지 않는다.

몸을 일으킨 비디타스는 쿠로니아 섬을 떠나며 어떻게 해야 김현을 움직여서 시간의 탑을 재건할 수 있을지, 장벽을 튼튼하게 만들어 크립테아 놈들 뒤통수를 칠 수 있을지 생각하고 또 생각했다.

수왕진이 완성되었다.

요프람이 예상한 200년이 아니라, 7년 만에 소환진 공사가 끝났다. 빌딩으로 가득했던 도시는 넓은 평지로 변했고, 거기에는 복잡한 소환진이 건설되었다.

도시를 내려다볼 수 있는 언덕에 서서 수왕진을 바라보던 김현이 돌아섰다.

뒤쪽에는 공사에 참가한 사람들이 서 있었다.

처음부터 함께 있었던 천야장과 추광대, 수왕진을 설계하고 감리까지 맡은 대학사 요프람, 고형덕과 라이언, 섬바디 길드 인 페플의 멤버인 체리, 아로간타르, 스노빈 그리고 절친 박용준까지 뿌듯한 얼굴로 김현을 응시했다.

"그동안 수고했으니 오늘 하루는 마음껏 즐겨도 좋을 것 같네요."

김현은 아직 부족한 성질석을 확보하려면 내일부터 지하 던전으로 내려가 무시무시한 놈들과 싸워야 한다는 이야기는 생략했다. 지금 분위기를 깨고 싶지 않았다.

물소 다섯 마리가 통째로 구워지는 중이었다. 세르프와 체리가 솜씨를 부려서 만든 음식도 매우 풍성했다. 천야장은 5년 묵은 독주를 꺼내어 남자들의 환호를 받았다.

사람들은 끼리끼리 모였다. 마법사는 마법사끼리, 드워프는 드워프끼리, 그리고 잘 통하는 사람들끼리.

멀찌감치 떨어진 김현은 그 모습을 보며 속으로 웃었다.

'수왕진을 만든 것보다 더 힘든 게 지금 저 사람들의 관계야. 소환진 완성보다 더 기적 같은 일이니까.'

공사에 참가하는 사람들의 수가 늘수록 다툼과 갈등도 증가했다.

테룽은 박용준이 추영의 주인이라는 사실을 노골적으로 부정했을 뿐 아니라 소심한 이방인에게 드워프 종족은 어울리지 않는다며 틈이 날 때마다 비웃음을 날렸다.

평소 순둥이 같은 박용준도 그때만큼은 참지 않았다. 결국 박용준은 힘으로, 실력으로 테룽을 굴복시켰다. 바로 그 순간, 테룽은 박용준을 그림자처럼 따르는 부하가 되었다.

아로간타르는 뱀파이어를 좋아하는 세르프에게 사사건건 트집을 잡았다. 김현은 알면서도 내버려 두었다. 개입해 봤자 불씨가 꺼지지 않으면 언제든 다시 활활 타오를 터였다.

세르프를 추광대원으로만 대하던 트로얀이 아로간타르에게 결투를 청함으로써 그 갈등은 절정에 이르렀다.

이틀이나 계속된 결투는 무승부로 끝났다. 둘 다 팔 들어올릴 힘도 남지 않을 만큼 투지를 불살랐는데도 상대를 무릎 꿇릴 수 없었다.

결투를 통해 서로의 능력과 성격을 알아본 탓인지, 아로간타르와 트로얀은 상대를 적대하면서도 묘하게 서로를 인정하는 관계가 되었다.

스노빈은 요프람과 신경전을 벌였다. 요프람이 설계한 수왕진의 구조에 허점이 있다며 다시 만들어야 한다고 주장했다. 김현은 이번에도 모른 척 뒤로 물러섰다.

시간은 갈등을 녹이는 최고의 용광로였다. 7년이라는 긴 시간을 이길 만큼 심각한 갈등이나 충돌은 존재하지 않았다.

가끔은 극단적인 조치를 취했다.

세르프와 체리가 사소한 일로 다툰 후 거의 반년 가까이 서로를 쳐다보지도, 말을 걸지도 않았을 때, 김현은 두 사람만 먼 곳으로 데리고 갔다. 여전히 서로를 무시하는 행동을 보이자, 김현은 둘을 아무것도 없는 들판에 버려두고 혼자 현섬으로 돌아왔다.

한 달 후 거지 몰골을 하고 도시로 겨우 찾아온 두 여자는 피를 나눈 자매처럼 친했다. 오히려 김현이 두 여자의 공적이 되고 말았다.

지난 7년 동안의 일을 떠올렸던 김현은 빙긋 웃으며 물소의 앞다리를 라드에게 던졌다. 붉은 곰은 단숨에 앞다리를 움켜잡더니 신나게 뜯기 시작했다.

그때, 땅이 미세하게 흔들렸다.

즐겁게 먹고 떠들던 다른 사람들은 그 진동을 감지하지 못했다.

김현의 눈에서 웃음기가 사라졌다.

'최근 느끼기조차 힘든 지진의 빈도수가 늘고 있어. 지진의 강도도 조금씩 세지고 있고. 대지진이 도시를 덮치면……그동안의 수고가 물거품이 되고 말겠지. 그 전에 성질석을 모두 모아야 할 텐데.'

체리가 다가와 술잔을 내밀었다.

"오늘 하루는 즐겁게 보내자면서요?"

"……나도 즐거워."

"고민이 얼굴에 가득 차 있는데요, 뭘."

쑥스럽게 웃은 김현은 술을 한 모금 마셨다. 머리카락이 곤두설 정도로 독한 액체가 가슴을 태우며 아래로 내려갔다.

"가끔 마스터를 만나지 않았더라면 어떻게 됐을까, 생각하곤 해요."

"그래?"

"그랬다면 난 아버지의 뜻에 따라 적당한 신랑감을 만나 결혼해서 적당한 삶을 살고 있겠죠. 그랬다면 이런 곳에도 오지 않았을 테구요."

"후회하는 거야, 칭찬하는 거야?"

"당연히 칭찬이죠. 여기 있는 사람들 모두 마스터 덕분에 완전히 다른 삶을 살고 있으니까요."

"빨리 본론을 말해. 괜히 빙빙 둘러 가지 말고."

7년은 서로가 어떤 사람인지 알 만큼 아주 긴 시간이었다.

"마스터 혼자 짐을 질 필요는 없어요. 수왕진을 만들 때처럼 조금씩 나누면 마스터도 좀 더 편해질 거예요."

김현은 잠자코 체리를 응시했다.

그리고 대답했다.

"고마워."

두 사람은 서로를 바라보았다. 마치 시간이 정지한 것처럼, 눈도 한번 깜박이지 않았다.

그때, 옆에서 들린 목소리.

"키스해, 키스해."

술기운으로 볼이 붉게 물든 박용준이었다. 그 옆에는 테룽과 아로간타르, 트로얀이 함께 서서 기대하는 눈빛으로 김현, 체리를 쳐다보고 있었다.

얼굴이 빨개진 체리는 박용준의 발을 걸어 넘어뜨리고는 물소가 구워지는 곳으로 가 버렸다.

"넌 내 친구지만 진짜 너무한다. 체리의 마음, 너도 잘 알고 있잖아. 어딜 가도 저런 여자는 없어."

"취했다, 너."

"이런 이야기 하려고 술 마신 거다. 맨정신으론 못 하니까. 너무 앞만, 먼 곳만 보지 마. 그러다간 나중에 후회할 거야."

왠지 울림이 느껴지는 말이었다.

김현은 고개를 돌려 세르프와 함께 웃는 체리를 힐끔 쳐다봤다.

'내가 본 여자들 중에서 가장 예쁘고, 똑똑하고, 고집도 세고, 매력적인 여자야. 대지진을 제대로 막아 낸다면, 그리고 내 몸에 박혀 있는 운명의 구슬을 무사히 빼낸다면, 망각 현상까지도 해결한다면…… 그때 가서도 체리의 마음이 그대로라면…… 사귀는 것도 나쁘진 않을 거야.'

김현은 몸을 움찔거렸다.

그저 '사귄다'라고 생각만 했을 뿐인데 차가운 바람이 몸을…… 특히 등줄기를 타고 올라오는 느낌을 받았다.

무척이나 짜릿하고 독특한 느낌이었다.

왕따를 당해서 방에 갇힌 이후로 사춘기 특유의 상상은 해보지도 않았다. 누군가와 데이트를 한다거나 커플이 된다는 건, 다른 세상의 이야기 같았다.

그 순간, 엉뚱한 장면이 떠올랐다.

체리를 집으로 데려가 엄마에게 소개를 시킨다면, 어떻게 말을 해야 할까?

음, 엄마, 체리는 아주 먼 곳에서 왔어. 아버지는 백작이시고, 집은 아주 으리으리한 저택이야.

상상만 했는데도 웃음이 터져 나올 뻔했다.

김현은 결심했다.

모든 문제를 다 해결한 후에 체리를 데리고 엄마가 있는 집으로 가기로.

엄마의 표정도 궁금했고, 체리의 반응도 알고 싶어졌다.

명검 퀘르는 키클로프스를 정확히 둘로 잘랐다.

얼굴 중앙의 커다란 눈이 반으로 갈라졌고, 이어서 몸 전체가 양쪽으로 넘어지며 피와 내장이 흘러내렸다.

광현칠검보의 절초 증익형둔의 예리함에 퀘르 특유의 파괴력이 더해지자 키클로프스는 단 한 번의 공격에 삶을 마감했다. 눈에서 발사되는 레이저광선 같은 붉은 빛도 퀘르를 넘지 못했다.

재빨리 검집에 꽂아 생명력 감소를 막은 김현은 가져온 회복약을 마셨다.

그사이 트로얀과 아로간타르가 죽은 몬스터의 몸에서 성질석을 찾아냈다. 박용준과 테룽은 다른 몬스터의 기습을 막기 위해 주위를 살피고 있었다.

"이 정도 속도로 성질석을 모으면 한 달 안에 수왕진을 발동시킬 수 있을 것 같습니다."

트로얀이 주먹 크기의 성질석을 들어 올렸다.

그때, 바닥과 벽, 천장이 동시에 흔들렸다. 천장에 매달려 있던 종유석이 툭툭 아래로 떨어졌다.

김현과 트로얀, 아로간타르는 검으로 종유석을 쳐 냈지만, 진동은 점점 강해졌다.

"밖으로 나간다."

트로얀과 아로간타르의 어깨에 손을 올린 김현은 공간 이동술을 펼쳤다.

수왕진이 건설된 거대한 평지가 출렁이고 있었다.

성질석을 쏟아부을 주마 구획 일부가 극심한 진동을 이기지 못하고 붕괴되었다. 다행히 정교하게 건설된 변마 구획과 튼튼한 발마 구획은 거의 피해가 없었다.

흔들림은 서서히 가라앉았다.

"자네는 성질석 확보에 집중하게. 여기는 우리에게 맡기고."

요프람이 김현을 보며 말했다.

"보수 공사에 얼마나 걸릴까요?"

"짧으면 보름, 길면 서너 달. 하지만 정확히 판단하려면 수왕진을 꼼꼼하게 살펴야 할 거야. 그것만으로도 며칠은 필요하겠지."

"그럼, 대학사님께 맡기겠습니다. 가능하면 한 달 안에 모든 공사를 끝내 주십시오. 저도 그 안에 성질석을 확보해서 올라오겠습니다."

"그러지."

요프람 역시 지진이 점점 강해진다는 사실을 알고 있었다.

서두르지 않으면 소환진을 발동하기도 전에 지진으로 무너지고 말 터였다.

김현은 팀을 꾸려서 지하 던전으로 떠났다.

눈을 뜬 벨레스카르는 손목을 내려다보았다. 마력을 봉쇄하는 수갑이 채워져 있는데, 서서히 그 효력이 약해지고 있었다. 몸은 이미 회복된 상태였다.

'최악의 상황은 피할 수 있게 됐군.'

시선이 느껴진다.

벨레스카르는 흉악한 간수 불루크가 의심의 시선을 거두고 지나갈 때까지 고개를 푹 숙였다.

발소리가 멀어졌다.

주위가 조용해지자 벨레스카르는 한 줌의 마력을 짜내어 정령을 소환했다.

금속 성질의 하급 정령 파리톰이 나타났다. 조그만 점 수천 개가 먼지처럼 공중에서 이리저리 춤을 췄다. 파리톰은 조그만 칼의 형태로 뭉치더니, 벨레스카르의 손목을 옥죄는 수갑을 자르기 시작했다.

스릉스릉 소리가 거슬렸지만, 지금으로서는 최선의 방법이다.

싱크

마침내 수갑이 뚝 끊어졌다.

벨레스카르는 사방에서 몰려드는 마력을 느낄 수 있었다. 당장 파리톰을 돌려보낸 그는 천천히 일어섰다. 관절에서 우두둑 소리가 났다.

인기척이 들렸다. 발소리만으로도 그 포악한 간수라는 사실을 알아차렸다.

"펠라룸."

벨레스카르는 중급 정령을 불러냈다. 멜론 크기의 금속 덩어리가 공간을 뚫고 나와 날이 휘어진 검으로 변했다. 벨레스카르가 자루를 쥐자 검이 웅웅 떨렸다.

간수가 감옥 안을 들여다보는 순간, 펠라룸의 검 끝이 녀석의 미간을 꿰뚫었다.

'여유만 있다면 저 가시를 하나씩 부러뜨렸을 텐데. 아쉽군.'

벨레스카르는 옥문을 부수고 복도로 나섰다.

"전하의 말씀이 옳았습니다."

얼굴에 사마귀 문신이 새겨진 프리온이 말했다.

"빠져나갔느냐?"

"간수를 죽이고 탈출했다는 소식입니다."

"거리를 두고 감시해라. 그 교활한 만스크를 구워삶은 놈이다. 끄나풀이 더 있다고 해도 놀랍지 않지. 운이 좋으면 놈의 배후에 대해서도 알게 될 테니까."

타릴은 튀어나온 손톱으로 탁자를 긁었다. 돌로 만들어진 탁자의 표면에 너무나 쉽게 깊고 기다란 홈이 파였다.

크립테아의 수도라 불리는 데알렘은 야명석이 뿌리는 빛 아래 황갈색 집들로 가득한 거대도시였다. 흙으로 만든 벽돌을 쌓아 올려서 만든 집이 저지대, 언덕 기슭과 꼭대기까지 온통 뒤덮고 있었다.

비록 햇빛 한번 비치지 않는 지하에 자리 잡았지만 데알렘에는 멋진 강 데루가 흘렀고, 둥그스름한 아치형 지붕의 신전이 있으며, 높다란 망루는 천장에 닿을 듯 위용을 자랑했다.

룬트란 국왕의 거처보다…… 심지어 중명 제국의 황궁보다 훨씬 웅장한 궁전은 마법진으로 외벽을 장식해 시시각각 달라지는 빛깔과 형태를 자랑하는 최고의 건축물이었다.

도시 곳곳에 금색의 포자를 날리는 대형 버섯 금유목이 가로수처럼 서 있었다.

좁다른 골목길에는 아이들이 돌아다녔는데, 이마에 뿔이 나 있거나 엉덩이에 꼬리가 달려 있는 등 독특한 외모를 가지고 있었다. 또래와 싸우면서 자란 아이들은 성인식을 통과해야 어른 대접을 받는데, 바로 그날 얼굴에 문신이 새겨진다.

몸을 가리는 옷을 입고 후드를 뒤집어쓴 벨레스카르는 주위를 살피며 저지대를 빠져나와 계단을 통해 언덕 꼭대기로 올라가는 중이었다.

벨레스카르가 뒤를 돌아볼 때마다 신임 척살대주 자르는 금유목에 몸을 숨겼다.

'쳇, 신중하군.'

자르는 척살대원들을 쳐다봤다.

지난번 만스크를 쫓느라 희생된 유라크 대신 새로운 대원 라겐과 파멘이 들어왔는데, 얼굴에 새겨진 도마뱀 문신처럼 아주 활력이 넘치는 놈들이었다.

세쿠는 대주의 명령을 차분하게 기다리고 있었다.

자르는 벨레스카르가 올라가는 언덕을 올려다보며 눈살을 찌푸렸다.

저지대는 혈통이 더럽거나 힘이 약한 놈들이 산다. 힘과 권위를 동시에 갖춘 귀족 가문은 모두 언덕 꼭대기에 세워진 멋진 저택에 거주한다.

저놈이 언덕 위로 올라간다는 건, 놈의 배후가 귀족이라는 뜻이다.

'잘못하면 한바탕 피바람이 불겠는데.'

자르는 수신호로 지시를 내렸다. 부하들을 언덕 주위로 배치해서 놈이 은밀히 빠져나가지 못하도록 만든 뒤, 자신이 혼자 언덕으로 따라갈 생각이었다.

놈은 계단으로 올라갔지만, 자르는 암갈색 지붕을 딛고 달렸다.

저 멀리 서둘러 걷는 놈이 보였다.

'어디로 들어갈까? 저놈이 들어서는 저택은…… 오늘 크립테아에서 사라질 텐데.'

자르는 마음에 들지 않는 가문 몇 개를 떠올리며, 놈이 그들 중 하나의 저택으로 들어가기를 바랐다.

그때, 놈이 화려한 대문 앞에 섰다.

자르는 할 말을 잃었다. 척살대주로서 평정심이야말로 가장 주의해야 할 부분인데, 지금 놈의 행동 때문에 마음이 흔들리고 말았다.

그 저택은 바로 라부즈의 집이었다. 동왕 앙즈의 아들 라부즈의 저택으로 놈이 들어간 것이다.

'놈의 배후가 동왕이었다니!'

동왕 앙즈는 서왕 타릴과 사사건건 부딪치는 앙숙이었다. 타릴만큼이나 강대한 힘을 가졌기에 둘은 서로를 적대시했으나 물리적 충돌로 이어지진 않았다.

그러나 침입자가 라부즈의 저택으로 들어갔다는 사실이 확인된 지금, 오랫동안 선을 넘지 않으며 참아 왔던 아슬아슬한 관계는 오늘로 끝이 나고 만 것이다.

척살대원을 모두 부른다고 해도 저 커다란 저택 안으로 들어갈 수는 없다. 자르는 다시 한 번 대문을 노려본 뒤, 물러났다.

보고가 먼저다.

무릎 꿇은 자르로부터 이야기를 들은 타릴의 얼굴이 와락 구겨졌다.

자르뿐 아니라 책사 프리온까지도 서왕의 눈치를 보고 있었다. 척살대원들은 침입자를 놓치지 않기 위해 언덕 주위에 숨어 있었다.

갑작스레 터져 나온 웃음.

타릴은 눈물이 찔끔 흘러나올 만큼 박장대소했다.

"전하?"

프리온이 한 걸음 다가갔다.

"자르, 자네가 당했어."

"……당하다니요?"

자르는 조심스럽게 물었다.

"그자는 일부러 자넬 동왕의 아들 집으로 데려간 게야. 미행이 따라붙었다는 걸 안 거지."

"낌새를 채지 못할 만큼 거리를 두고 쫓았습니다, 전하."

"과연 그럴까?"

자르는 아무 말도 못 했다. 이마에서 식은땀이 흘러내렸다. 타릴이 명령을 내리면 여기서 죽을지도 모른다.

타릴의 얼굴에서 웃음기가 사라졌다.

"놈은 크립테아를, 중제 폐하를, 그리고 우리를 능멸했다. 놈이 시간의 장벽을 넘기 전에 반드시 죽여라."

"존명."

고개를 숙인 자르는 서둘러 밖으로 나갔다.

"헉헉."

땀을 뻘뻘 흘리며 경사진 바위 더미를 올라가던 벨레스카르는 털썩 주저앉았다.

마력은 이미 바닥났다.

헛웃음이 터져 나왔다.

'타릴, 보통 놈이 아니야. 능제갑의 효력을 약화시켜 나 스스로 감옥에서 빠져나갈 수 있게 만드는 동시에, 내가 마신 물에 약을 타서 뒤늦게 마력을 봉쇄해 버리다니. 아마도 지금쯤이면 내 계책을 간파하고 척살대를 보냈겠지.'

대형 버섯에서 채취되는 독 금유는 급격하게 움직일수록 그 효과가 증가한다. 가만히 앉아서 쉬면 고통에서 벗어나겠지만, 척살대에 잡히고 말 터였다.

"끙."

신음을 흘리며 일어난 벨레스카르는 침을 탁 뱉은 후, 위로 오르기 시작했다.

자르는 젖은 자갈 하나를 들어 올려 코로 킁킁 냄새를 맡았다. 입가에 미소가 그려졌다.

'금유 향이다.'

뒤를 돌아본 그는 지쳐서 숨을 몰아쉬는 대원들을 발견했다. 세쿠는 즉시 허리를 세웠지만, 척살대의 분위기를 알 리 없는 신입 라겐은 아예 바위에 주저앉았다. 눈치 빠른 파멘은 어느새 세쿠 옆에 서 있었다.

"대주님, 도저히 못 가겠습니다. 조금만 쉬었다가 가는 게 좋을 것 같습니다만."

자르는 빙긋 웃으며 세쿠를 쳐다봤다.

세쿠가 라겐을 뒤에서 덮쳤다.

짙은 어둠을 밀어내는 모닥불 옆에 앉아 있던 라이언이 대뜸 물었다.

"내공이 얼마야?"

명검 퀘르에 묻은 몬스터의 피를 헝겊으로 닦아 내던 김현이 라이언을 쳐다봤다.

"그건 왜요?"

"대체 얼마나 내공이 많으면 그렇게나 강력한 스킬을 줄줄이 뽑아낼 수 있는지 궁금해서."

라이언뿐 아니라 트로얀, 테룽, 레반 그리고 아로간타르, 박용준까지 궁금한 눈으로 김현을 응시했다.

그들이 보기에 김현의 전투력은 아예 차원이 달랐다.

공간 이동술을 자유롭게 펼쳤고, 평범한 주먹질에도 어마어마한 힘이 실렸으며, 성질이 다른 소드오브아이스와 플레임소드를 각각 양손에 잡고 휘둘렀고, 오행의 이치를 발휘하여 다섯 종류의 힘을 마음대로 움직였을 뿐 아니라, 명검 퀘르를 쥐고 최고의 파괴력을 발휘했다.

"요즘엔 내공 느는 속도가 줄어들었어요."

김현은 진지했지만 나머지 사람들에겐 전교 1등이 요즘 공부가 안된다는 말처럼 들렸다.

"그래서 얼만데?"

라이언이 재촉했다.

"잠깐만요."

김현은 캐릭터 창을 열었다.

"10갑자네요."

"……뭐?"

어이가 없는 라이언. 나머지 사람들도 마찬가지였다.

내공이 10갑자라니!

그제야 그들은 김현이 왜 그토록 강한지 이해할 수 있었다. 7대무문을 이끄는 문주와 동급이거나 그보다 조금 못한 수준에, 김현은 벌써 이른 것이다. 마법사 기준으로 따지면 마탑의 마스터와 맞먹는 능력이었다.

"어떻게 하면 너처럼 강해질 수 있어?"

박용준이 물었다.

"간단해."

속삭이는 김현.

모두가 몸을 김현 쪽으로 기울였다. 그들 모두 힘에 관심이 많았다.

"한 300년 정도 죽어라 수련하면 돼."

씩 웃은 김현은 웃음을 기대하며 농담을 던졌다.

"……."

김현이 만계에서 보낸 시간을 잘 알기에 누구도 농담으로 받아들이지 않았다.

침묵을 깬 건 트로얀이었다.

"내공을 전수받지 않으신 겁니까?"

"전수라니?"

"7대무문의 고수가 강한 이유는…… 그들이 강한 무공을 익히기 때문이지만, 근본적인 이유는 그들이 할아버지나 아버지 혹은 가문의 사람이 평생 익힌 내공의 일부를 젊은 시절에 전수받기 때문입니다. 혼자 무공을 익히는 보통 사람과는 출발점 자체가 다르지요."

"난 그런 적 없는데."

"영약은 복용하셨습니까?"

"아, 롭시스 국수를 먹고 소화시켰을 때 내공이 좀 증가하긴 했어."

트로얀은 웃음을 꾹 참았다. 그 누구도 롭시스 국수를 영약이라 생각하지 않는다. 오히려 잘못 먹으면 몸이 망가지는 독에 가까운 음식이다.

'사부님은 내 예상보다 훨씬 강하시다. 사부님의 내공은 스스로 쌓아 올린, 사부님 자신의 힘이니까. 부모로부터 쉽게 내공을 받고 영약의 힘을 빌린 고수들과는 차원이 다를

수밖에 없지.'

　김현이 몸을 일으켰다.

　휴식은 끝났다는 신호였다.

　선두로 나선 김현은 플레임소드를 쥐고 어둡고 습한 가파른 길로 내려가기 시작했다.

　김현이 이끄는 팀은 좁고 어둡고 축축한 동굴을 따라 아래로 내려가고 있었다.

　미끄러운 바위를 디딜 때 나는 소리, 거친 호흡 소리만 들렸다. 언제 어디서 몬스터가 튀어나와 공격을 할지 모르기에 공기 중으로 긴장감이 흘렀다.

　박용준은 장갑이 손에 딱 맞도록 위쪽 부분을 당겼다. 언제든 필요한 순간에 치료술을 펼치기 위해서였다.

　이곳 만계에 내려온 이후 사토르의 장갑에 부여된 스킬을 수도 없이 펼쳤고, 그 덕분에 스킬 레벨을 뿌듯할 만큼 높일 수 있었다. 마력 역시 기대 이상으로 증가했다. 옛날엔 엄두도 낼 수 없던 스킬 '사토르 퍼펙트 힐링'도 지금은 쉽게 펼칠 수 있게 되었다.

　다만 사토르 퍼펙트 힐링의 경우, 30분이라는 쿨 타임을 줄이는 게 아직은 쉽지 않았다.

"정지. 앞에 뭔가 있다."

김현이 속삭였다.

박용준은 물론 팀 전체가 즉시 멈췄다.

기다리는 동안, 입안의 침이 바짝 말랐다. 으스스한 분위기 때문인지 가끔 몸이 저절로 떨렸다. 그렇다고 오한이 들만큼 춥지는 않았다.

김현이 뒤를 돌아봤다.

"여기서 기다려. 앞에 뭐가 있는지 살펴보고 올 테니까. 그동안 팀은 트로얀이 맡도록."

"네, 사부님."

트로얀이 앞으로 나와 리더의 자리에 서자, 김현은 어둠 너머로 사라졌다.

박용준은 그 단호한 행동과 실천력이 부러웠다.

무슨 일이든 조짐이라도 보이면 가장 먼저 나서는 사람은 김현이었다. 어렵고 위험할수록 김현은 앞장섰다. 능력을 갖췄기에 사람들은 김현을 리더로 인정했고, 그 변화는 매우 자연스러웠다.

김현은 평소에도 사람들에게 자극을 주는 사람이었다. 그렇게나 강한데도 시간만 나면 검을 휘두르며 무공을 수련했다. 김현 자신에게는 일상적인 습관 같은 행동이지만, 다른 사람에겐 괜히 놀고 있는 듯한 자책을 불러일으켰다.

김현은 말 한마디 없이 주위에 있는 사람들이 스스로 강해지게 만든 셈이었다.

'나도 저런 면을 가지고 싶은데.'

박용준 자신도 7년 동안 부단히 노력했지만 여전히 부족하다는 생각뿐이었다.

그때, 앞에서 쾅! 굉음이 들렸다.

박용준은 즉시 추영으로 방어막을 만들어 김현을 제외한 팀 전체를 덮었다. 레반도 방어 마법을 펼쳐 한 겹 더 방어막을 만들어 냈다.

두 겹의 방어막 너머로 번쩍번쩍 섬광이 터졌다. 무언가 썩는 듯한 악취도 진해졌다.

"전방에서 자주색 연기가 다가옵니다!"

트로얀이 외쳤다.

모두가 긴장했다. 자주색 연기를 내뿜는 몬스터는 처음이다. 한 번도 경험해 보지 못했기에 저 연기가 얼마나 치명적인지도 아직 모른다.

"검은 덩어리가 날아옵니다!"

트로얀이 급히 소리를 질렀다.

수박보다 두 배나 큰 덩어리는 정확히 방어막의 중심에 떨어졌다. 쾅 터지는 대신 퍽 소리를 내며 끈적이는 액체로 흩어졌는데, 마치 염산이 헝겊을 녹이듯 방어막에 구멍을 냈다.

그 액체 일부가 라이언의 어깨에 떨어졌다. 천야장이 제작한 갑옷도 액체의 용해력을 견디지 못했다. 급히 갑옷을 벗었지만 피부까지 파고든 후였다.

자주색 연기가 팀을 덮쳤다.

박용준은 메시지 창을 볼 수 있었다.

-3분 동안 방어력이 20% 감소합니다.

-2분 동안 초당 생명력이 0.5% 감소합니다.

-1분 동안 이동속도가 50% 줄어듭니다.

연기에 노출된 결과였다!

갑자기 느려진 동작에, 박용준은 자신뿐 아니라 팀 전체가 연기에 당했다는 사실을 알아차렸다. 당장 팀 전체의 생명력을 회복시키는 스킬 '사토루 파티 힐링'을 펼치려는데, 또 다른 메시지 창이 나타났다.

-30초 동안 기절 상태가 지속됩니다.

박용준은 정신을 잃었다.

눈을 뜬 박용준은 죽었다가 부활했다는 사실을 금세 알아차렸다. 하도 많이 죽어서 이런 느낌에 익숙했던 것이다.

습관처럼 장비와 스킬을 확인했다. 다행히 사토르의 장갑을 잃지는 않았다. 용갑도 그대로 있었다. 레벨이 하락하고 속성 몇 가지가 감소했을 뿐이다.

그제야 박용준은 주위를 살폈다.

테롱이 무거운 얼굴로 빈손을 내려다보고 있었다. 되살아났지만 애지중지 아끼는 무기 고스퉁을 잃은 것이다.

굳이 위로할 필요는 없다. 다시 거기로 가서 도끼를 되찾으면 그만이다.

'아, 전멸한 거야. 김현만 빼고. 어떻게 죽었는지도 모르고 이렇게 다 죽다니. 아주 대단한 놈인가 보다.'

박용준은 트로얀, 라이언, 아로간타르 그리고 레반의 반응을 통해 그 사실을 알아냈다. 김현 혼자만 얼굴이 검게 그을려 있었다.

김현은 팀원들이 죽음으로 잃은 것이 무엇인지 확인할 때까지 침착하게 기다리고 있었다.

사람들이 김현 앞으로 모여들었다.

팀원들을 쳐다본 김현이 입을 열었다.

"놈의 이름은 코불롬입니다. 처음 듣는 이름일 겁니다.《룬트란 왕국의 역사》에 딱 한 번 나오고, 요프람의 책《괴물지》에 조금 설명이 나올 뿐이니까요. 겉모습은 커다란 살덩이에 머리 세 개, 팔 여섯 개, 다리 여섯 개가 달린…… 기괴한 형태입니다. 이미 경험했지만 자주색 안개를 내뿜는데, 닿기만 해도 방어력과 생명력이 감소됩니다. 뿜어내는 검은 침은 무엇이든 녹이기 때문에 멀리서 마법으로 공격하는 것도 쉽지 않습니다. 가끔 포효하는데 그 소리를 들으면 정신이 혼미해져 몸이 마비될 뿐 아니라, 자칫 잘못하면 놈의 의지에 짓눌려 아군을 공격하게 될지도 모릅니다."

차분한 설명이 끝났지만 아무도 입을 열지 않았다. 한참 후에야 라이언이 나섰다.

"……이제까지 만난 놈들 중에 가장 악질이군."

"맞습니다. 명검 퀘르로도 놈을 죽이지 못했으니까요. 시간제한 때문에요."

몸이 완벽한 상태여도 퀘르는 1분 40초 이상 사용할 수 없다. 초당 생명력이 1%나 줄어들기 때문이다. 따라서 김현이 1분 40초 동안 쉬지 않고 퀘르를 휘둘러도 코불롬을 쓰러뜨릴 수 없다는 뜻이었다.

다들 깜짝 놀랐다. 퀘르를 든 김현이 이제까지 죽이지 못한 몬스터는 한 마리도 없었는데.

"아! 깜박했네요. 한 가지 더 있습니다. 놈이 세 개의 입으로 알을 뱉어 내는데, 30초 안에 터트려 없애지 않으면 알이 부화합니다. 전갈과 거미를 합쳐 놓은 것 같은 놈이 알에서 나오는데, 몸집은 작지만 아주 빠릅니다."

이번에도 침묵이 흘렀다.

"대사형에겐 방법이 있겠죠?"

아로간타르가 물었다.

"없어."

"……."

충격에 빠진 팀원들. 그들에게 김현은 항상 해결책을 찾아

싱크

내는 사람이었다.

"하지만 어떻게 해야 할지는 알아."

김현이 빙긋 웃었다.

팀은 이번에도 전멸했다.

비록 가까이 가긴 했지만.

김현 외에도 트로얀, 라이언, 아로간타르, 테룽이 코볼롬을 두 눈으로 목격했다. 뒤에서 힐링 등 마법으로 돕던 레반과 박용준만 몬스터의 진면목을 보지 못했다.

맨손을 내려다본 박용준은 마음이 허했다. 이번 죽음으로 사토르의 장갑을 잃은 것이다. 곧 되찾을 수 있다는 사실을 아는데도 가슴에 돌이 들어앉은 것처럼 답답했다.

트로얀도 풍뢰검을 잃었다.

그런데도 김현은 특유의 빛나는 눈으로 팀원들을 바라보며 말했다.

"한 번 더."

일곱 번이나 죽은 후에야, 김현이 코볼롬 공략을 위한 작전을 내놓았다.

"최대한 빨리 코불룸이 서식하는 공간에 진입하는 게 중요합니다. 자주색 연기는 치명적이지만 빠르진 않습니다. 방향만 확인하면 피할 수 있습니다. 놈이 뱉는 침도 마찬가지입니다. 주의를 기울여 살피면 충분히 피할 수 있습니다. 문제는 알입니다. 알이 부화되면 이길 확률은 줄어듭니다. 따라서 튀어나온 알을 반드시 없애야 합니다."

김현은 트로얀, 라이언, 아로간타르를 쳐다봤다.

세 사람은 고개를 끄덕였다.

다시 말을 이어 나가는 김현.

"레반과 용준이는 뒤쪽에서 팀원을 돕는데, 자주색 연기와 검은 침을 피해야 돼. 두 사람이 죽으면 이번 계획은 성공할 수 없어. 테룽은 두 사람이 다치지 않도록 최대한 보호해 줘."

"알았어."

박용준이 답했다.

"네, 사부님."

레반과 테룽이었다.

김현은 팀원 전체를 바라보며 일일이 눈을 맞췄다.

"놈은 아주 강해서 단번에 쓰러뜨릴 수 없습니다. 장기전이라고 생각하세요. 오래 버티는 쪽이 이깁니다. 가까이서 살폈는데, 놈을 없애면 엄청나게 큰 성질석을 얻을 수 있습니다. 까다로운 만큼 결과도 좋을 겁니다. 잠시 휴식을 취한

싱크

다음, 놈을 없애러 갑시다."

박용준은 김현을 힐끔 살폈다. 그 어느 때보다도 살아 있는 듯한 표정이었다. 강한 상대와의 전투가 김현에겐 짜릿한 즐거움인 듯했다.

박용준 자신도 서서히 가슴이 뜨거워졌다. 김현의 감정이 전염된 느낌이었다. 주위를 살펴보니, 다른 사람들 역시 마찬가지인 듯 침묵 속에서 사냥을 준비하고 있었다.

드디어 베크렘에 도착했다.

벨레스카르는 시간의 장벽을 보고 그 아름다움에 잠시 넋을 잃었다. 언제 봐도 저 기적 같은 마법은 사람을 압도하는 절대적 힘을 드러낸다.

비틀거리며 가파른 언덕을 내려가던 벨레스카르는 발을 헛디뎌 넘어졌고, 도시 입구까지 굴러서 내려갔다. 몸을 일으키려 했지만 오른쪽 발목이 삐었는지 땅바닥에 닿기만 해도 신음이 흘러나왔다.

'……다 왔는데.'

시간의 장벽만 통과하면 안전하다. 적어도 오늘 죽을 일은 없을 텐데.

지팡이로 삼을 만한 막대기를 겨우 구한 벨레스카르는 조금씩 움직이기 시작했다.

시선이 느껴졌다.

벨레스카르는 천천히 몸을 돌렸다.

자르가 이제 막 동굴 밖으로 나와 고대 도시 베크렘을 내려다보고 있었다. 그 뒤에는 척살대원 두 명이 서 있었다.

'이렇게 빨리 쫓아오다니. 아! 한 명을 희생시켰군. 과연 척살대야.'

벨레스카르는 먼지를 일으키며 도시로 내려오는 척살대와 시간의 장벽을 번갈아 쳐다봤다.

기적이 일어나지 않는 한, 무사히 이곳을 빠져나갈 방법은 없다. 이 도시를 거대한 무덤 삼아 여기서 영원히 잠들게 될 터였다.

라이언은 창으로 타이어 크기의 알을 푹 찔렀다.

텅.

껍질이 아주 강해서 한 번으로는 깨지지 않았다. 같은 타점에 세 번 연속 충격을 집중하자, 알이 깨지며 악취와 함께 물컹대는 갈색 물체가 흘러나왔다.

땀을 닦을 여유도 없이 왼쪽으로 이동해 또 다른 알을 찌르기 시작했다.

그 알을 깨고 안에서 꿈틀거리는 놈까지 찔러서 없앤 후 라이언은 고개를 들었다.

아로간타르와 트로얀도 튀어나온 알을 다 깨고 잠시 쉬는 중이었다.

시선을 옮긴 라이언은 잠시 입을 벌린 채 코불롬을 응시했다.

높이가 7미터에 이르는 거대한 몬스터는 김현의 설명대로 세 개의 머리, 여섯 개의 팔, 여섯 개의 다리를 가지고 있었다.

코불롬 바로 앞에서 김현이 퀘르를 휘두르자, 여섯 개의 팔 중 하나가 잘려 땅바닥에 떨어졌다.

그 팔뚝은 뱀처럼 움직여 김현의 발목을 노렸는데, 기다렸다는 듯 김현이 타각을 펼치자 잘린 팔은 산산조각이 나며 흩어졌다.

하지만 잘린 부위에서 파란 액체와 함께 새로운 팔이 튀어나와 김현을 잡으려 했다. 공중을 날아다니던 사라겐의 비월이 그 팔을 내리찍었다. 양날도끼는 김현의 의지에 따라 코불롬을 괴롭히고 있었다.

몸을 뒤로 날린 김현은 퀘르를 검집에 꽂고 플레임소드를 꺼내어 광현칠검보를 펼치기 시작했다. 마법검이 뿜어내는 화염은 몬스터의 피부를 태웠지만 재생력이 상처를 내는 속도보다 훨씬 빨랐다.

코불롬의 입에서 알이 튀어나왔다. 새하얀 알이 땅에 박히자 라이언은 급히 움직였다. 잠시 쉬던 아로간타르와 트로얀도 즉시 행동에 돌입했다.

그때, 김현이 외쳤다.

"피해!"

코블룸의 몸에서 자주색 연기가 뿜어져 나와 라이언 쪽으로 몰려갔다. 그 뒤쪽에는 박용준과 레반, 테룽이 있었다.

라이언은 재빨리 몸을 피해 연기의 범위에서 빠져나왔고, 나머지 세 사람도 움직이기 시작했다.

검은 침이 공중으로 솟구쳤으나 그 공격에 익숙해진 팀원들은 빠르게 피했다.

연기가 옅어졌다.

라이언은 재빨리 나와 알을 깨기 시작했지만, 이미 알 하나의 표면에 금이 갔다. 마음이 급해져 타격점이 흩어지자 하나 깨기도 힘이 들었다.

알이 부화했다.

튀어나온 놈을 죽이려고 라이언이 창을 뻗었지만, 피해 버린 놈은 오히려 라이언의 팔을 물어뜯었다. 순식간에 팔이 마비되었다. 라이언은 창을 놓치고 말았다.

아로간타르가 도우러 왔다. 그 때문에 트로얀이 처리해야할 알의 개수가 많아졌다. 둘, 셋…… 더 많은 알이 부화하기 시작했다.

거미에 전갈의 꼬리가 달린 듯한 놈들이 아로간타르를 노

싱크

리고 몰려드는 순간, 김현이 그 앞을 막았다. 어느새 뽑아 든 퀘르로 찌르고 베는데, 명검이 번쩍이며 공간을 가를 때마다 한 놈씩 반으로 조각이 났다.

부화한 놈들을 처리하자마자 김현은 퀘르를 검집에 꽂았다. 생명력 감소를 최소화하기 위해서였다.

때마침 새하얀 빛이 날아와 김현을 감쌌다. 이전 전투에서 장갑을 되찾은 박용준이 펼친 사토르 퍼펙트 힐링이었다. 바닥이었던 김현의 생명력이 순식간에 회복되었다.

한 번 사용하면 30분 후에야 펼칠 수 있지만, 사토르 퍼펙트 힐링은 굉장히 유용한 스킬이었다.

박용준을 향해 엄지를 들어 올린 김현은 다시 퀘르를 뽑아 코불롬을 향해 달려들었다.

그사이 레반이 마법으로 해독했다. 라이언도 다시 창을 쥘 수 있게 되었다.

"대체 언제까지 싸워야 하는 거냐?"

라이언이 말린 고기를 씹다가 물었다.

"금방 끝납니다."

김현이 대답했다.

"어제도 금방 끝난다고 했다."

얼마나 오랫동안 싸우는지 라이언도 정확히 알지 못했다. 그러나 피로와 허기로 미루어 보건대, 적어도 사흘 내내 몬스터 하나를 공격하고 있다고 확신했다.

"진짜 금방 끝납니다."

김현은 고개도 돌리지 않고 말했다.

위험하면서도 반복적인 전투가 이어지는데, 갑자기 코불롬이 고함을 지르며 뒤로 넘어갔다.

쿵!

땅이 진동했다.

김현이 손을 뻗자 사라겐의 비월이 날아왔다. 김현은 양날도끼를 두 손으로 쥐고 쓰러진 코불롬의 가슴을 세게 찍었다. 우두둑 뼈 뿌러지는 소리와 안쪽이 펑 터지는 소리가 퍼져 나가며 크게 들렸다.

더 이상 알도, 자주색 연기도, 침도 내뱉지 않는 코불롬.

"이겼다!"

라이언이 외쳤다. 다른 사람들도 환호했다.

그때, 머리 하나가 몸에서 떨어져 나가 바닥을 뒹굴었다. 머리가 몸에 붙어 있던 그 부위에서 해파리처럼 생긴 것이 튀어나와 뒤로 달아나기 시작했다.

"다들 여기 계십시오!"

김현은 결각보로 놈을 쫓았다.

'저놈이 진짜야. 코불롬은 고대어로 갑옷이라는 뜻이니까.

그동안 고생한 걸 생각하면, 절대 놓칠 순 없지.'

김현은 좁은 통로를 빠르게 달리면서 회복약을 마셨다. 내공이 차오르면 현섬을 펼쳐 단숨에 놈을 없앨 생각이었다.

갑자기 공간이 넓어졌다.

해파리처럼 생긴 녀석은 수십 개의 다리를 이용해 경사진 곳을 능숙하게 내려갔지만, 김현은 눈에 들어온 지하 도시의 모습에 잠시 머뭇거렸다.

겔란드의 도끼 중거추를 수리하기 위해 내려갔던 드워프의 도시 투월령이 떠오를 만큼 거대한 도시였다. 다만, 사람하나 보이지 않고 꽤 많은 건물이 무너져 있어서 버려진 도시라는 점만 달랐다.

더 놀라운 건, 도시 상공에 펼쳐진…… 새하얀 커튼이었다. 바람이 불지 않는데도 천천히 흔들리며 빛을 뿜어내는 커튼은 너무나 압도적이고, 너무나 아름다웠다.

정신을 차린 김현은 해파리 위치를 확인한 후, 즉시 현섬으로 이동했다.

당황한 녀석을 보며 퀘르를 뽑은 김현은 깊이 찌른 다음 수평과 수직으로 베어 네 조각으로 만들었다. 그토록 팀을 괴롭혔던 코불롬은 그렇게 죽었다.

레벨이 올랐다, 속성이 올랐다, 아이템을 얻었다는 메시지 창이 시야를 가렸지만 김현은 무시하며 그 거대한 커튼을 향해 다가갔다.

멀리서 볼 때는 빛의 장벽처럼 보였는데, 접근하자 커튼 너머에 펼쳐진 도시의 풍경을 어렴풋이 볼 수 있었다.

'이 빛나는 커튼이 도시를 반으로 분리한 셈이구나. 그런데 이쪽은 낡아서 부서졌는데, 저쪽은 비교적 멀쩡하다.'

김현은 손을 뻗어 그 빛의 커튼을 만져 봤다. 아무것도 닿지 않았다. 그저 빛이 피부 위에서 춤을 출 뿐이었다.

좀 더 안으로 넣자, 모래알이 피부 위를 구르는 듯 조금 간지러웠다.

돌멩이를 던졌는데, 신기한 일이 벌어졌다. 빛의 커튼을 통과한 돌멩이가…… 공중에 떠 있었다. 자세히 살피니 돌멩이뿐 아니라 커튼 너머 도시는 움직임이 멈춘…… 그래서 정교한 그림처럼 보였다.

'멈춘 게 아니야.'

김현은 돌멩이가 아주 천천히 움직이고 있음을 발견했다.

호기심이 발동했다.

대담하게 빛의 커튼을 통과하는데, 머리가 깨질 것처럼 아팠다. 다행히 형체 없는 커튼을 완전히 벗어나 반대편에 이르자 가슴 안쪽에서 생겨난 열기가 몸 전체로 퍼졌고, 그 덕분에 두통은 서서히 사라졌다.

놀라운 일이 벌어졌다.

그 돌멩이가 뚝 아래로 떨어진 것이다.

고개를 갸웃거린 김현은 돌아서서 커튼 맞은편을 바라보

았다. 처음엔 이상한 점을 찾지 못했다. 그러다가 먼지 쌓인 흙바닥을 쳐다봤는데, 할 말을 잃었다.

애벌레 하나가 흙바닥을 가로지르는데, 엄청나게 빨랐다. 손가락 크기의 몸을 오므렸다가 펼치며 앞으로 나아가는 녀석으로 사냥하면서 자주 봤던 벌레였다.

'저렇게 빠르진 않았는데. 아! 시간이다!'

김현은 빛의 커튼을 중심으로 양쪽의 시간 흐름이 다르다는 사실을 깨달았다.

다시 반대쪽으로 넘어가려는데, 뒤에서 비명이 들렸다.

김현은 이미 달리고 있었다.

다음 권으로 이어집니다

꿈의 도약, 로크에서 하십시오
(주)로크미디어에서 신인 작가를 모십니다

즐거운 세상, 로크미디어는 꿈을 사랑하고 도전을 두려워하지 않는 작가 분들의 참신한 작품을 기다리고 있습니다. 21세기 장르 문학계를 이끌어 갈 차세대 선두 주자 (주)로크미디어에서 여러분의 나래를 활짝 펴 보시길 바랍니다.

모집 분야 판타지와 무협을 포함한 장르 문학
모집 대상 아마추어 작가, 인터넷 작가
모집 기한 수시 모집
작품 접수 시 유의 사항
1. 파일명은 작가명_작품명.hwp형식을 갖춰 주십시오.
1. 파일에 들어갈 내용은 다음과 같습니다.
   — 성명(필명인 경우 실명을 밝혀 주세요), 연락처, 이메일 주소.
   — 제목, 기획 의도.
   — A4 용지 1장 분량의 등장인물 소개.
   — A4 용지 2장 분량의 전체 줄거리.
   — 본문.
1. 작품이 인터넷에 연재되고 있다면, 게시판명과 사이트의 구체적이고 정확한 주소를 기재해 주십시오.

선택된 작품은 정식 계약 후 출판물로 간행되어 전국 서점에 유통됩니다.
작가분은 (주)로크미디어의 전폭적인 지원하에 전속 작가로 활동하시게 됩니다.
※ 자세한 내용은 로크미디어 홈페이지(rokmedia.com)를 참조하세요.

(03920) 서울시 마포구 성암로 330 DMC첨단산업센터 3층 314호
(주)로크미디어 편집부 신간 기획 담당자 앞
전화 : 02 - 3273 - 5135
www.rokmedia.com   이메일 : rokmedia@empas.com

HUNTERS

환이 현대 판타지 장편소설

헌터스

게임 같은 현실, 현실 같은 위상 세계!
이웃이 사라지고 있다! 흔적도 없이!

『위상 전이가 시작됩니다!
시험자 남종태 님은 다음 전이까지 생존하십시오!』

몬스터가 득실거리는 정글
위상 세계로 끌려간 게임 개발자 종태가 가지고 있는 것은
고작 담배 반 갑, 스마트폰, 지갑, 스위스나이프?

조악한 무기로 늑대를 제압하고 얻은 고기로 연명하며
첫 번째 미션을 성공한 기쁨도 잠시,
현실로 튀어나온 몬스터와 두꺼비 인간 형태 변이자의 출현으로
목숨을 건 서바이벌의 장이 벌어지는데……

두 세계를 오가는 헌터들의 생존기가 시작된다!

ROK
MEDIA

황금가

나한 신무협 장편소설

『황금가』『궁신』의 나한 신작!
은둔 고수(?) 장의사 금장생의 상조 문파 개업기!

중원삼대부자 황금전가의 셋째, 금장생
집에서 쫓겨나 새우잡이 배부터 조선 인삼밭 농사까지.
사업은커녕 잡부 생활만 죽어라 하다가
팔 년 만에 고향에 돌아오는데……
가문이 망해 버렸다!?

우여곡절 끝에 야심 차게 시작한 장례 사업
목표는 분점 확장 후 놀고먹기!

그러나 의도와는 정반대로
시체 한 구로 엮이는 팔왕가와 흑지의 강자들
그런데 잡일만 하다 왔다는 사람이……
무림십대고수들을 마주해도 너무 태연하다?

"정말 무공을 전혀 익히지 않은 거 맞아요?"
"그런 게 뭐가 중요합니까. 돈이나 벌러 가죠."